CUENTOS CASAENRAMA presenta con orgullo

EL Club de Cómics de SUPERGATITO

ESCRITO E ILUSTRADO POR **DAV PILKEY**

COMO JORGE BETANZOS Y BERTO HENARES

CON COLOR DE JOSE GARIBALDI

EL NIÑO PULPO Y EL SALTAMONTES

un avance épico por Momi y Peque Pedrito

graphix

UN SELLO EDITORIAL DE

SCHOLASTIC

PARA CLAIR FREDERICK Y
EL EQUIPO DE MERRYMAKERS, INC.

Originally published in English as Cat Kid Comic Club

Translated by Nuria Molinero

ISBN 978-1-338-74600-6

10 9 8 7 6 5 4 3 2 1   21 22 23 24 25

Printed in China   62
First Spanish printing, August 2021

Original edition edited by Ken Geist
Lettering and art by Dav Pilkey
Book design by Dav Pilkey and Phil Falco
Color by Jose Garibaldi
Color flatting by Aaron Polk
Publisher: David Saylor

CAPÍTULOS Y CÓMICS

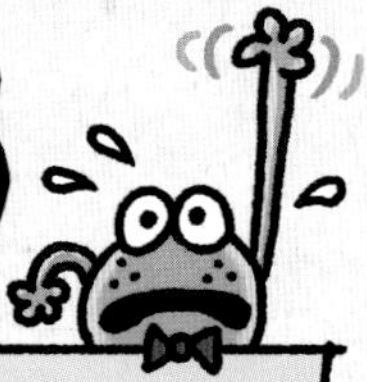

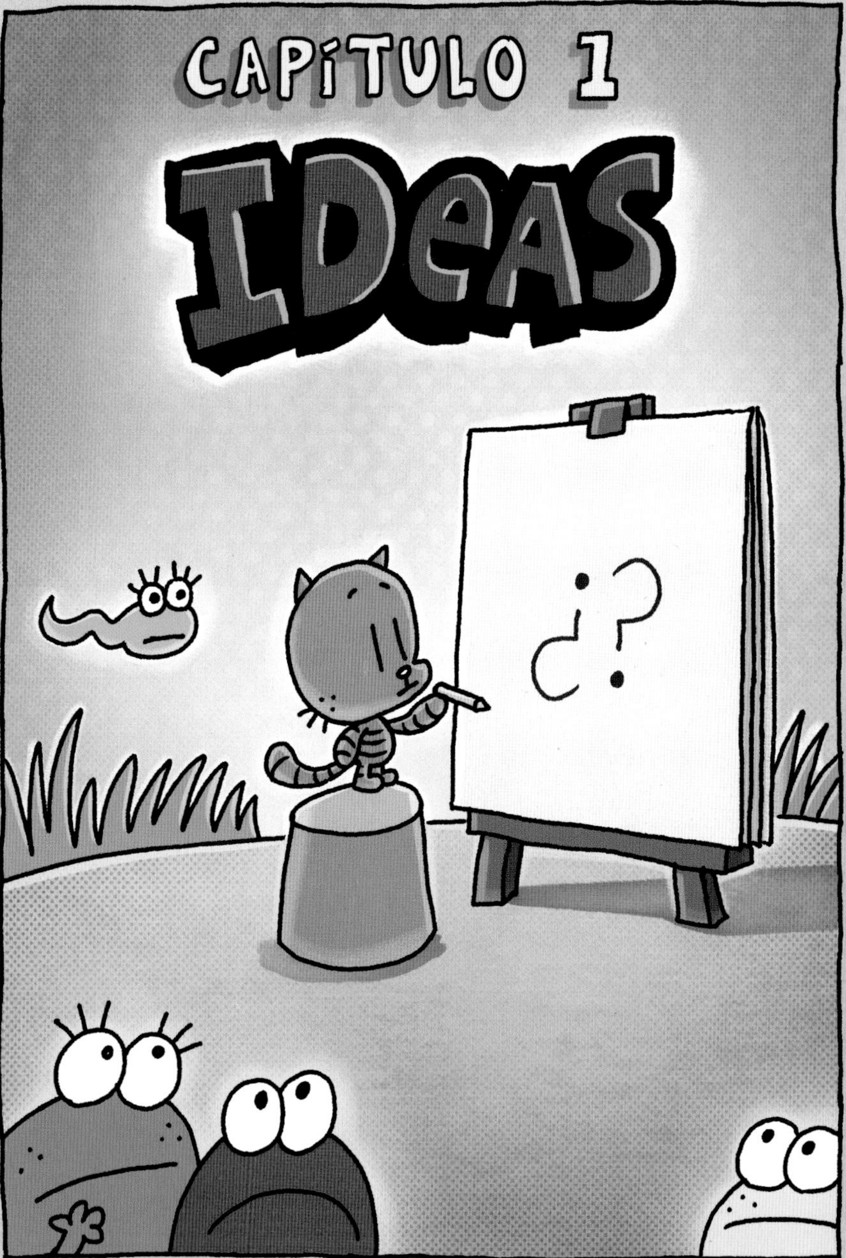
CAPÍTULO 1
IDEAS
¿?

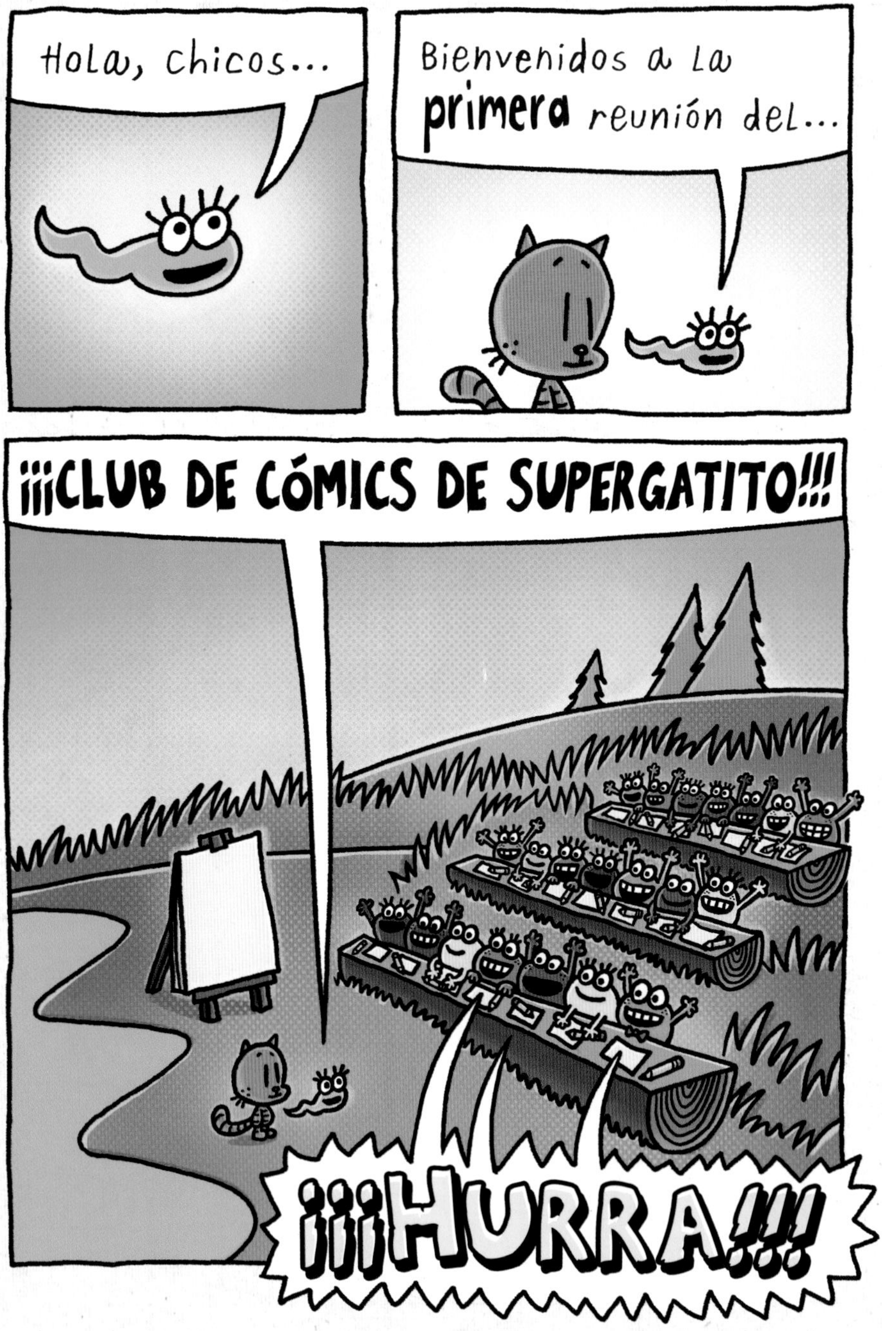
Hola, chicos...
Bienvenidos a la primera reunión del...
¡¡¡CLUB DE CÓMICS DE SUPERGATITO!!!
¡¡¡HURRA!!!

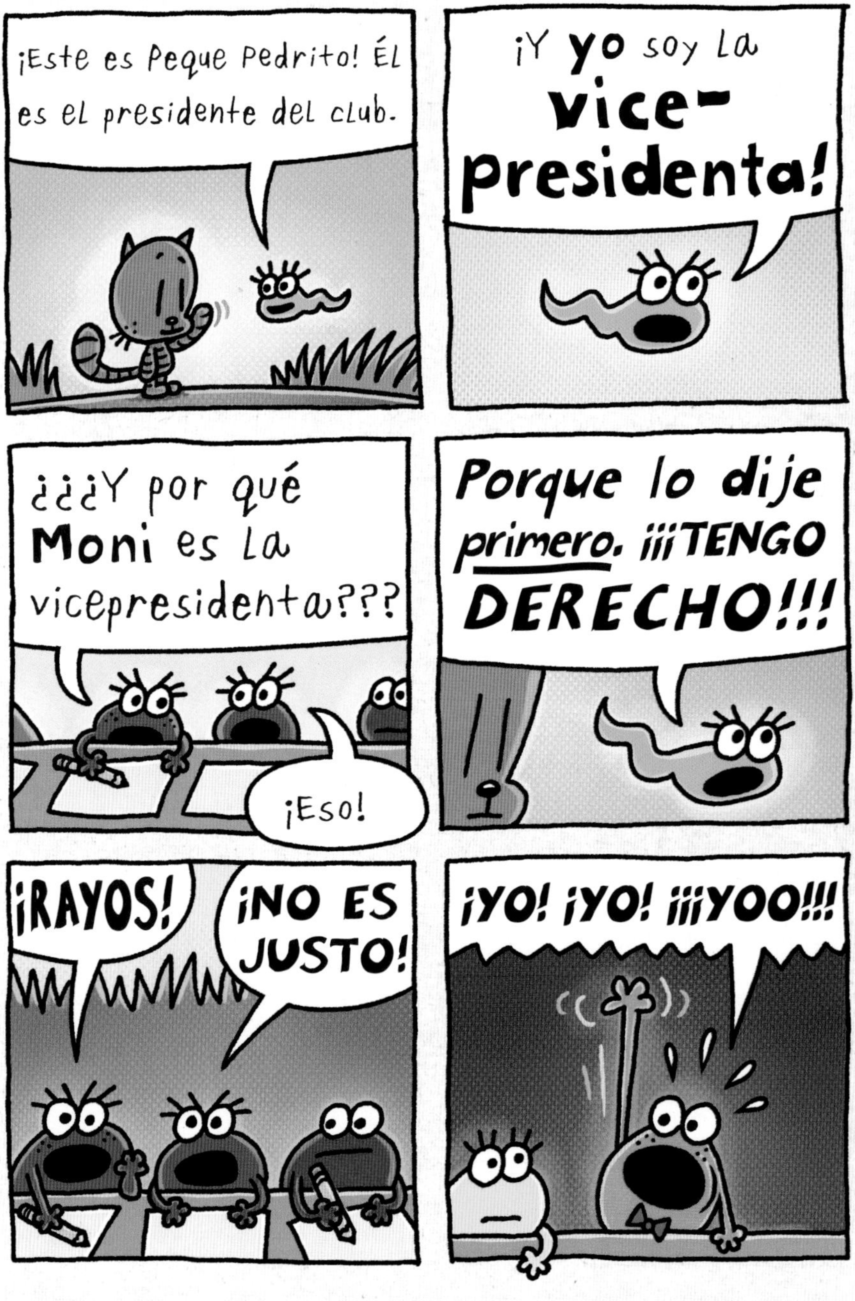

¡Este es Peque Pedrito! ÉL es el presidente del club.
¡Y yo soy la vice-presidenta!
¿¿¿Y por qué Moni es la vicepresidenta???
¡Eso!
Porque lo dije primero. ¡¡¡TENGO DERECHO!!!
¡RAYOS!
¡NO ES JUSTO!
¡YO! ¡YO! ¡¡¡YOO!!!

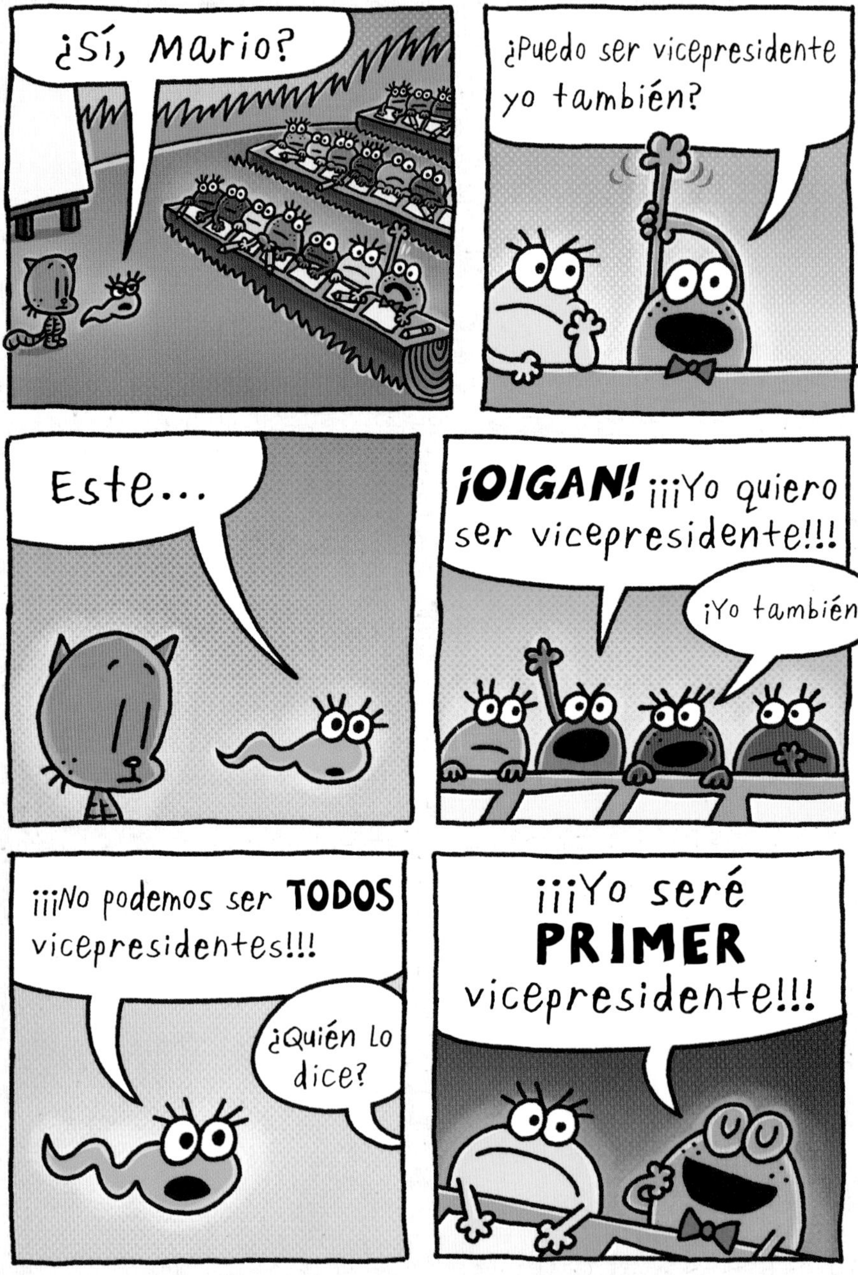
¿Sí, Mario?
¿Puedo ser vicepresidente yo también?
Este...
¡OIGAN! ¡¡¡Yo quiero ser vicepresidente!!!
¡Yo también!
¡¡¡No podemos ser TODOS vicepresidentes!!!
¿Quién lo dice?
¡¡¡Yo seré PRIMER vicepresidente!!!

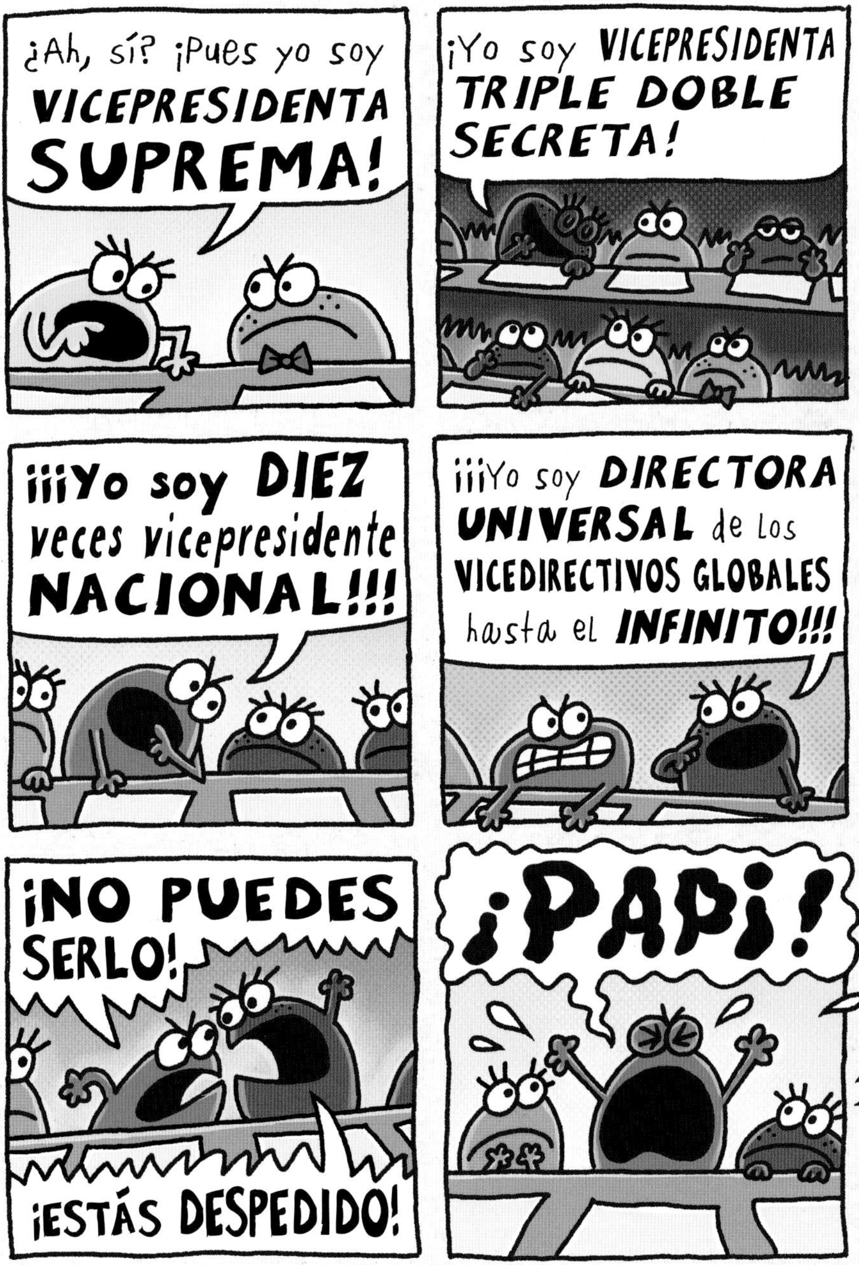
¿Ah, sí? ¡Pues yo soy VICEPRESIDENTA SUPREMA!
¡Yo soy VICEPRESIDENTA TRIPLE DOBLE SECRETA!
¡¡¡Yo soy DIEZ veces vicepresidente NACIONAL!!!
¡¡¡Yo soy DIRECTORA UNIVERSAL de los VICEDIRECTIVOS GLOBALES hasta el INFINITO!!!
¡NO PUEDES SERLO!
¡ESTÁS DESPEDIDO!
¡PAPI!

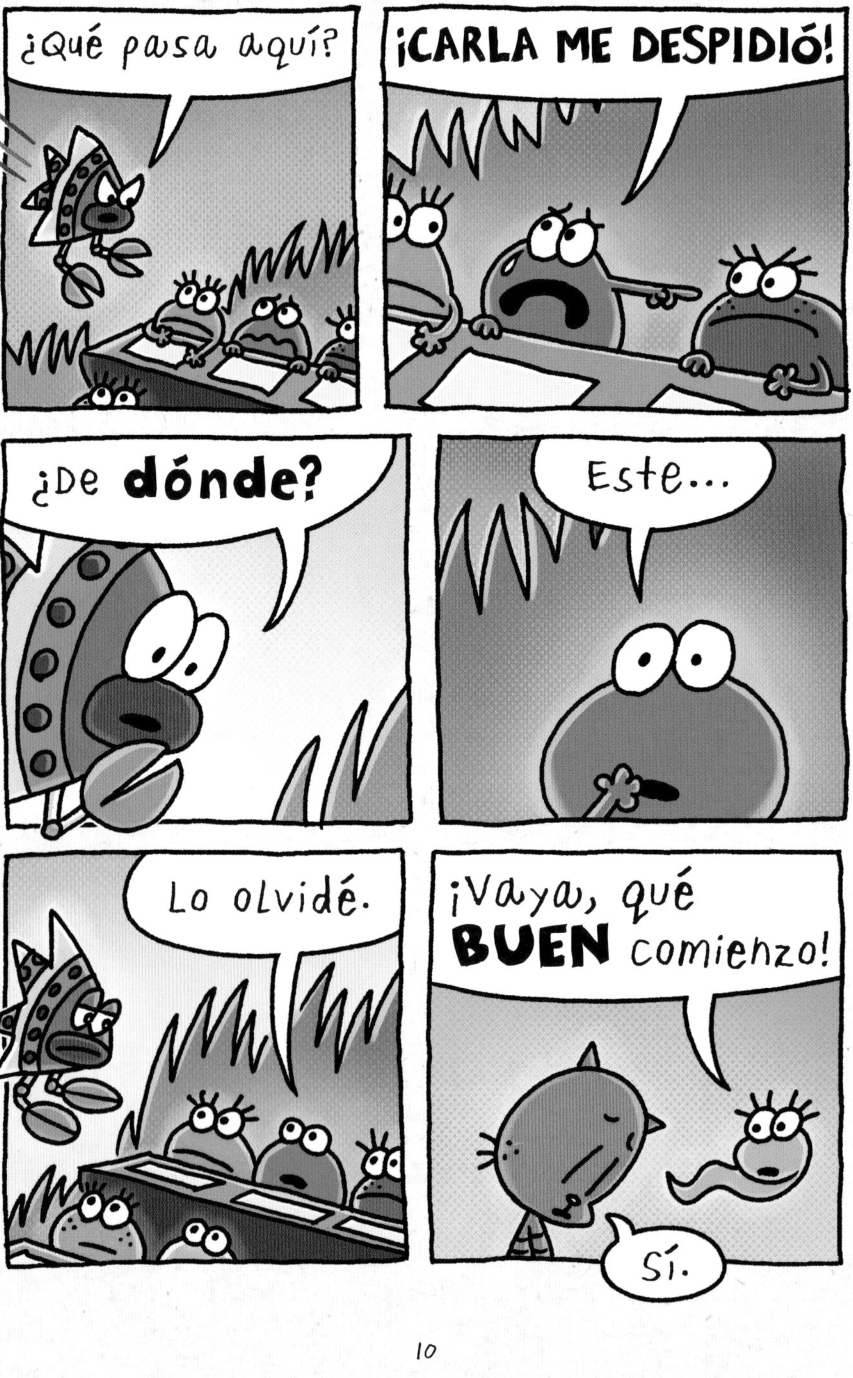
¿Qué pasa aquí?
¡CARLA ME DESPIDIÓ!
¿De **dónde?**
Este...
Lo olvidé.
¡Vaya, qué **BUEN** comienzo!
Sí.

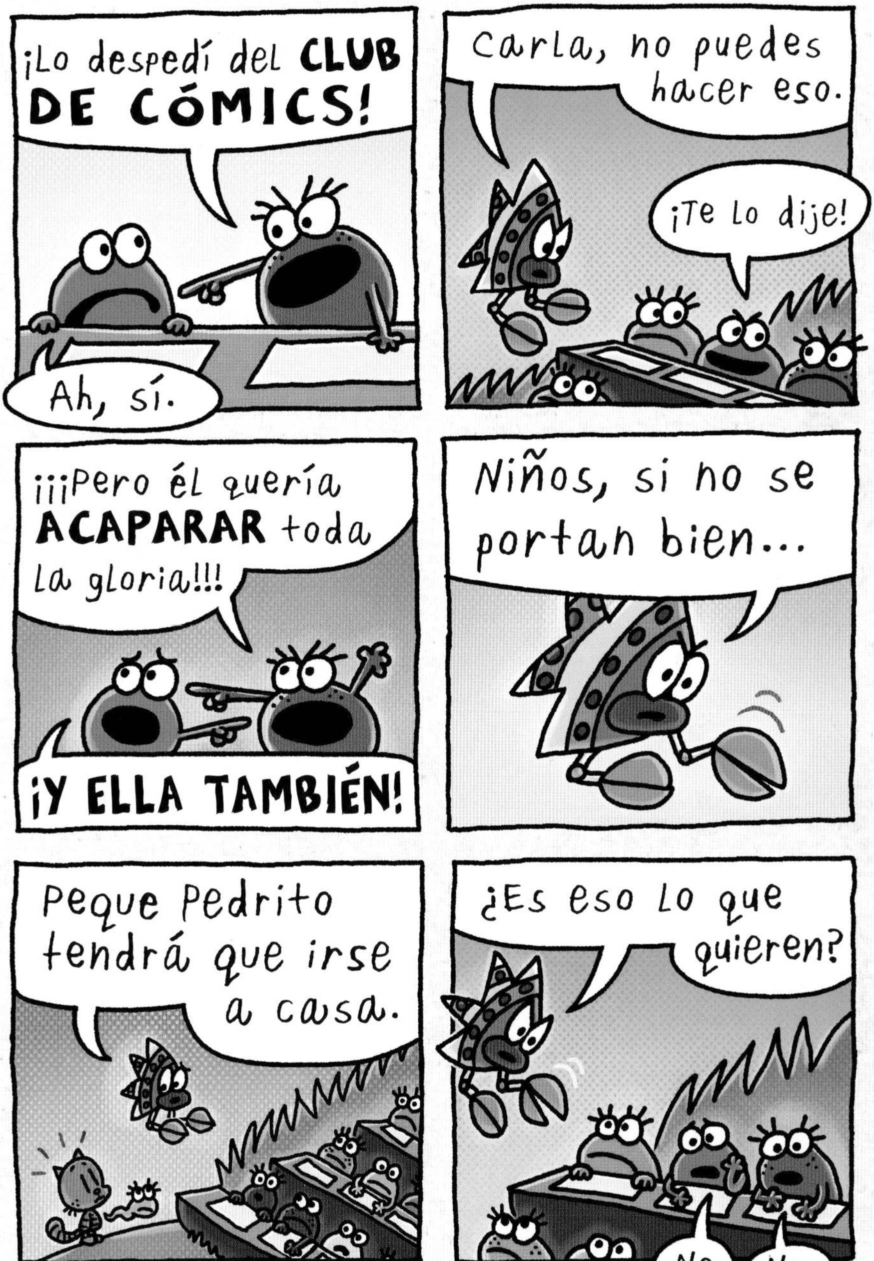
¡Lo despedí del CLUB DE CÓMICS!
Ah, sí.
Carla, no puedes hacer eso.
¡Te lo dije!
¡¡¡Pero él quería ACAPARAR toda la gloria!!!
¡Y ELLA TAMBIÉN!
Niños, si no se portan bien...
Peque Pedrito tendrá que irse a casa.
¿Es eso lo que quieren?
No.
No.

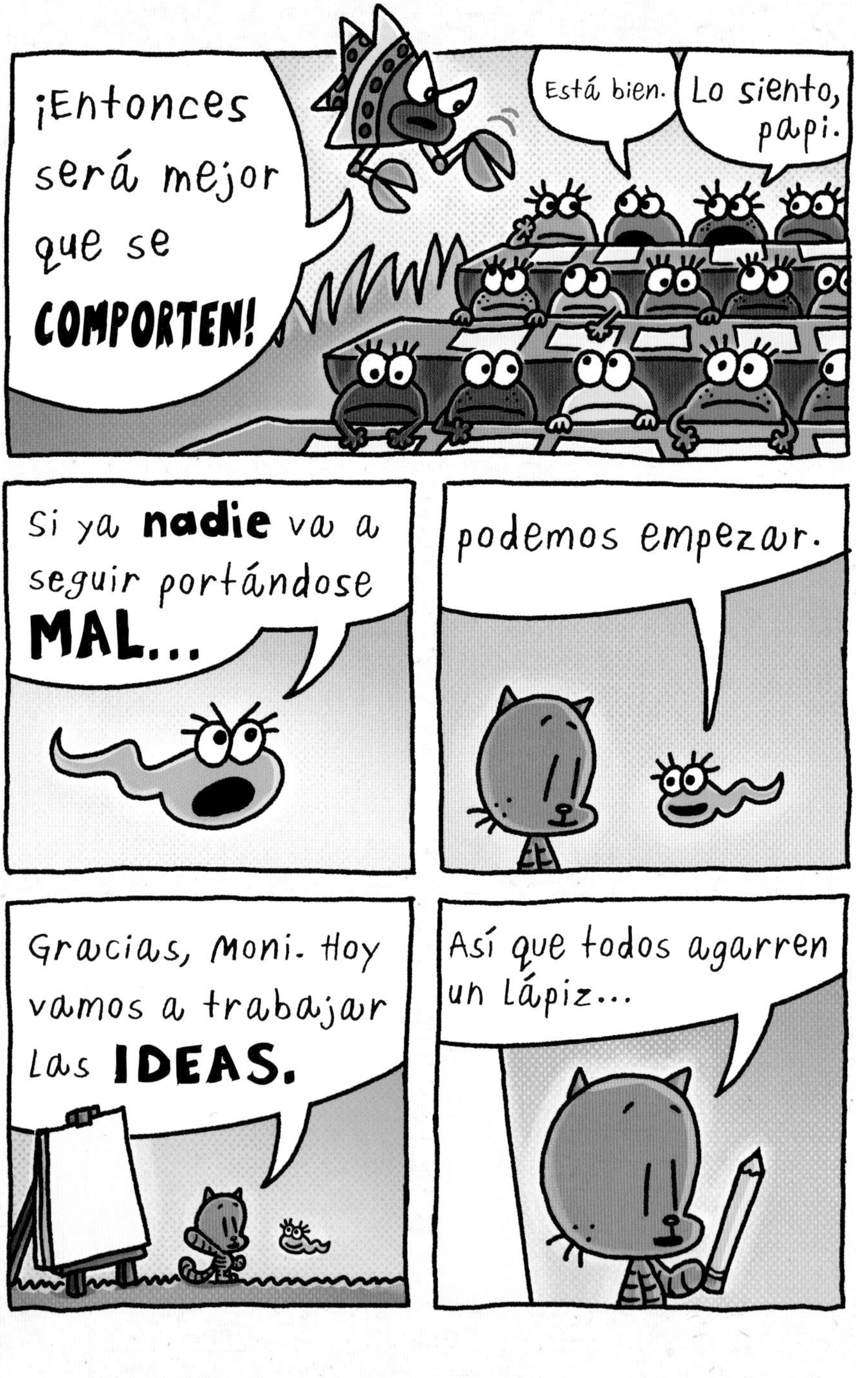
¡Entonces será mejor que se COMPORTEN!
Está bien.
Lo siento, papi.
Si ya nadie va a seguir portándose MAL...
podemos empezar.
Gracias, Moni. Hoy vamos a trabajar las IDEAS.
Así que todos agarren un lápiz...

y dibujen una raya en sus hojas...

así.

A la **izquierda** escriban **cinco** cosas que **les gusten.**

pizza
chicle
pulpos
videos
saltar

cómics
Luciér-
nagas
palomit
a mig

Muy bien. Ahora, en el otro lado...

¡¡¡escriban cinco cosas que les guste **HACER!!!**

jugar
leer
reír
escribir
dibujar

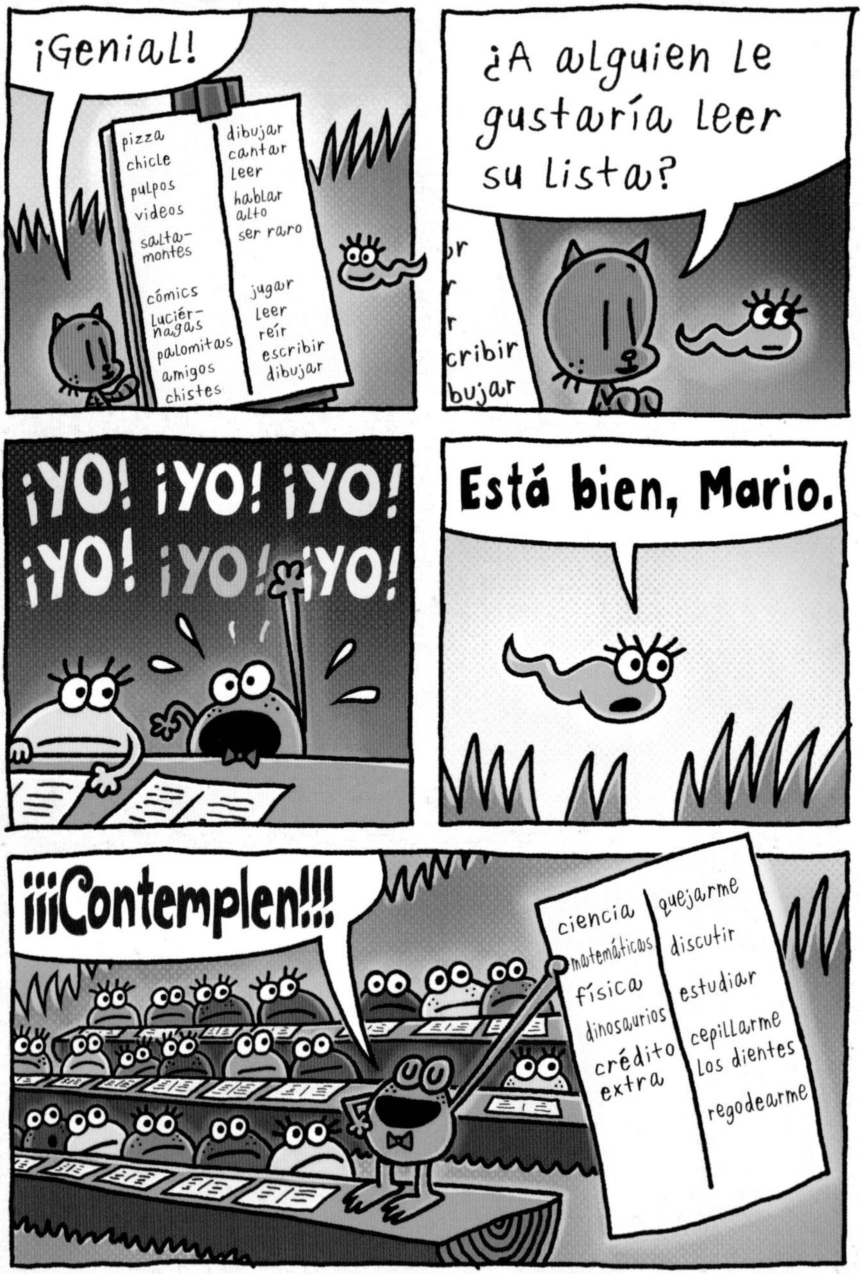
¡Genial!
pizza
chicle
pulpos
videos
saltamontes
cómics
luciérnagas
palomitas
amigos
chistes
dibujar
cantar
leer
hablar alto
ser raro
jugar
leer
reír
escribir
dibujar
¿A alguien le gustaría leer su lista?
¡YO! ¡YO! ¡YO! ¡YO! ¡YO! ¡YO!
Está bien, Mario.
¡¡¡Contemplen!!!
ciencia
matemáticas
física
dinosaurios
crédito extra
quejarme
discutir
estudiar
cepillarme los dientes
regodearme

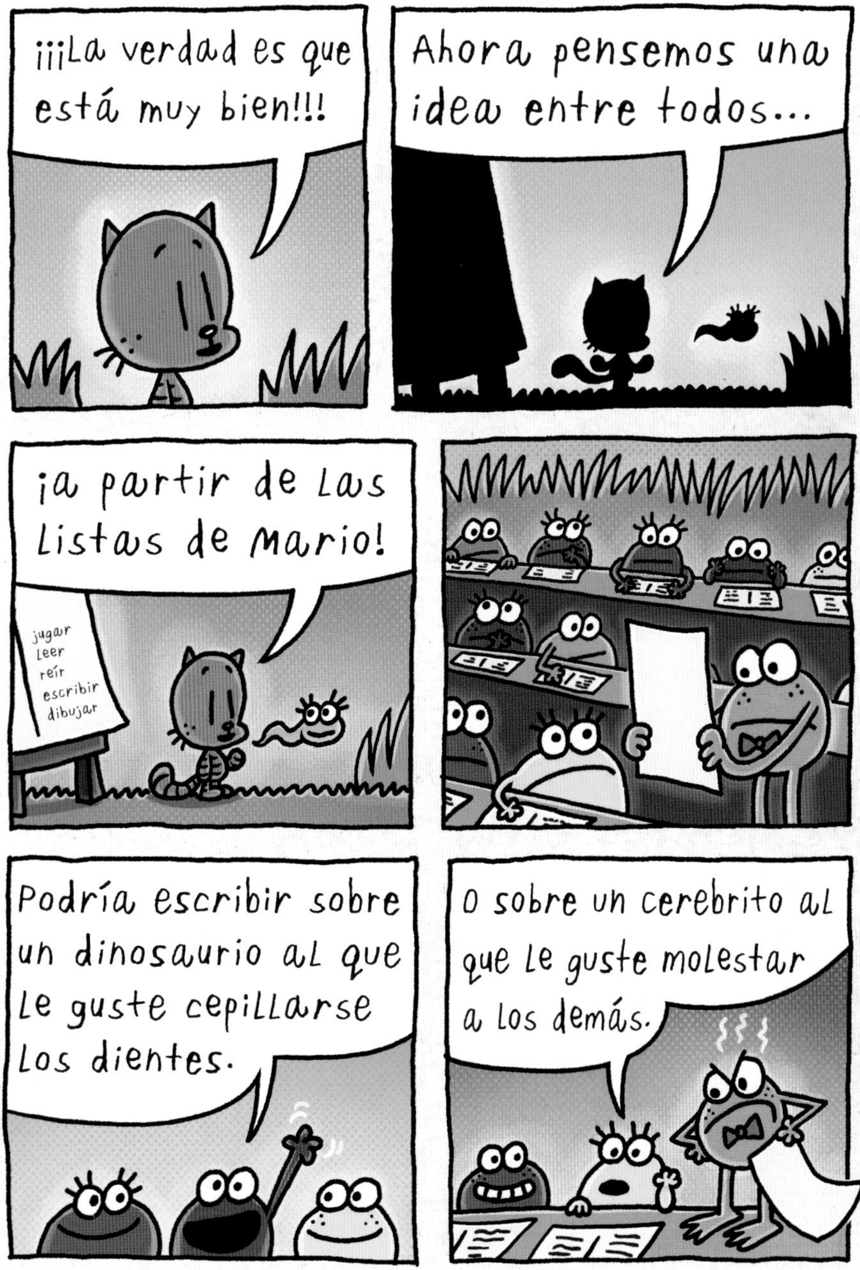
¡¡¡La verdad es que está muy bien!!!
Ahora pensemos una idea entre todos...
¡a partir de las listas de Mario!
jugar
leer
reír
escribir
dibujar
Podría escribir sobre un dinosaurio al que le guste cepillarse los dientes.
O sobre un cerebrito al que le guste molestar a los demás.

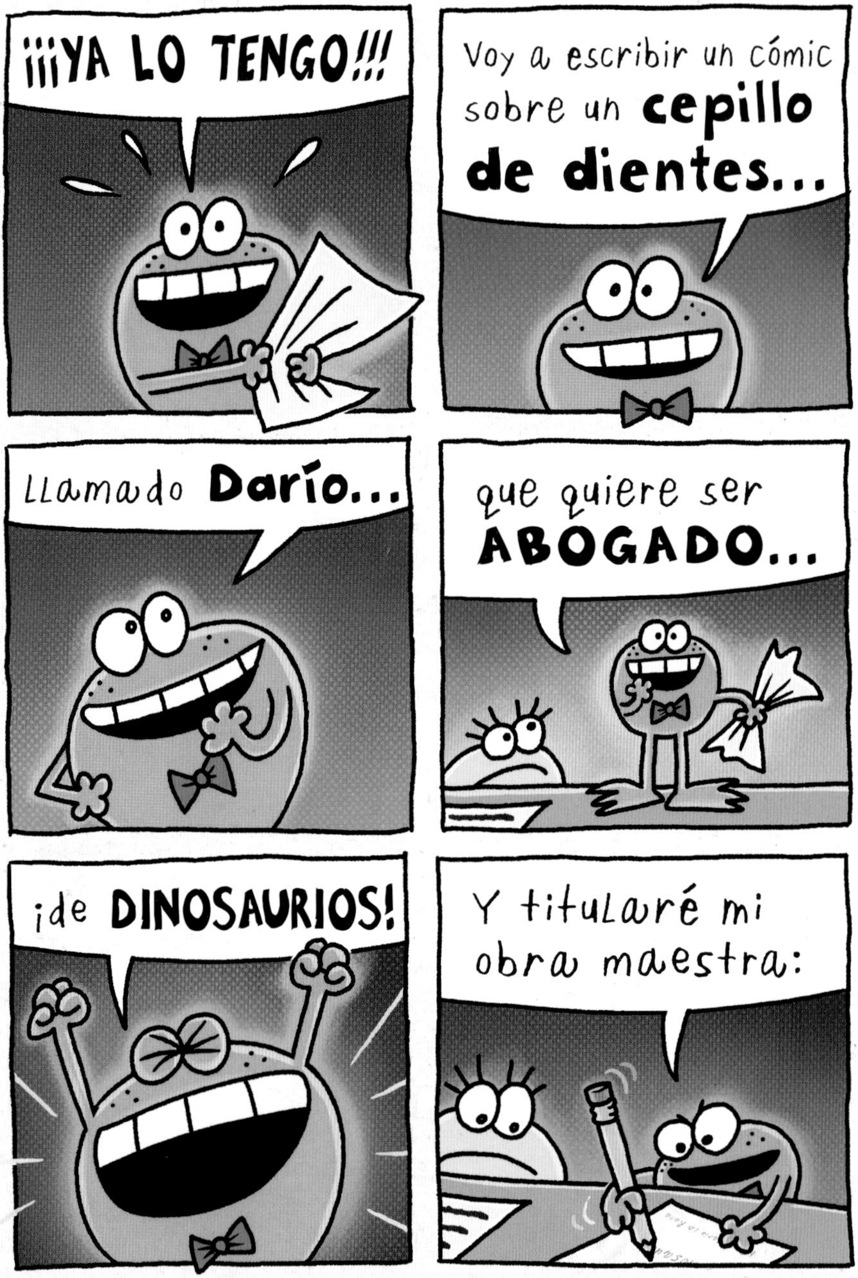
¡¡¡YA LO TENGO!!!
Voy a escribir un cómic sobre un cepillo de dientes...
Llamado Darío...
que quiere ser ABOGADO...
¡de DINOSAURIOS!
Y titularé mi obra maestra:

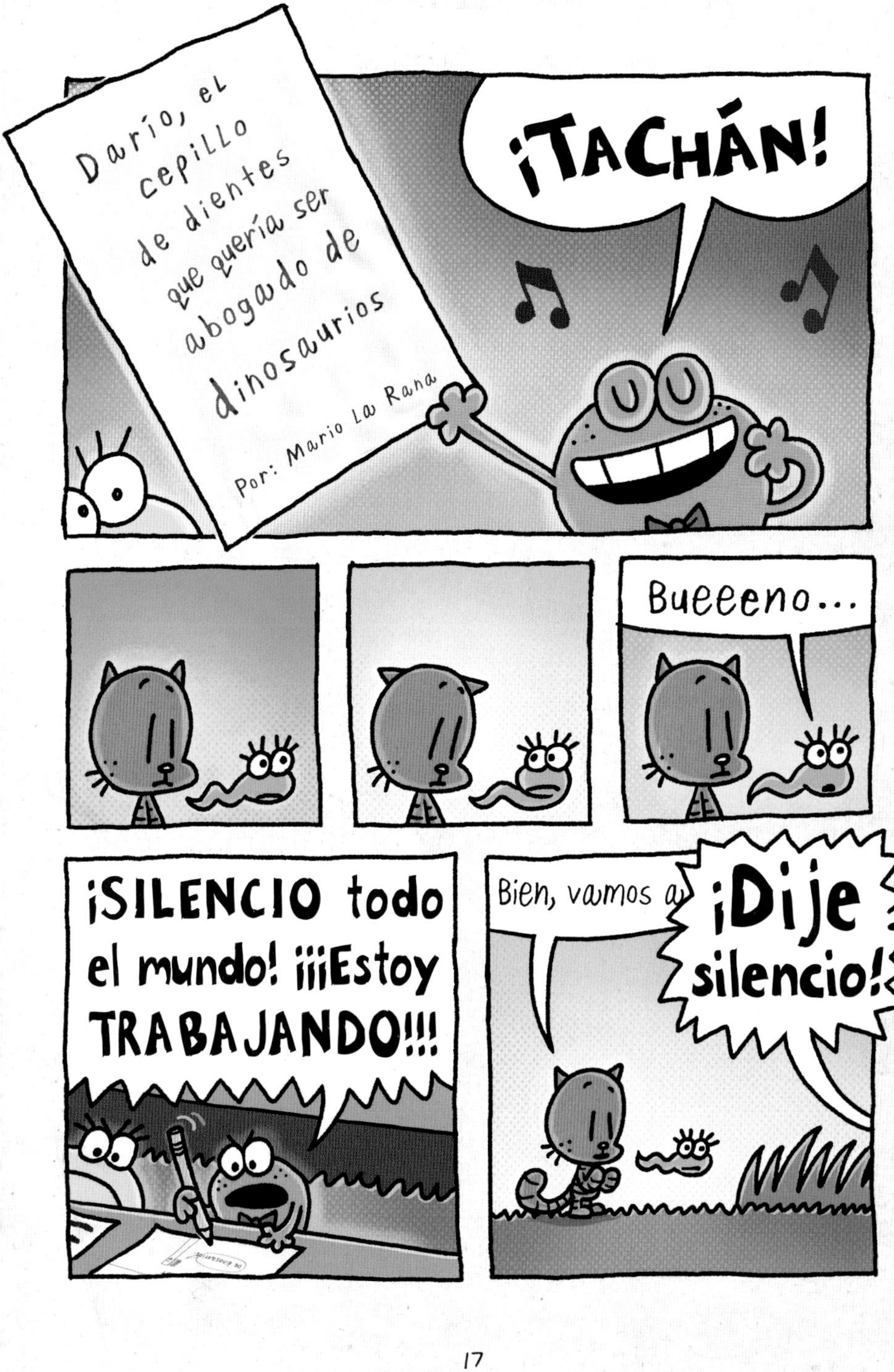
Darío, el cepillo de dientes que quería ser abogado de dinosaurios
Por: Mario La Rana
¡TACHÁN!
Bueeeno...
¡SILENCIO todo el mundo! ¡¡¡Estoy TRABAJANDO!!!
Bien, vamos a
¡Dije silencio!

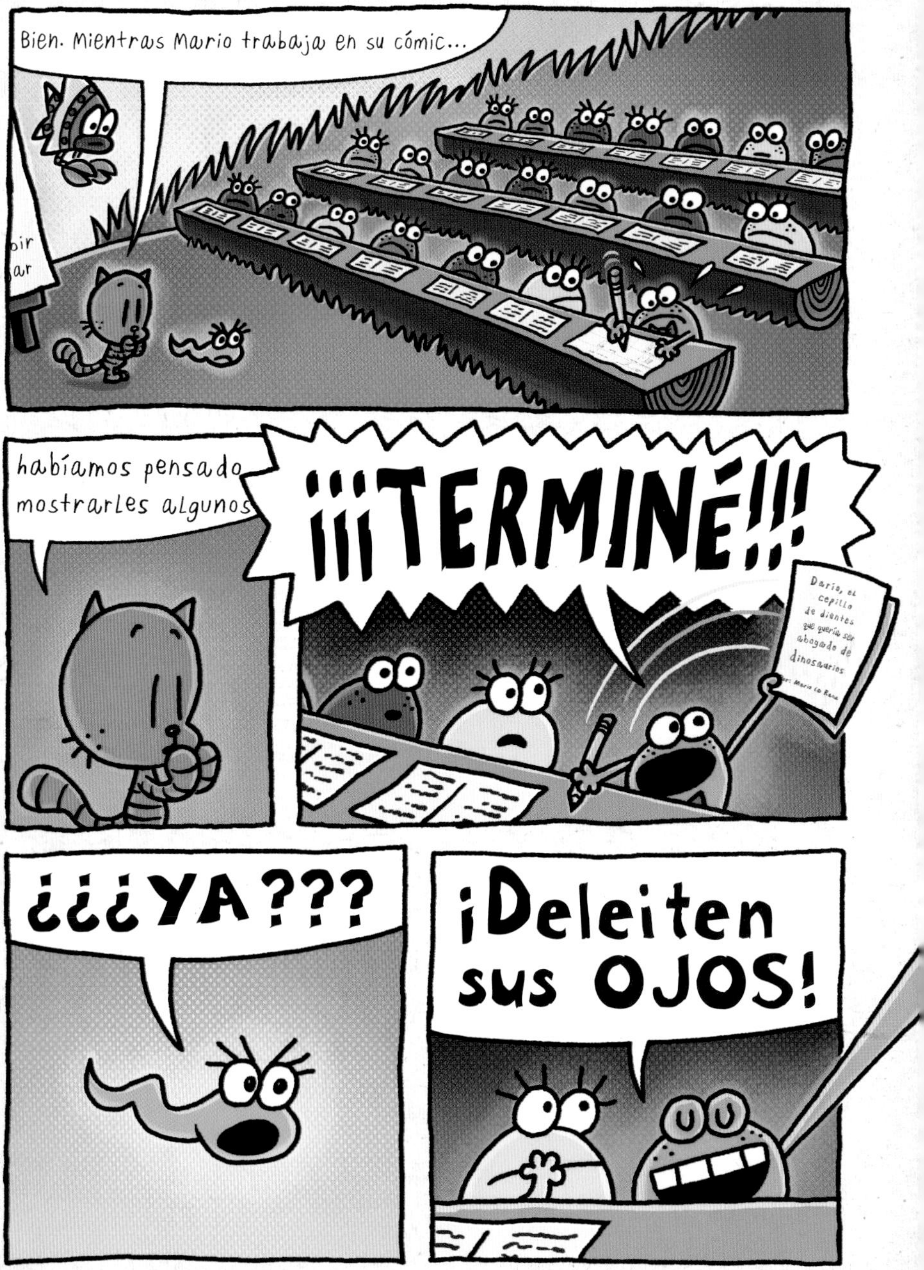

Bien. Mientras Mario trabaja en su cómic...
habíamos pensado mostrarles algunos
¡¡¡TERMINÉ!!!
Dario, el cepillo de dientes que quería ser abogado de dinosaurios
¿¿¿YA???
¡Deleiten sus OJOS!

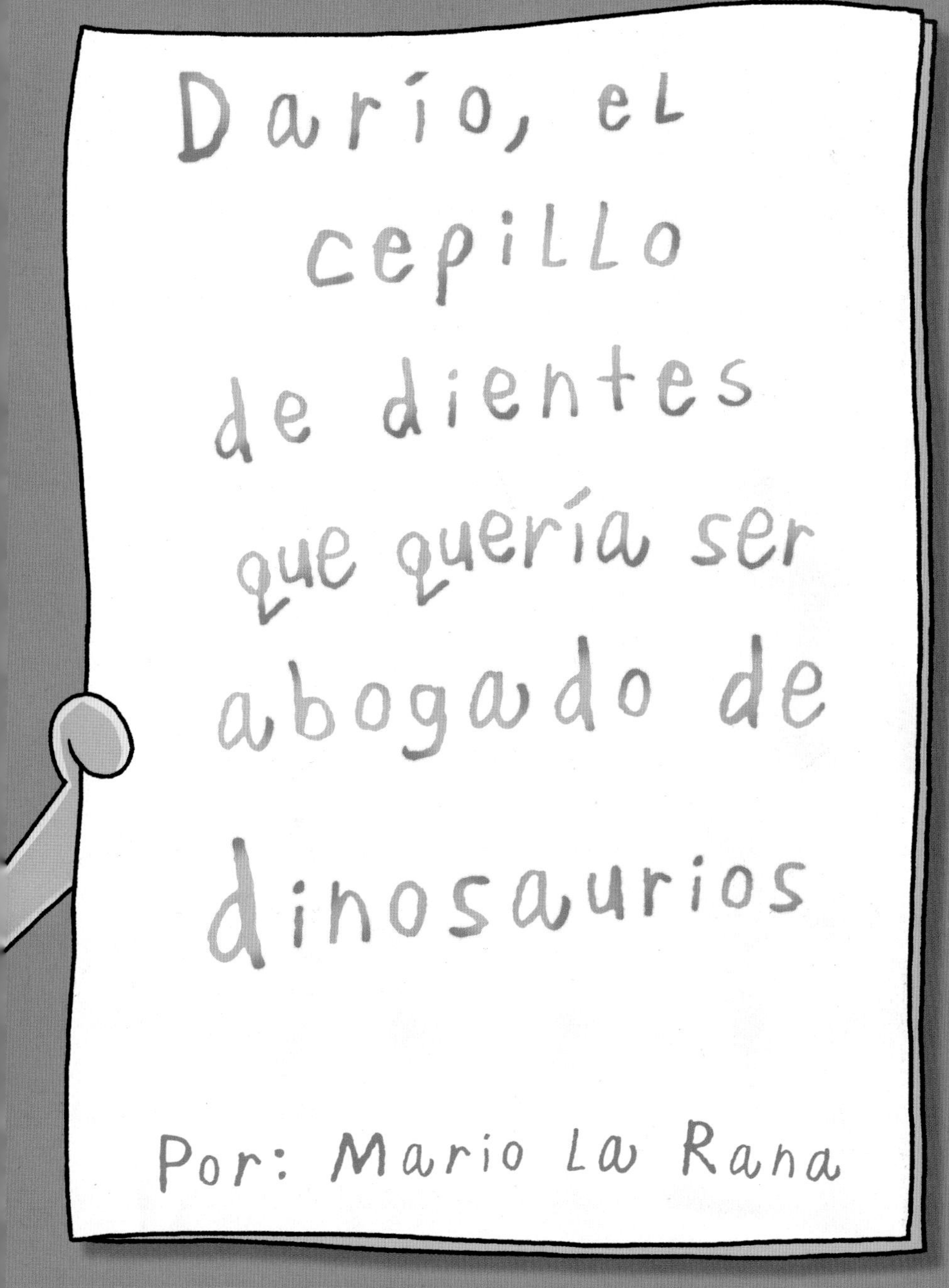
Darío, el cepillo de dientes que quería ser abogado de dinosaurios
Por: Mario La Rana

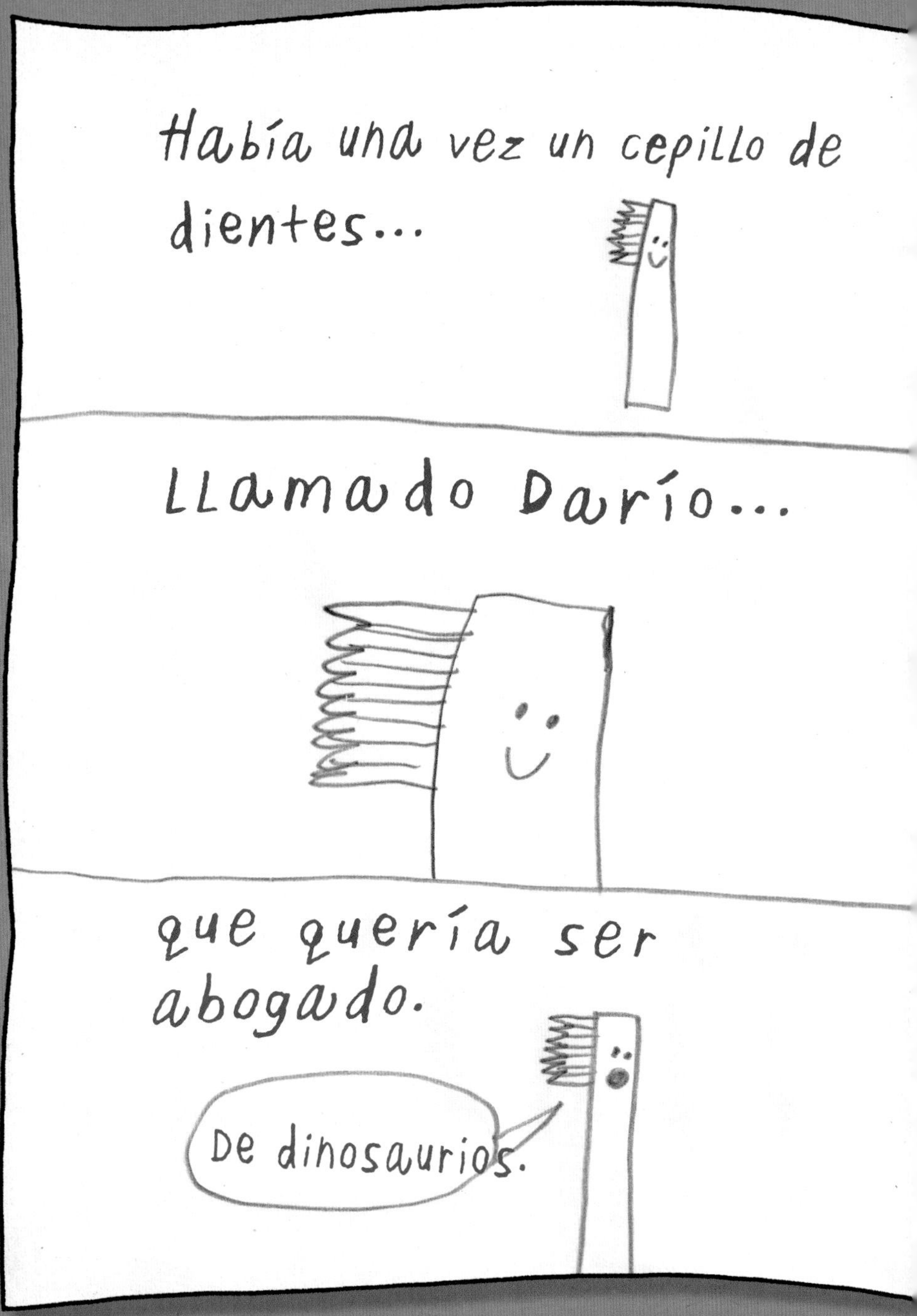
Había una vez un cepillo de dientes...
Llamado Darío...
que quería ser abogado.
De dinosaurios.

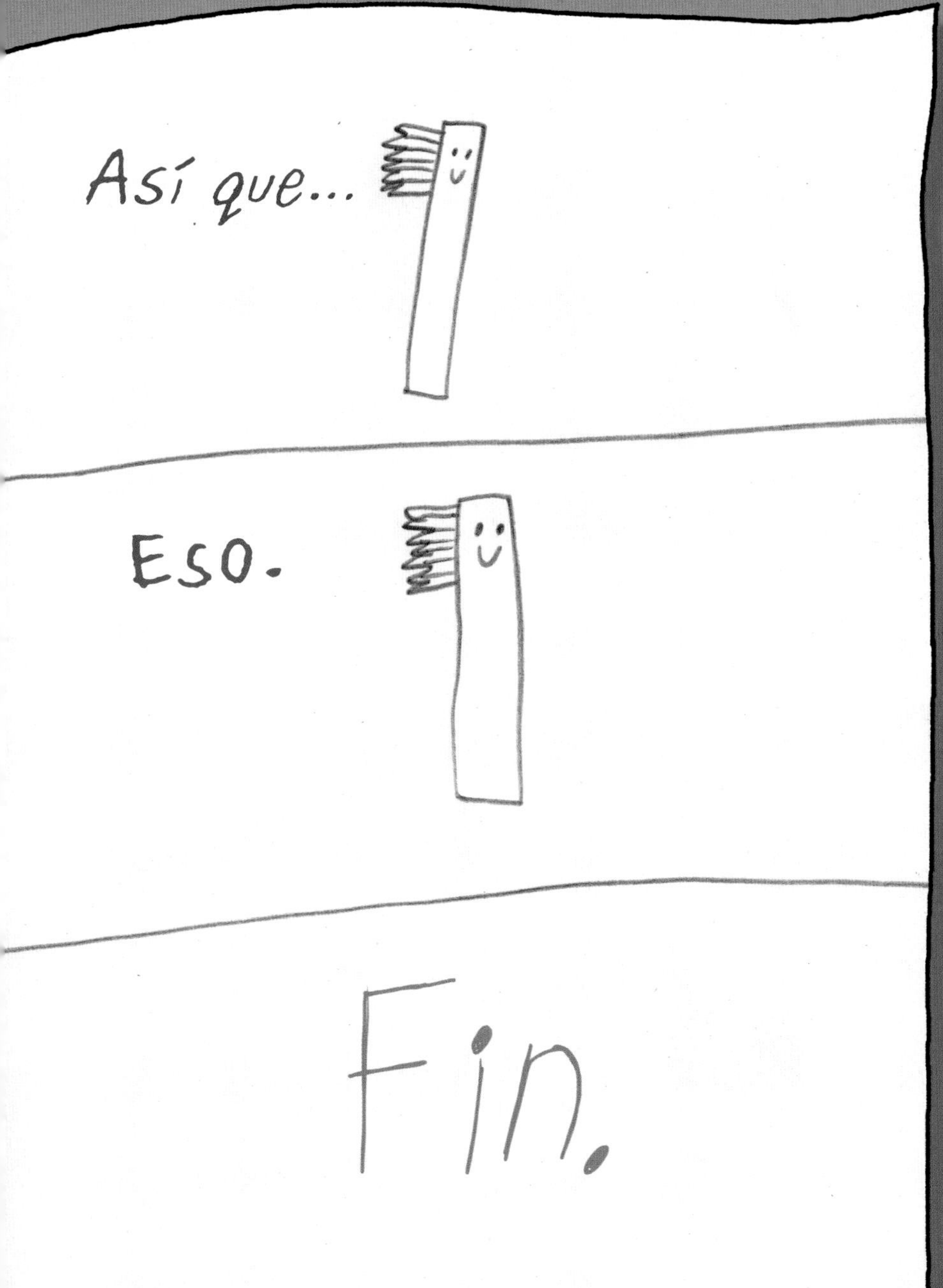
Así que...
Eso.
Fin.

Acerca del autor

Mario La Rana

Premio
Nobel de
La Paz para
Novelas Gráficas

Premio
Caldebery

Mario La Rana es una de las voces de la literatura gráfica más importantes del mundo.

Ha recibido ~~dos~~ innumerables premios por su genio y su increíble humildad. Es tan increíble que ha inspirado a montones de ~~mi~~ generaciones y eso.

muy pronto:

Darío, el cepillo de dientes que quería ser abogado de dinosaurios 2: La corte cretácica

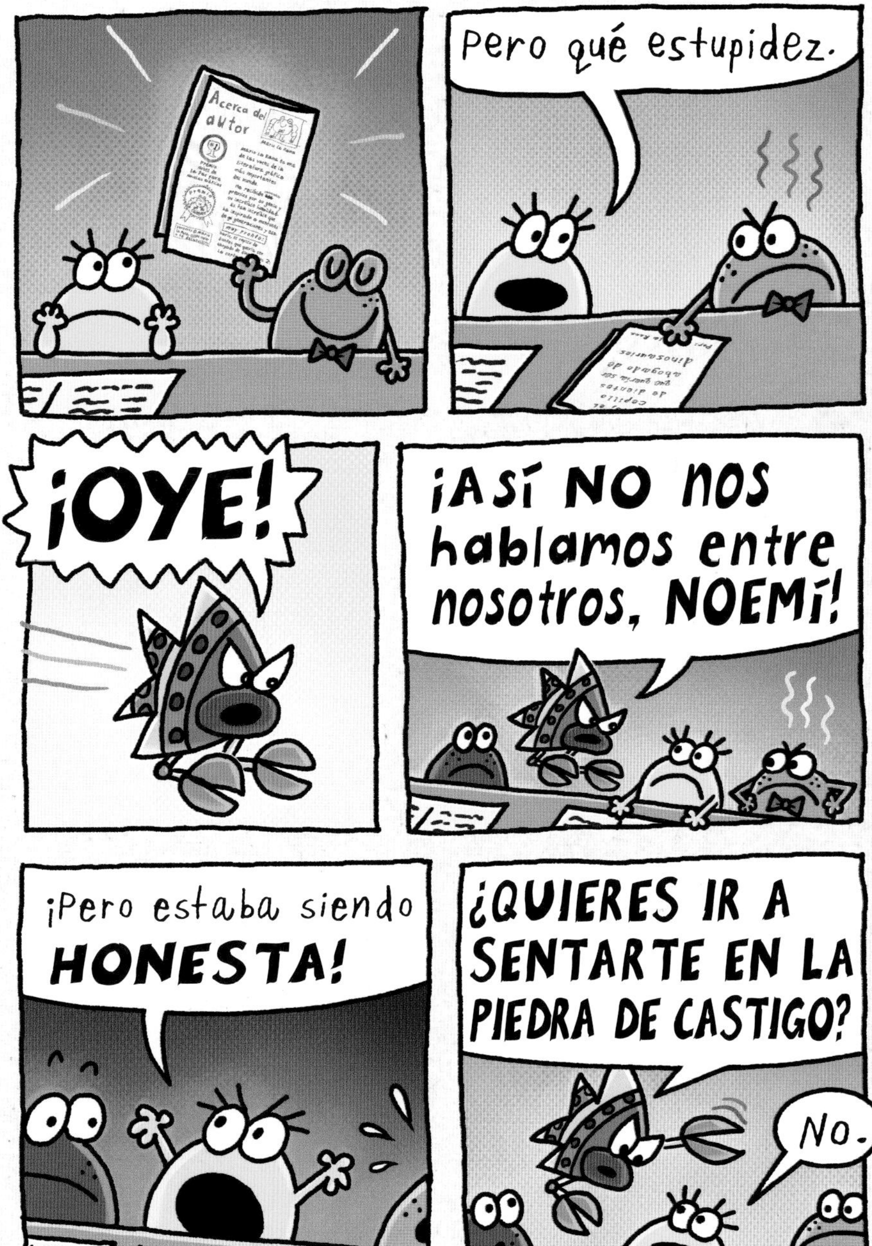
Acerca del autor
Pero qué estupidez.
¡OYE!
¡ASÍ NO nos hablamos entre nosotros, NOEMÍ!
¡Pero estaba siendo HONESTA!
¿QUIERES IR A SENTARTE EN LA PIEDRA DE CASTIGO?
No.

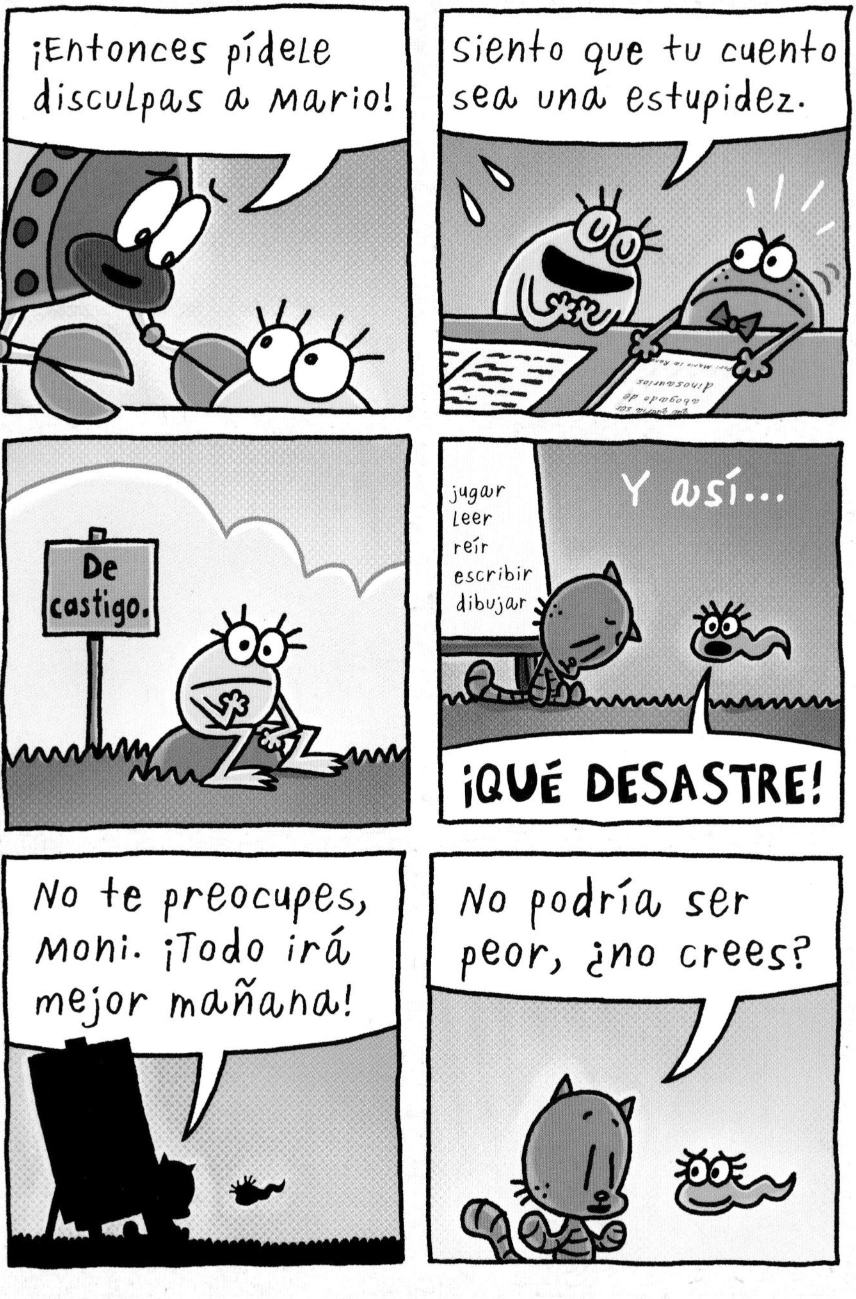
¡Entonces pídele disculpas a Mario!
Siento que tu cuento sea una estupidez.
De castigo.
jugar
leer
reír
escribir
dibujar
Y así...
¡QUÉ DESASTRE!
No te preocupes, Moni. ¡Todo irá mejor mañana!
No podría ser peor, ¿no crees?

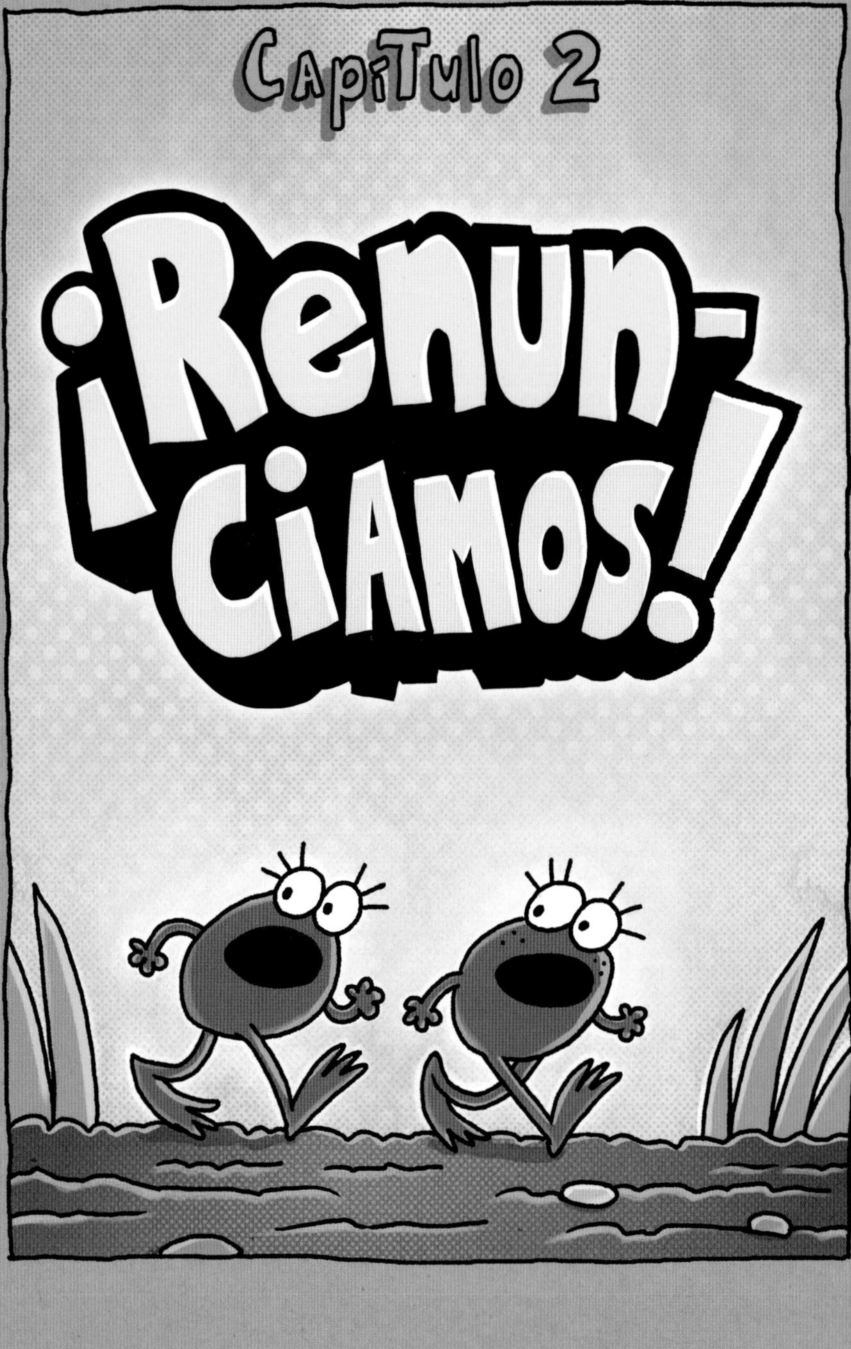
CAPÍTULO 2
¡RENUN-
CIAMOS!

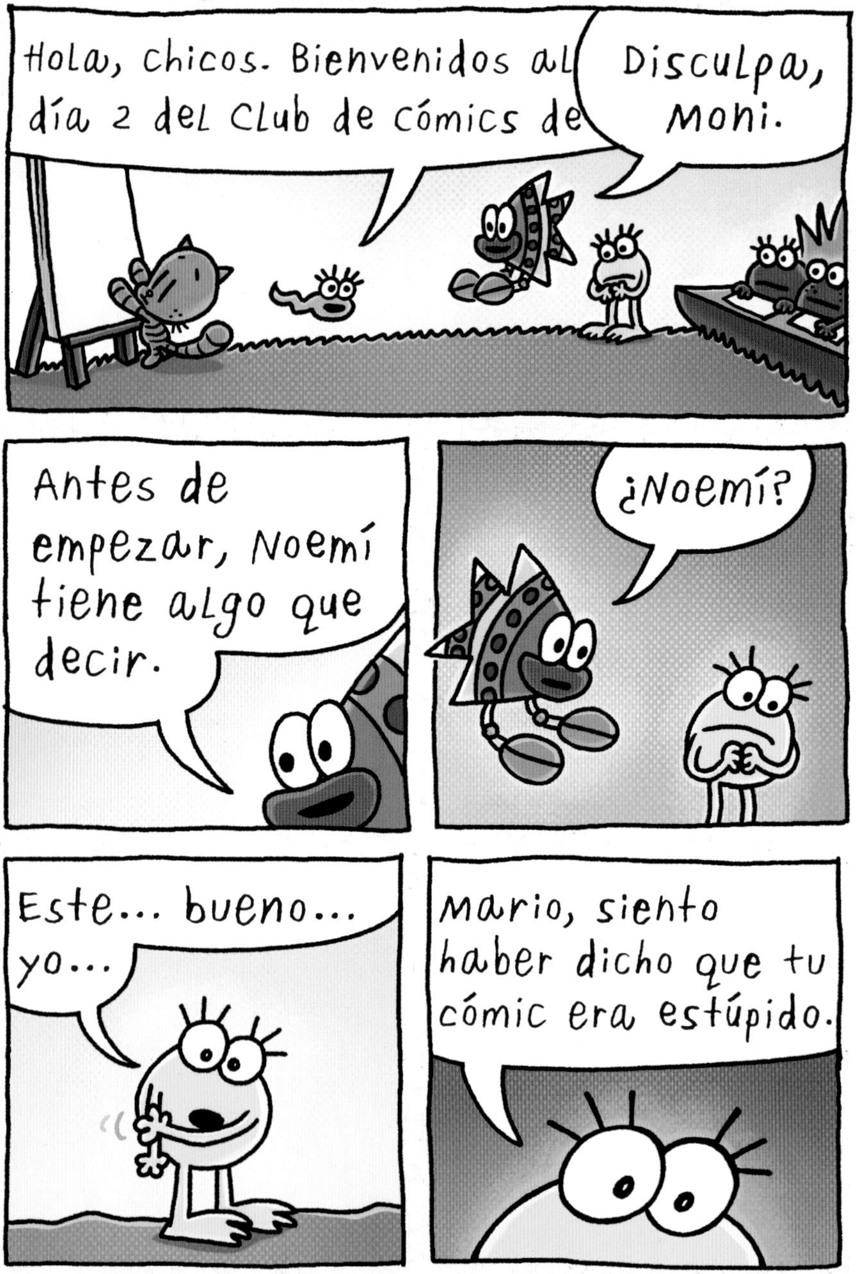

Hola, chicos. Bienvenidos al día 2 del Club de cómics de
Disculpa, Moni.
Antes de empezar, Noemí tiene algo que decir.
¿Noemí?
Este... bueno... yo...
Mario, siento haber dicho que tu cómic era estúpido.

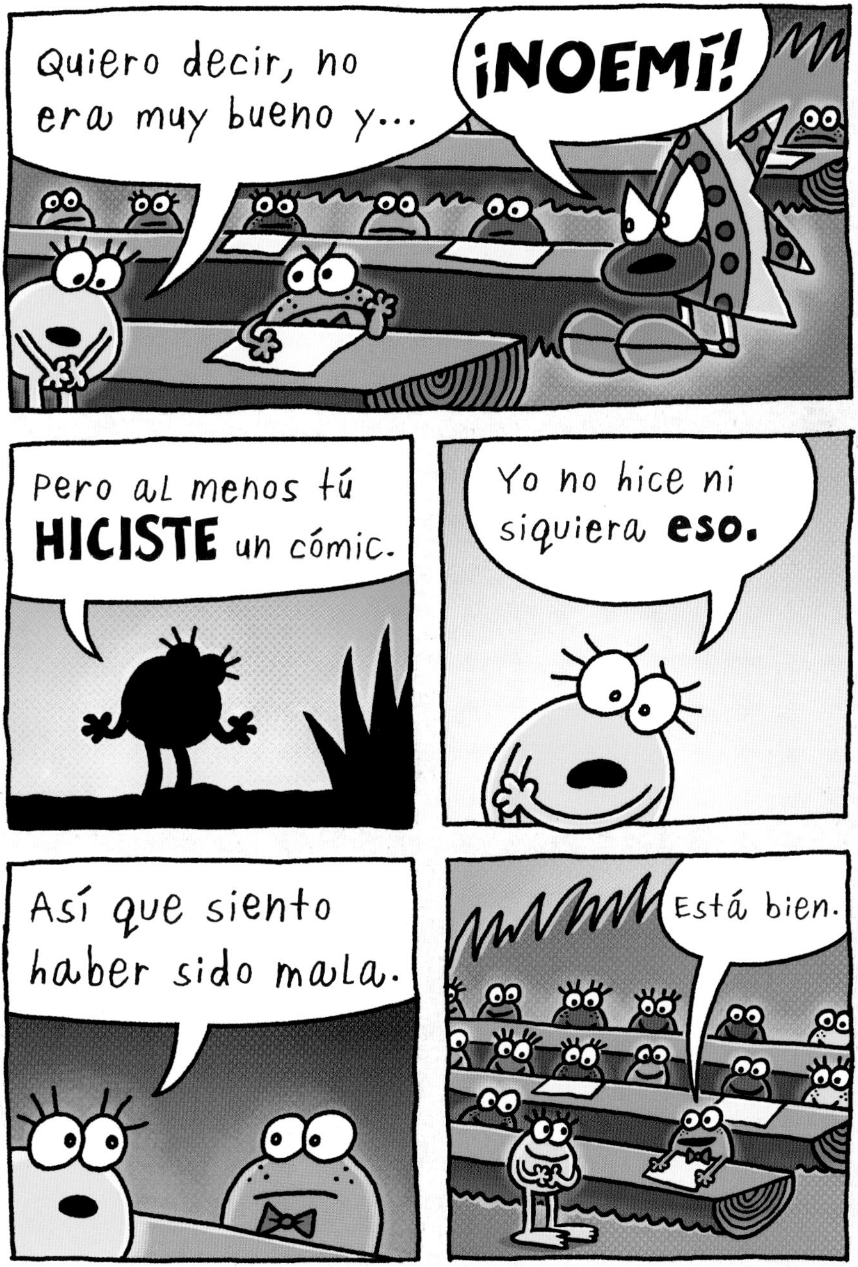
Quiero decir, no era muy bueno y...
¡NOEMÍ!
Pero al menos tú HICISTE un cómic.
Yo no hice ni siquiera eso.
Así que siento haber sido mala.
Está bien.

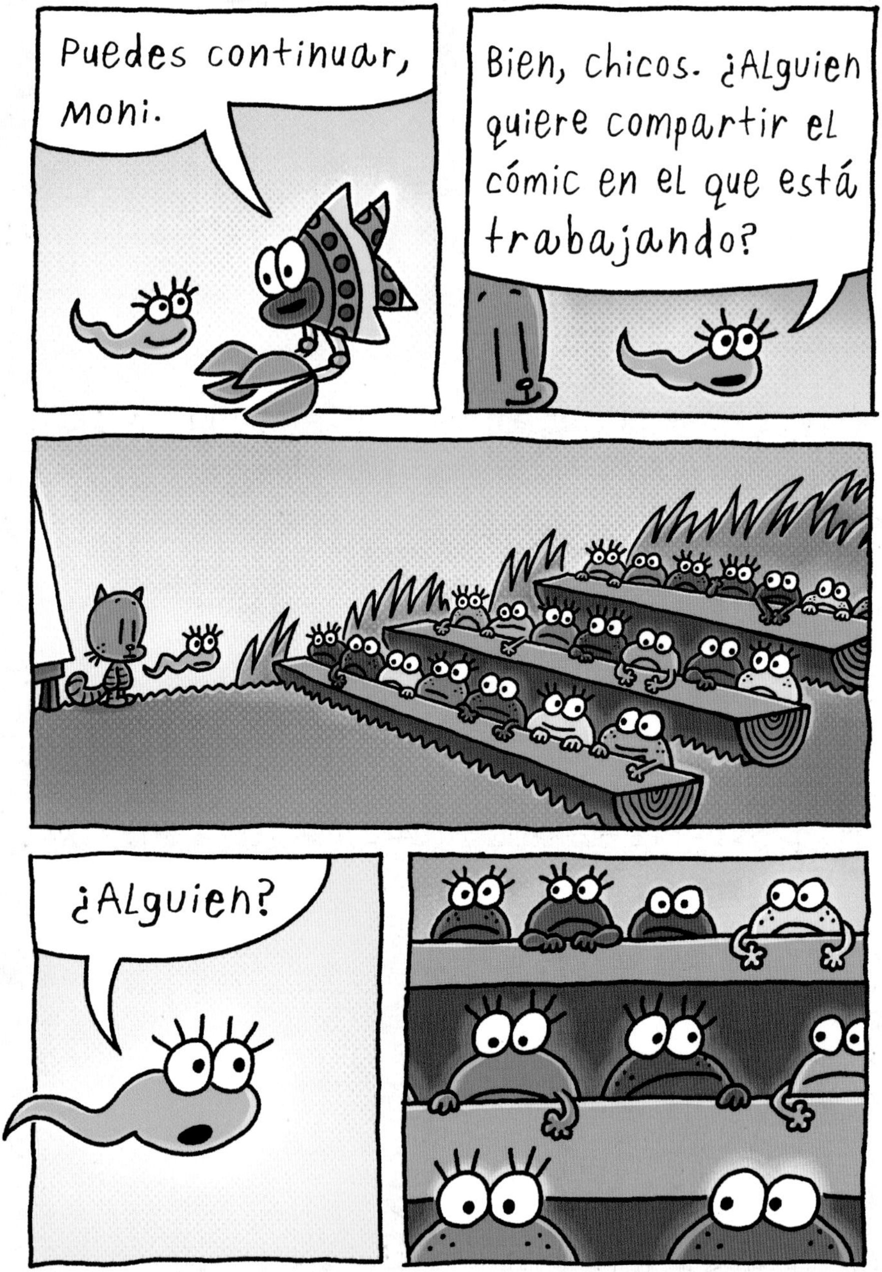
Puedes continuar, Moni.
Bien, chicos. ¿Alguien quiere compartir el cómic en el que está trabajando?
¿Alguien?

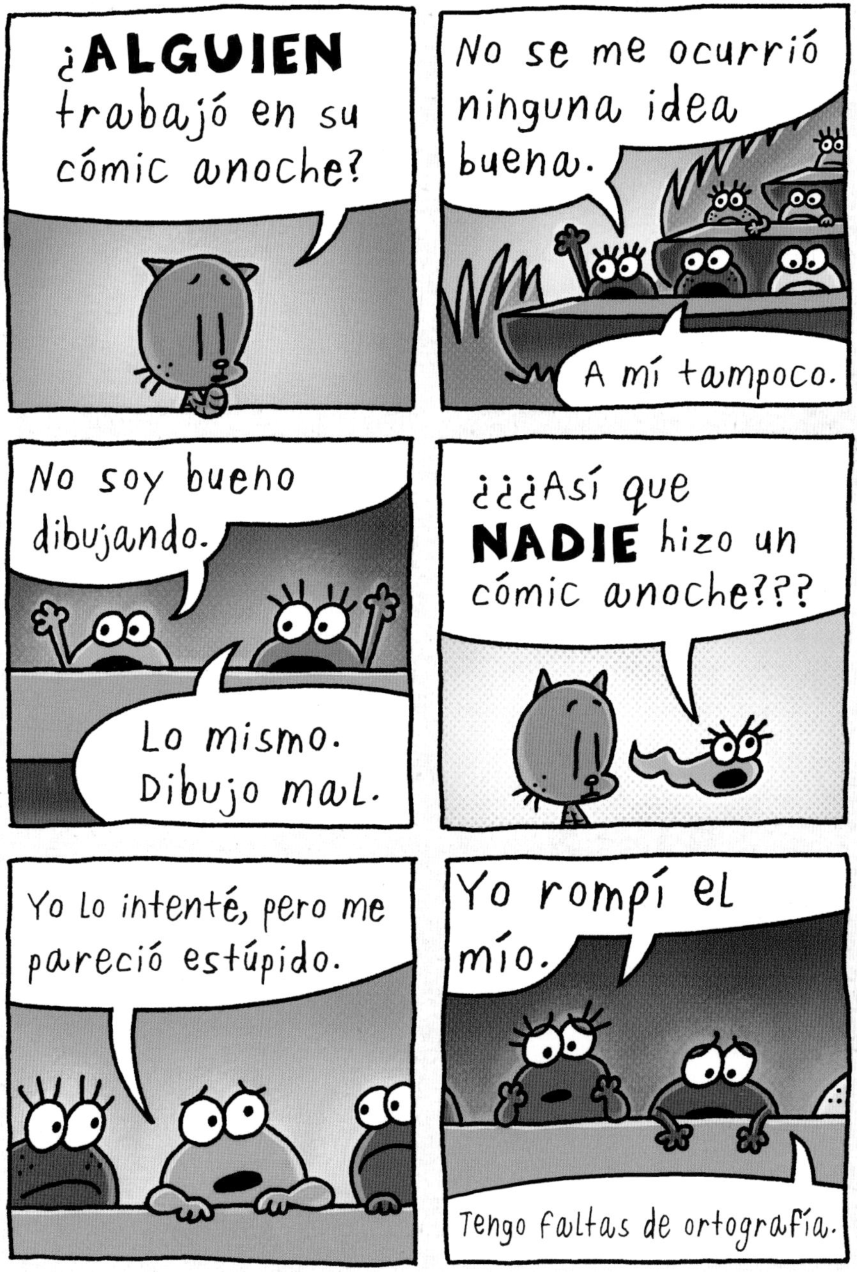
¿ALGUIEN trabajó en su cómic anoche?
No se me ocurrió ninguna idea buena.
A mí tampoco.
No soy bueno dibujando.
Lo mismo. Dibujo mal.
¿¿¿Así que NADIE hizo un cómic anoche???
Yo lo intenté, pero me pareció estúpido.
Yo rompí el mío.
Tengo faltas de ortografía.

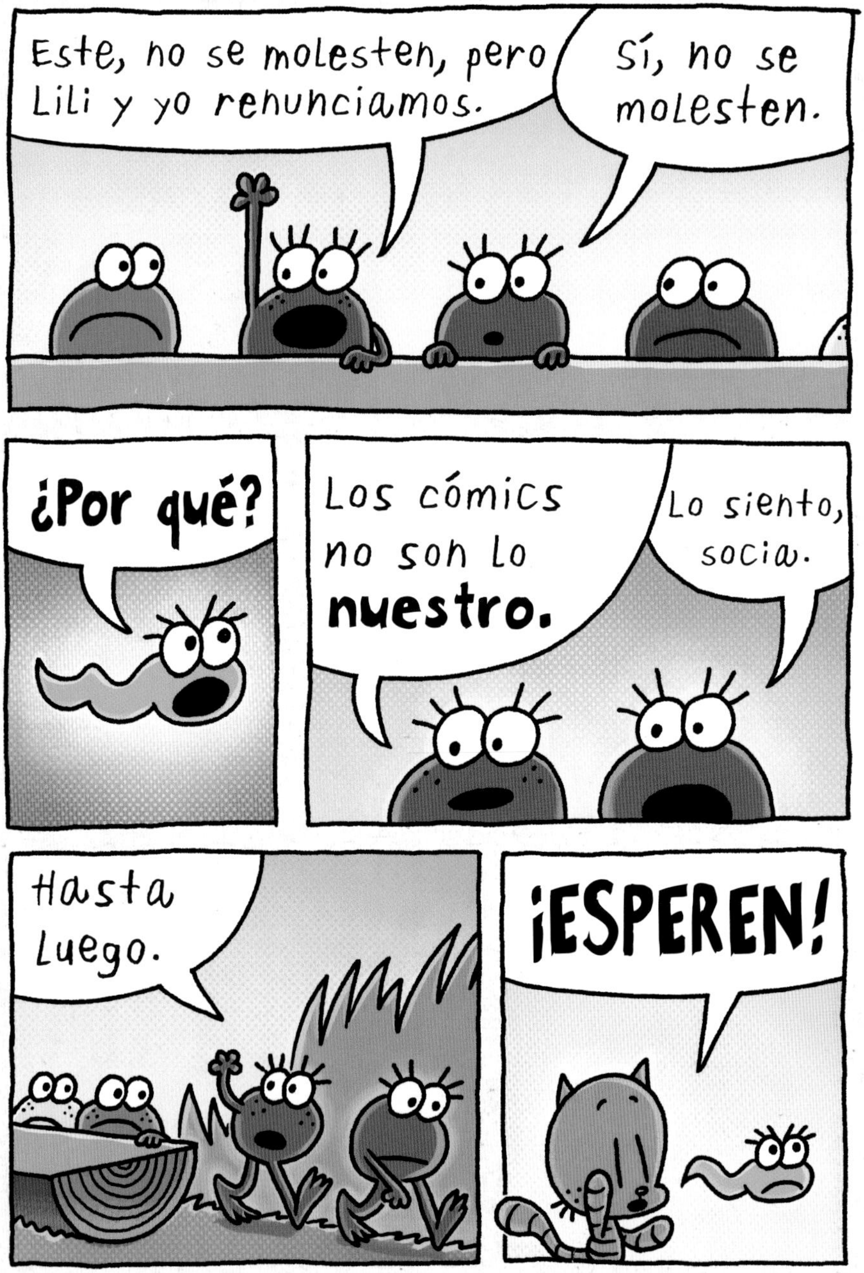
Este, no se molesten, pero Lili y yo renunciamos.
Sí, no se molesten.
¿Por qué?
Los cómics no son lo **nuestro.**
Lo siento, socia.
Hasta Luego.
¡ESPEREN!

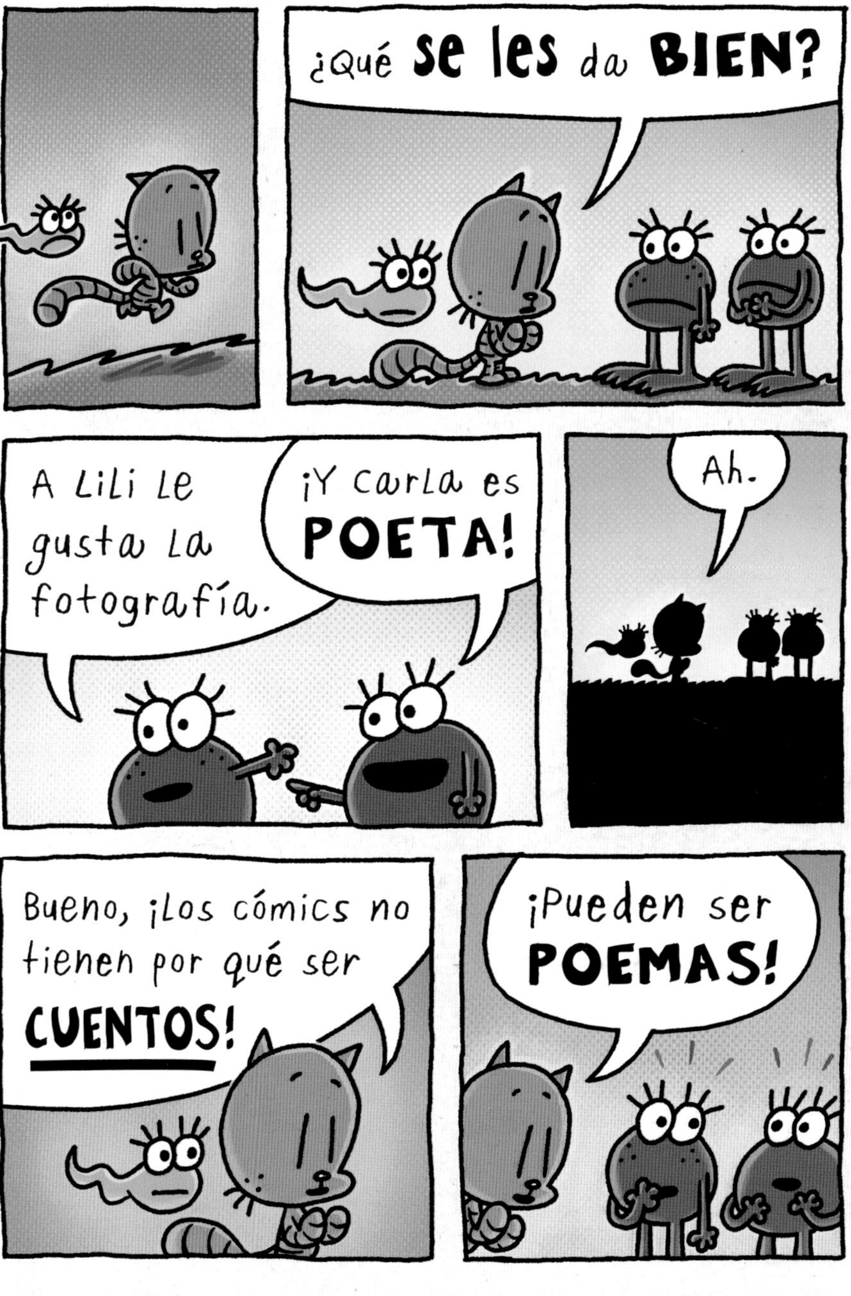
¿Qué se les da BIEN?
A Lili le gusta la fotografía.
¡Y Carla es POETA!
Ah.
Bueno, ¡los cómics no tienen por qué ser CUENTOS!
¡Pueden ser POEMAS!

¡Y se pueden ilustrar con FOTOGRAFÍAS!
¿En serio?
¡Claro! Podrían trabajar juntas en
¿¿¿PODEMOS TRABAJAR JUNTAS???
Este... sí.
¿POR QUÉ NO LO DIJISTE ANTES?
¡NOS QUEDAMOS!

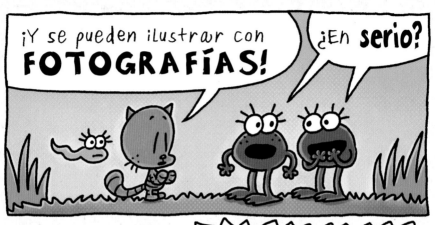

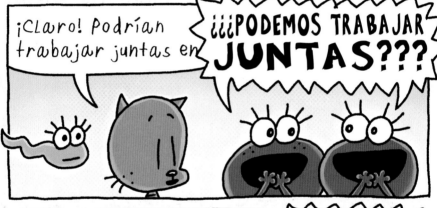

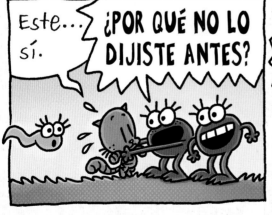

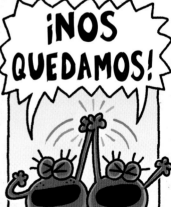

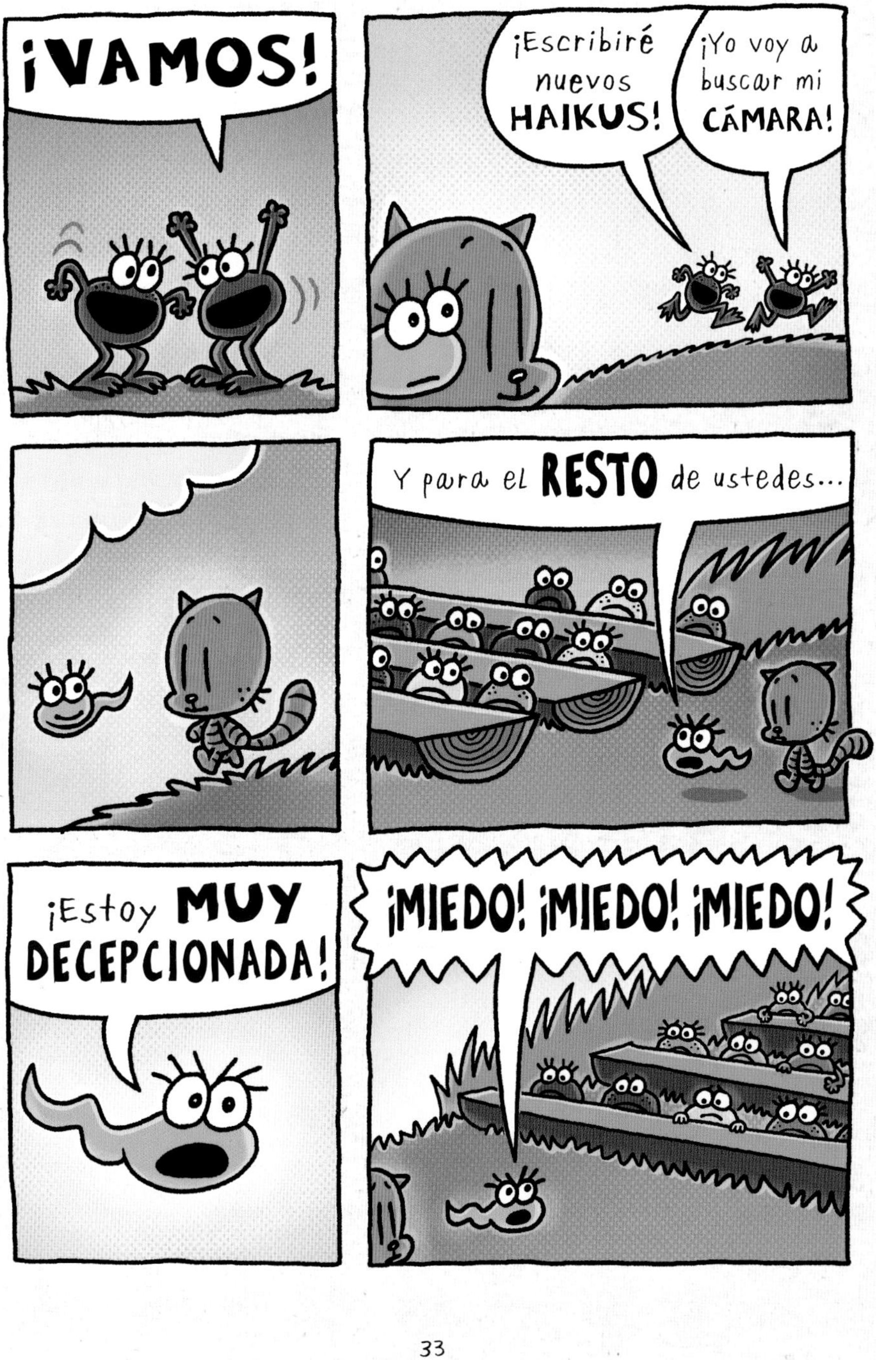
¡VAMOS!
¡Escribiré nuevos HAIKUS!
¡Yo voy a buscar mi CÁMARA!
Y para el RESTO de ustedes...
¡Estoy MUY DECEPCIONADA!
¡MIEDO! ¡MIEDO! ¡MIEDO!

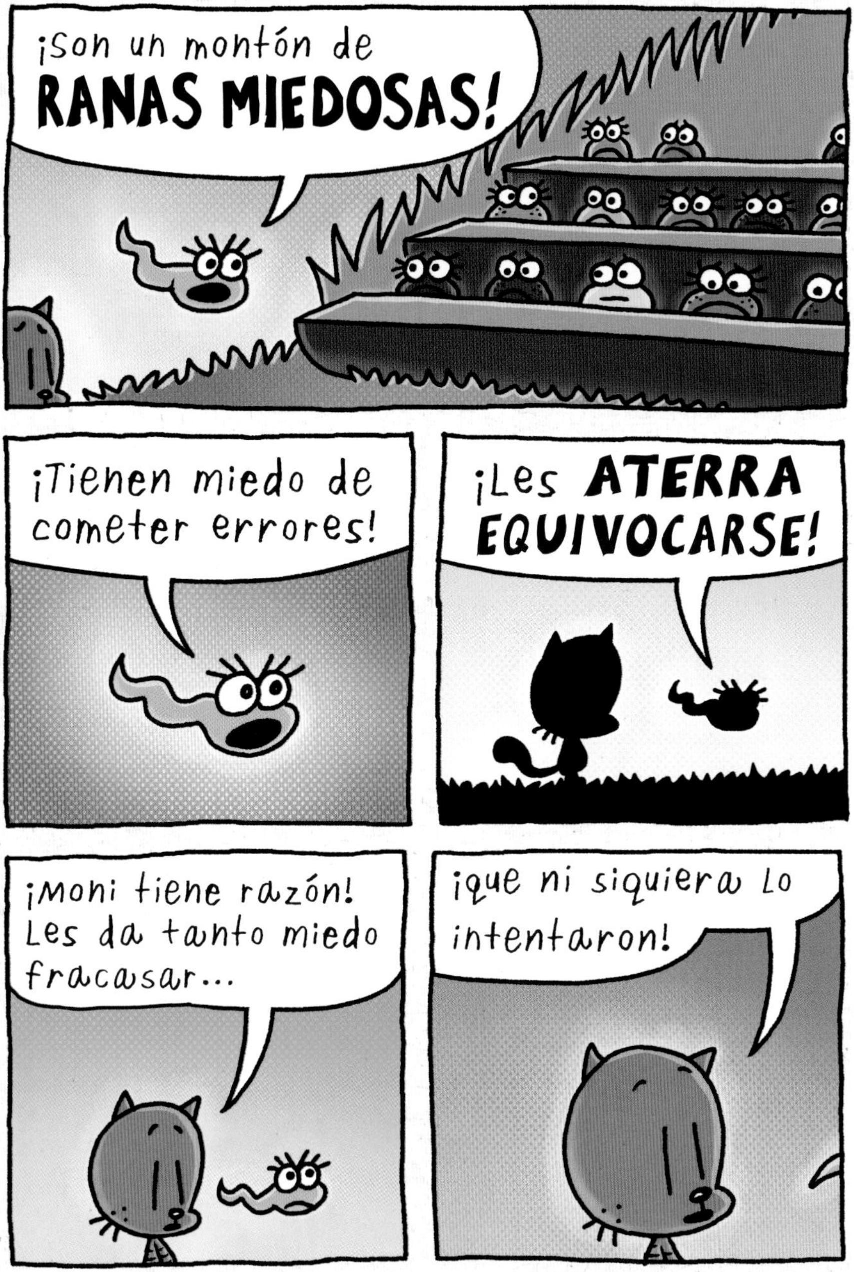
¡Son un montón de RANAS MIEDOSAS!
¡Tienen miedo de cometer errores!
¡Les ATERRA EQUIVOCARSE!
¡Moni tiene razón! Les da tanto miedo fracasar...
¡que ni siquiera lo intentaron!

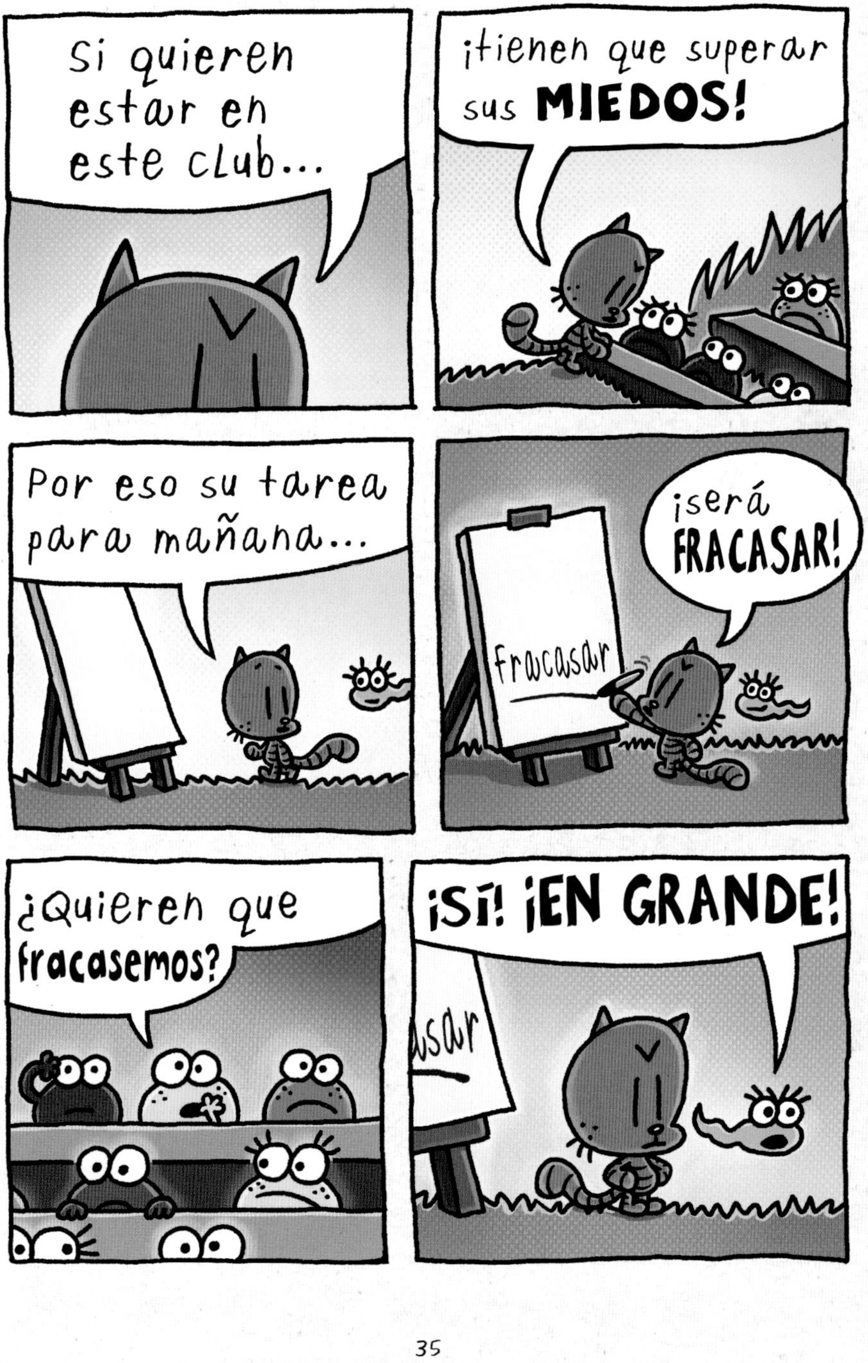

Si quieren estar en este club...
¡tienen que superar sus **MIEDOS**!
Por eso su tarea para mañana...
fracasar
¡será FRACASAR!
¿Quieren que fracasemos?
¡SÍ! ¡EN GRANDE!
sar

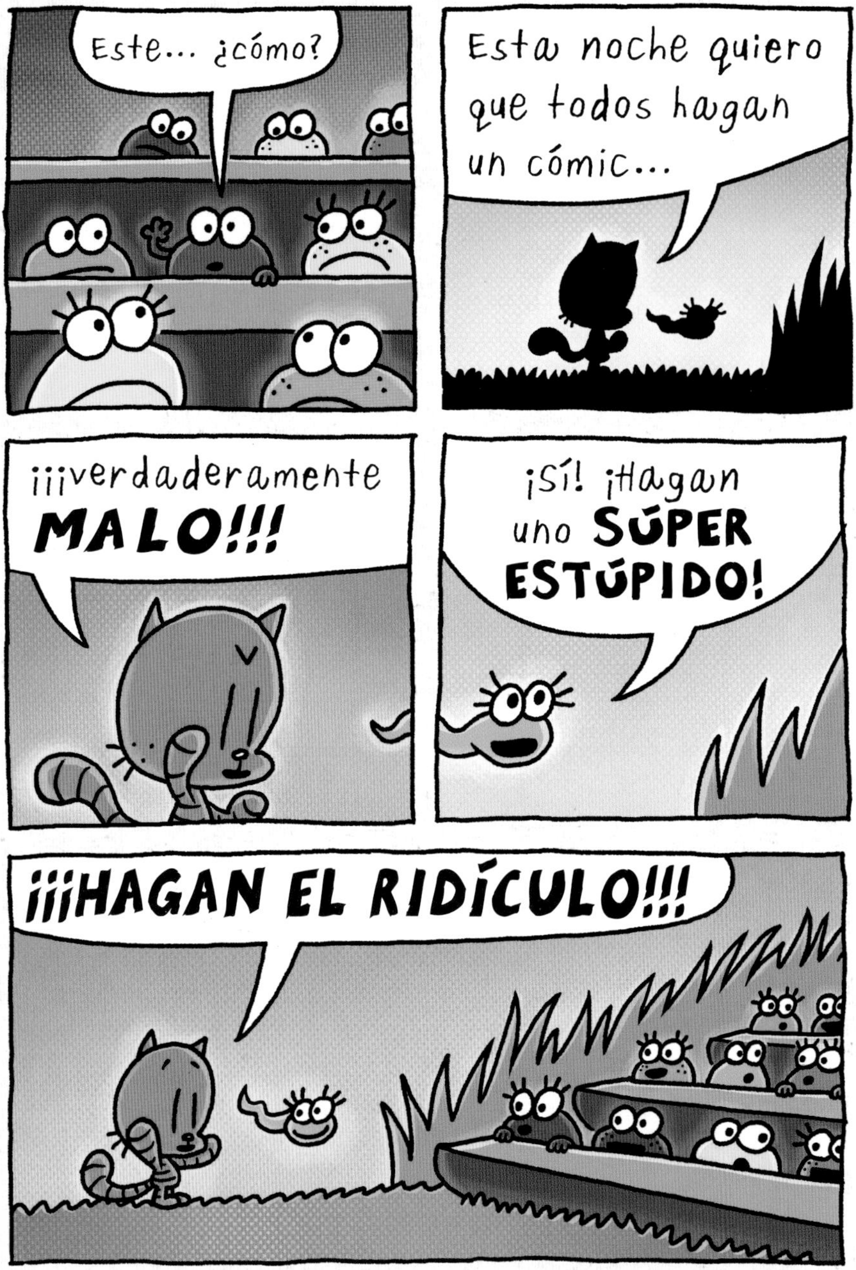
Este... ¿cómo?
Esta noche quiero que todos hagan un cómic...
¡¡¡verdaderamente MALO!!!
¡Sí! ¡Hagan uno SÚPER ESTÚPIDO!
¡¡¡HAGAN EL RIDÍCULO!!!

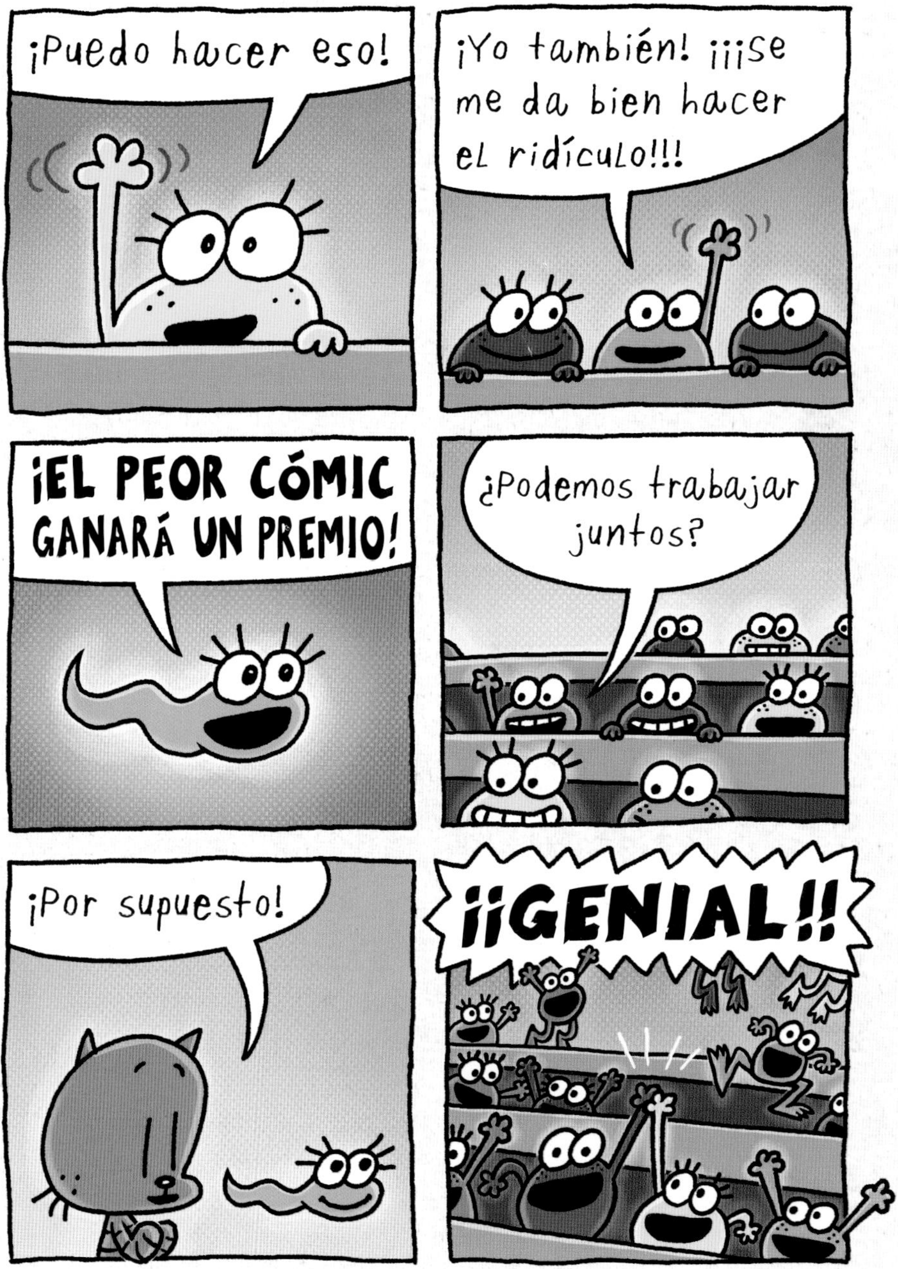
¡Puedo hacer eso!
¡Yo también! ¡¡¡Se me da bien hacer el ridículo!!!
¡EL PEOR CÓMIC GANARÁ UN PREMIO!
¿Podemos trabajar juntos?
¡Por supuesto!
¡¡GENIAL!!

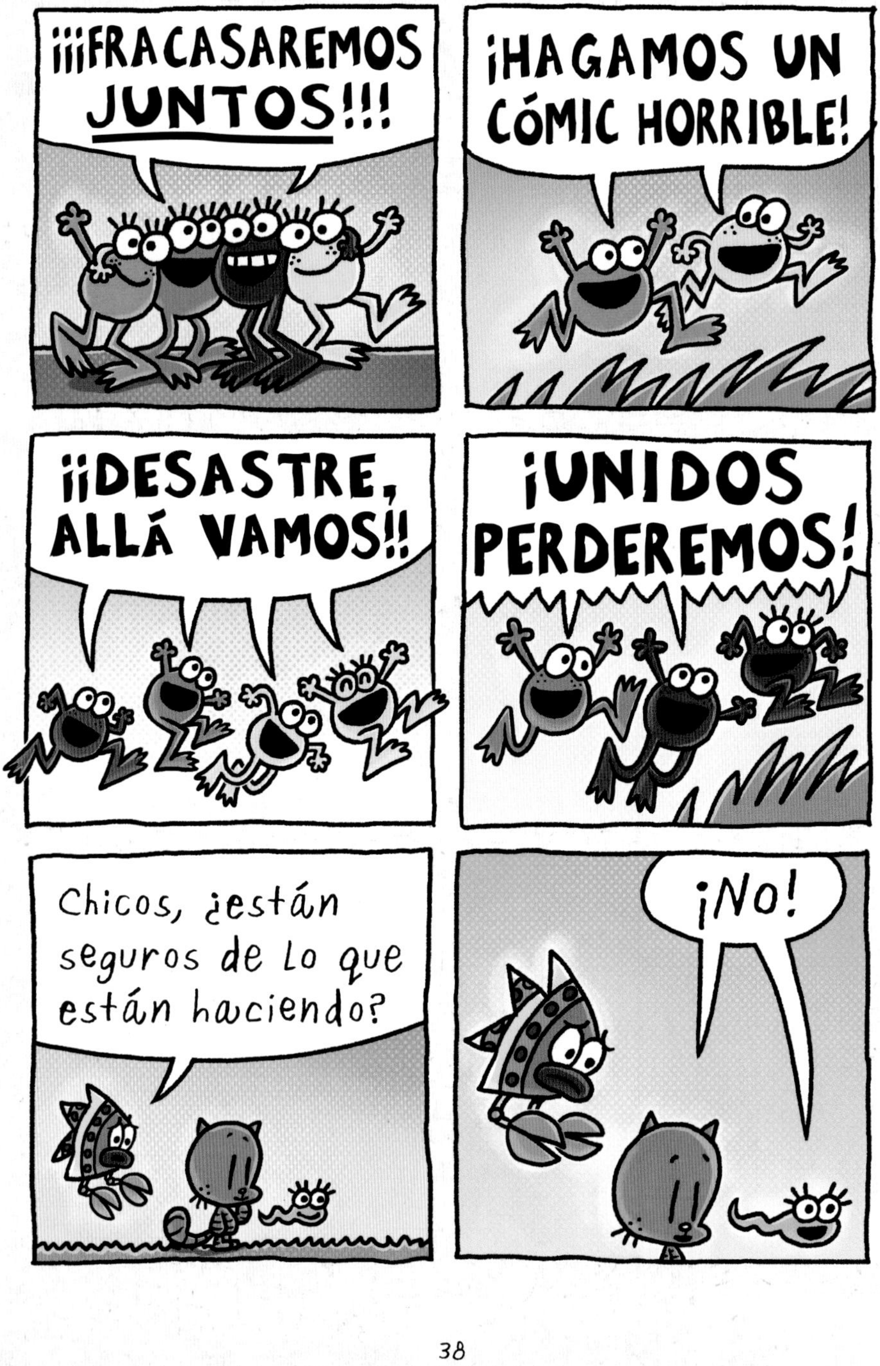
¡¡¡FRACASAREMOS JUNTOS!!!
¡HAGAMOS UN CÓMIC HORRIBLE!
¡¡DESASTRE, ALLÁ VAMOS!!
¡UNIDOS PERDEREMOS!
Chicos, ¿están seguros de lo que están haciendo?
¡No!

CAPÍTULO 3

CUATRO FABULOSOS FRACASOS

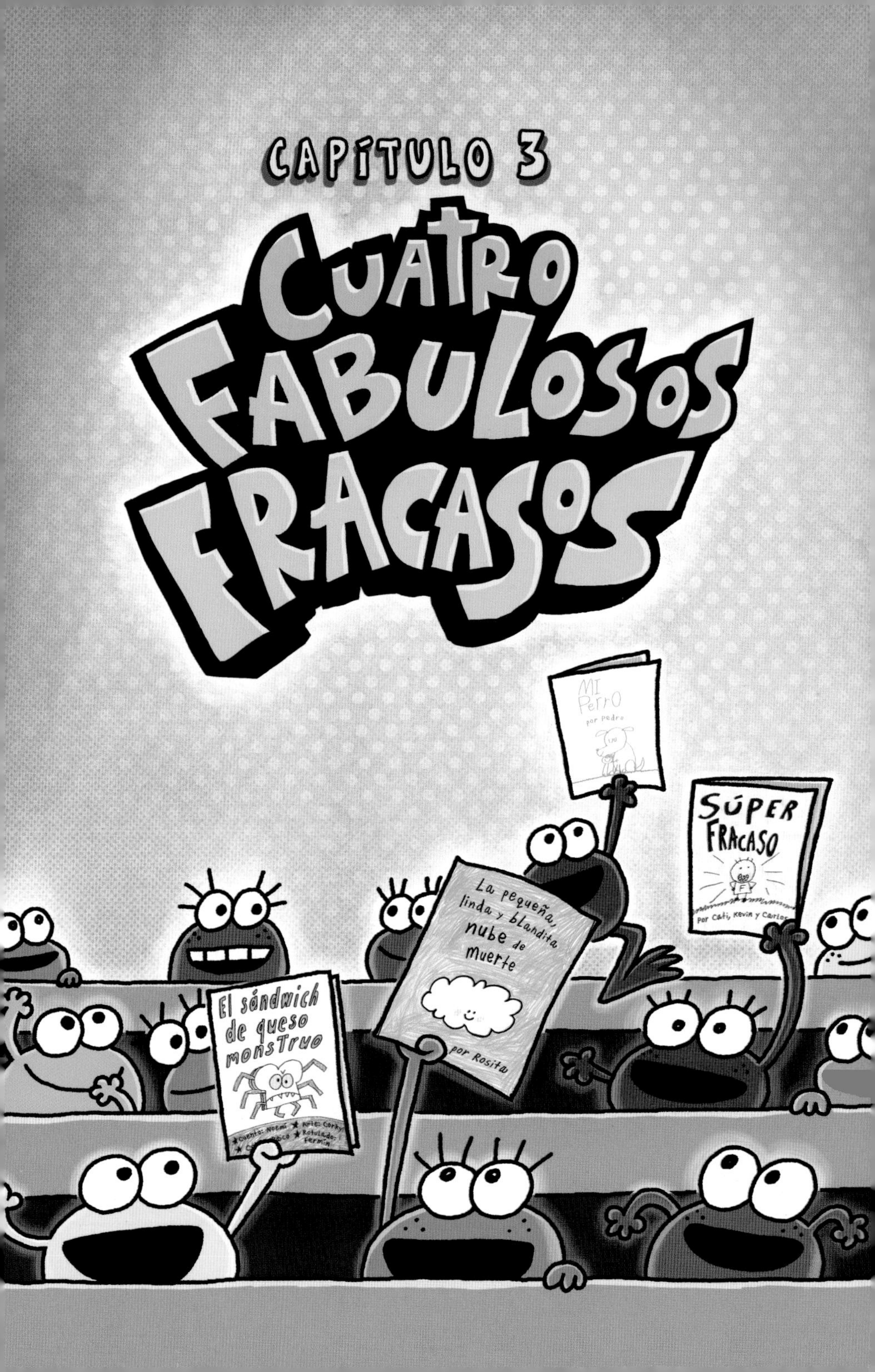
MI Perro
por pedro
Súper Fracaso
Por Cati, Kevin y Carlos
La pequeña, linda y blandita nube de muerte
por Rosita
El sándwich de queso monstruo
Cuento: Noemí ★ Arte: Corky
Rotulado: Fermín

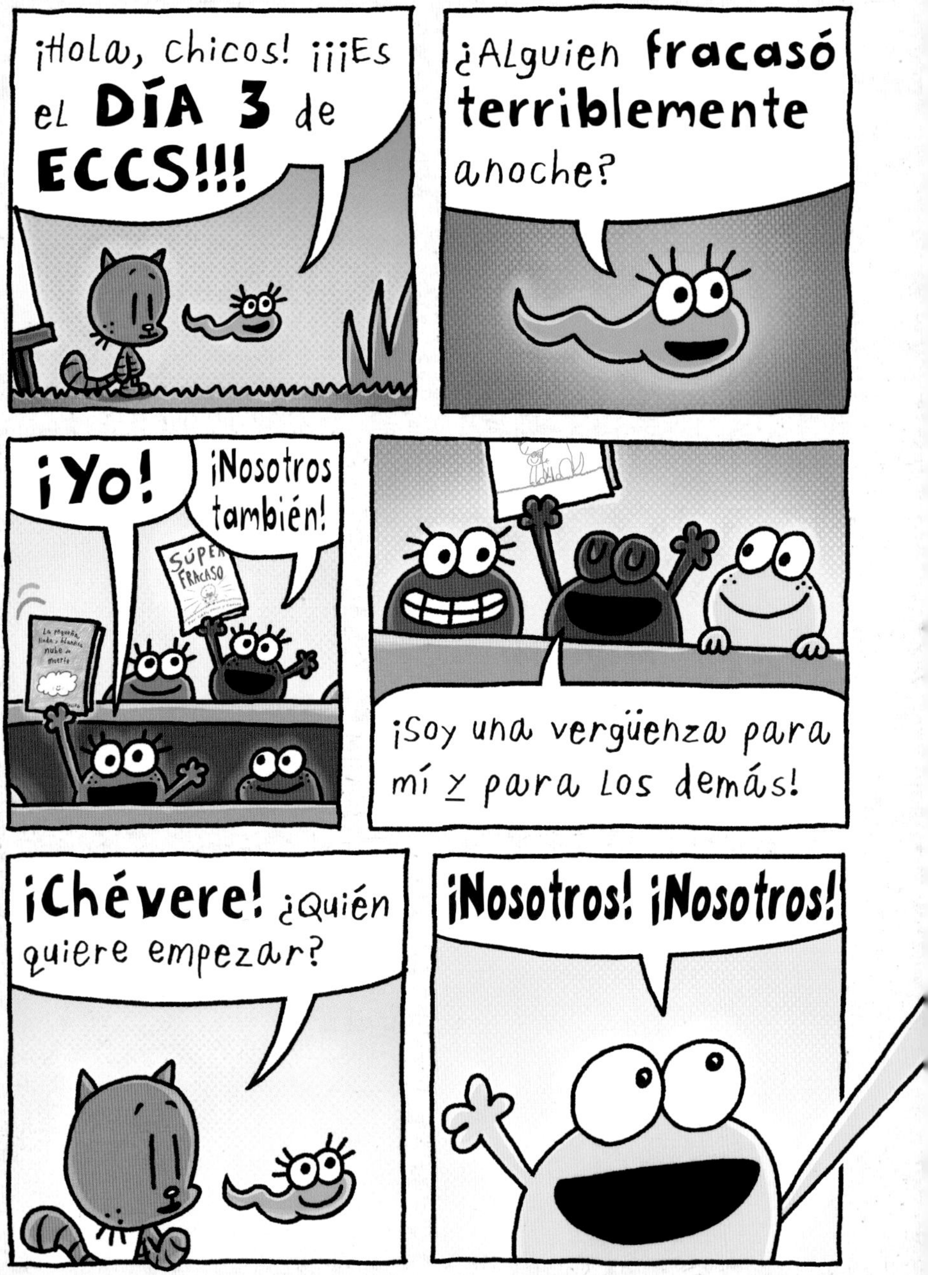
¡Hola, chicos! ¡¡¡Es el DÍA 3 de ECCS!!!
¿Alguien fracasó terriblemente anoche?
¡Yo!
¡Nosotros también!
SÚPER FRACASO
¡Soy una vergüenza para mí y para los demás!
¡Chévere! ¿Quién quiere empezar?
¡Nosotros! ¡Nosotros!

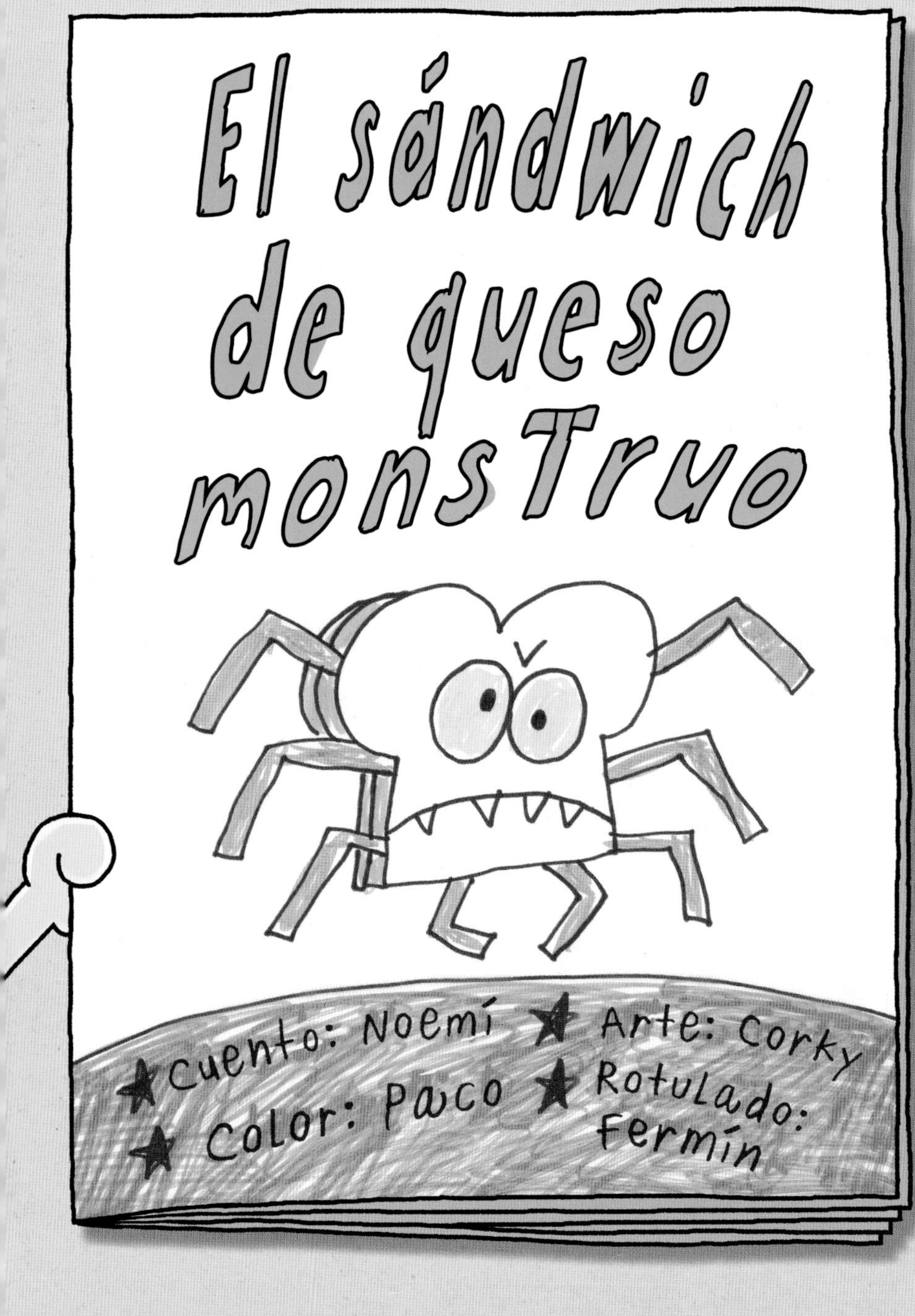
El sándwich de queso monsTruo
Cuento: Noemí
Arte: Corky
Color: Paco
Rotulado: Fermín

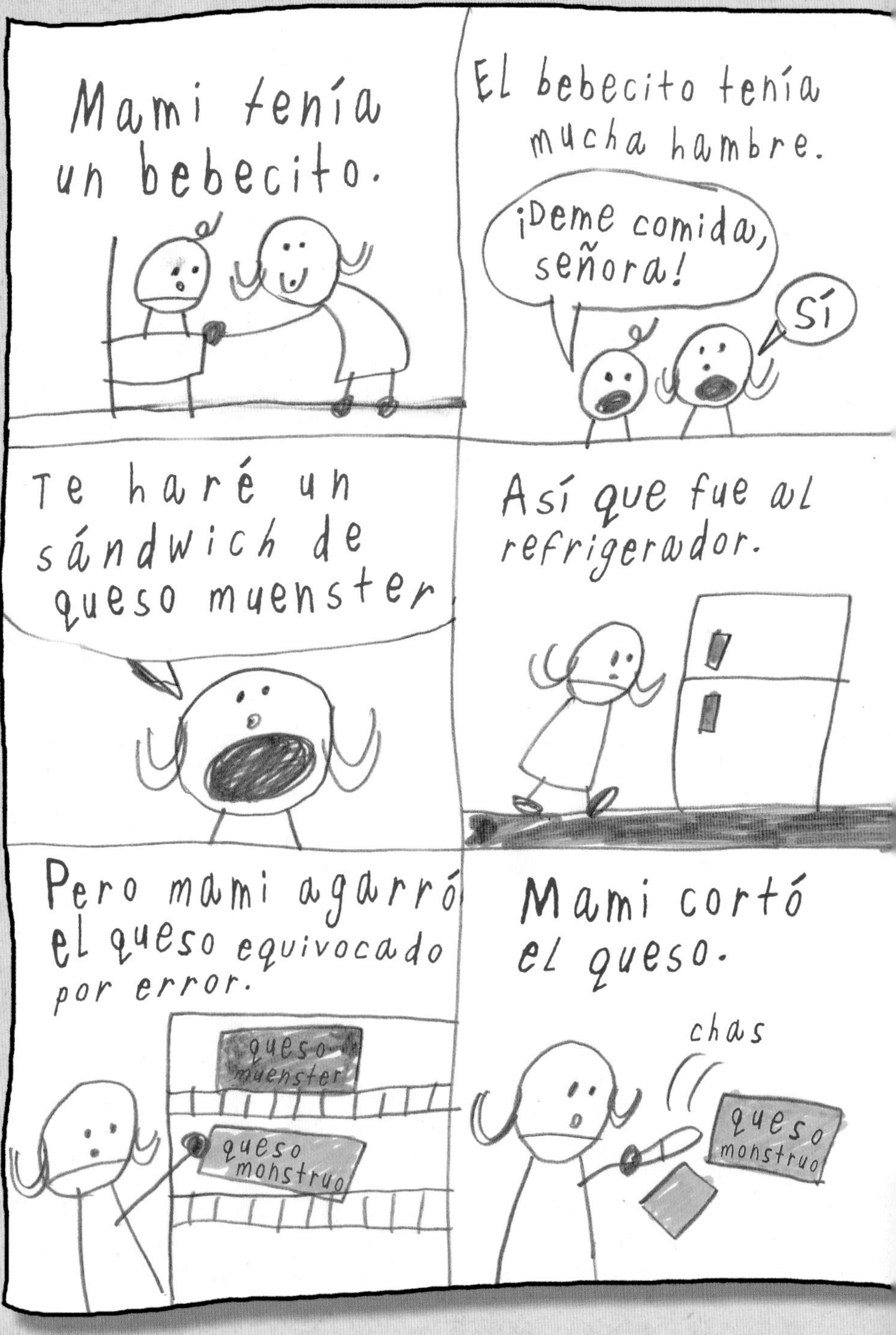
Mami tenía un bebecito.
El bebecito tenía mucha hambre.
¡Deme comida, señora!
Sí
Te haré un sándwich de queso muenster
Así que fue al refrigerador.
Pero mami agarró el queso equivocado por error.
queso muenster
queso monstruo
Mami cortó el queso.
chas
queso monstruo

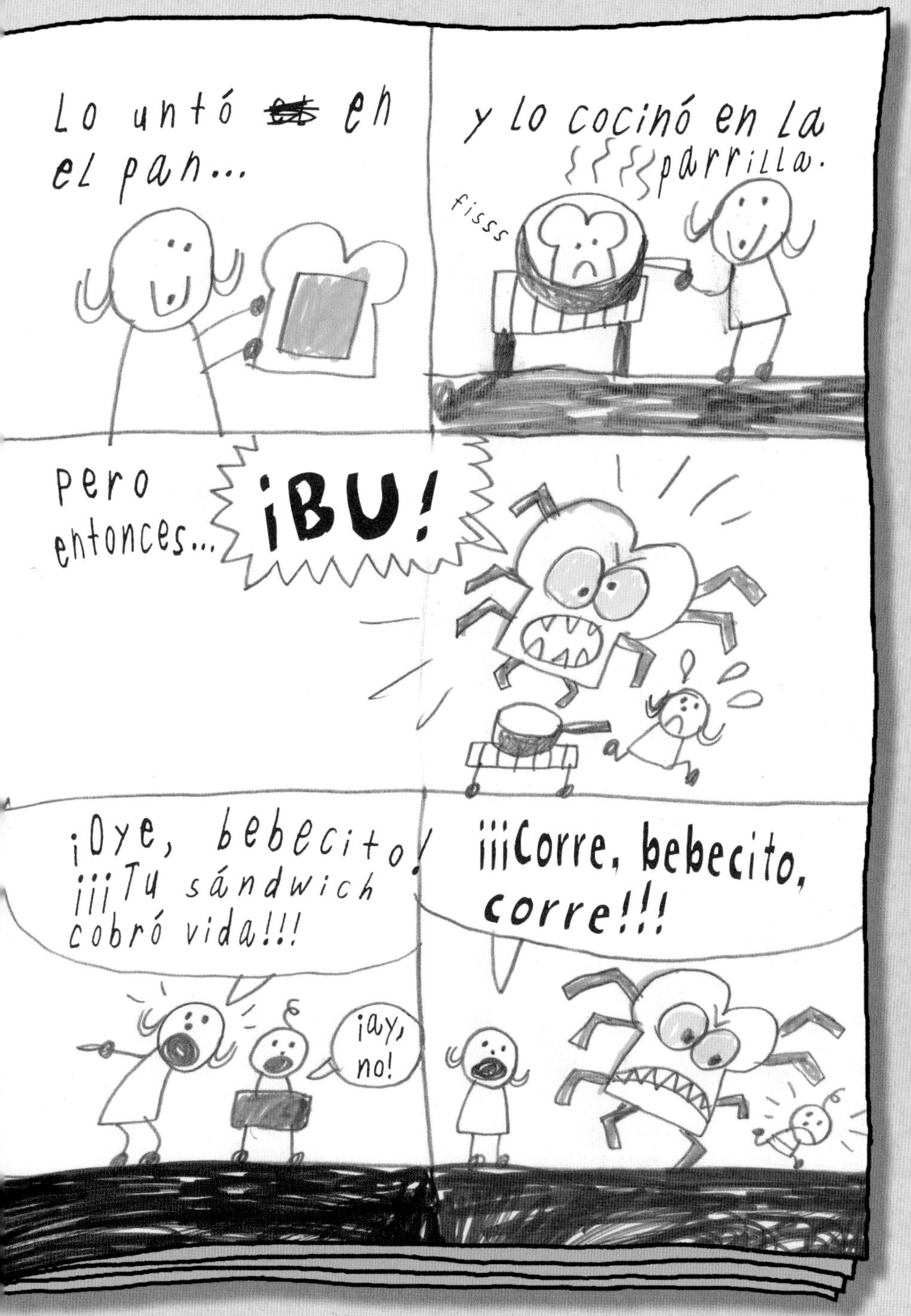
Lo untó en
el pan...
y lo cocinó en la
parrilla.
fisss
pero
entonces...
¡BU!
¡Oye, bebecito!
¡¡¡Tu sándwich
cobró vida!!!
¡ay,
no!
¡¡¡Corre, bebecito,
corre!!!

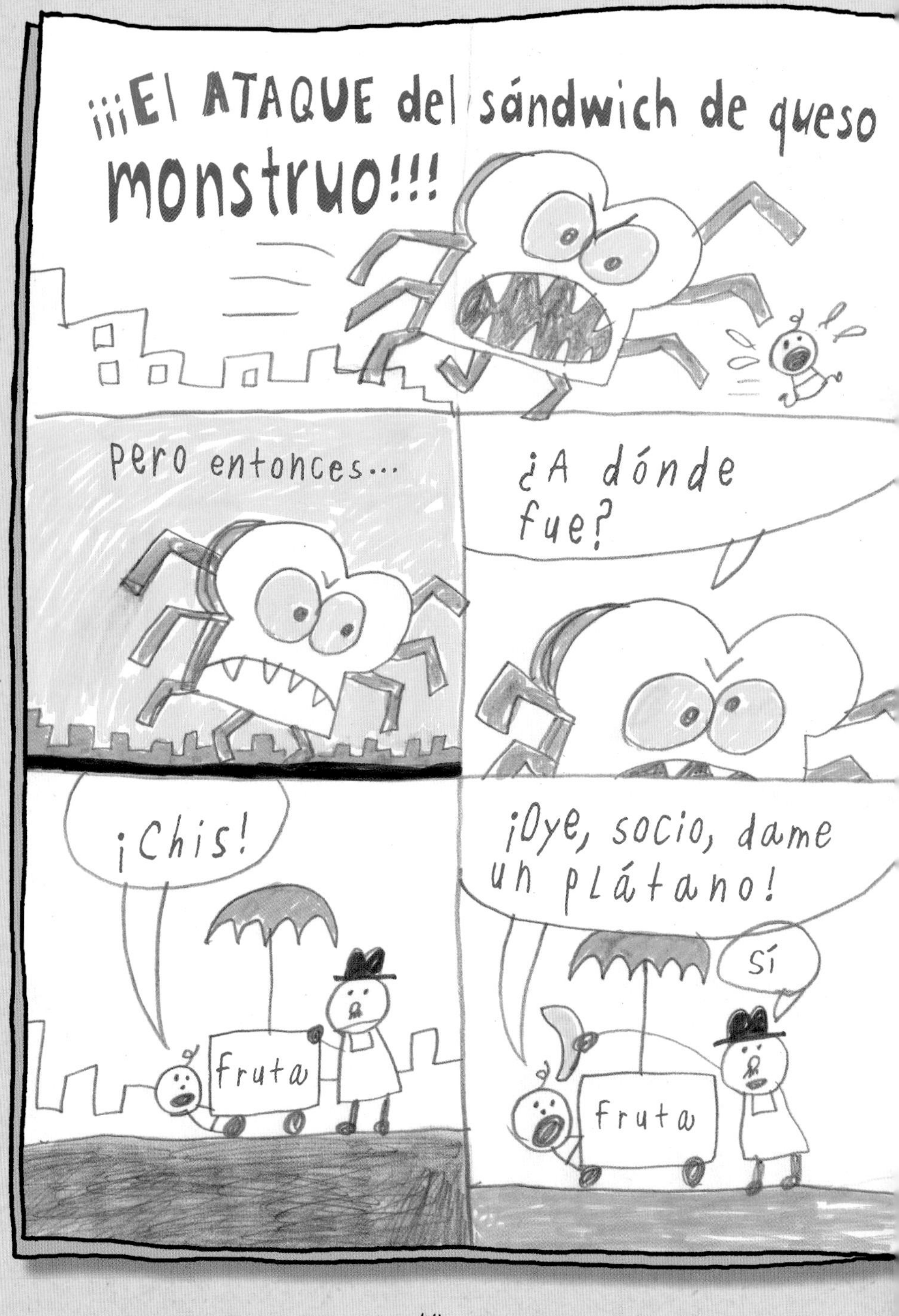
¡¡¡El ATAQUE del sándwich de queso monstruo!!!
Pero entonces...
¿A dónde fue?
¡Chis!
¡Oye, socio, dame un plátano!
Sí
fruta
fruta

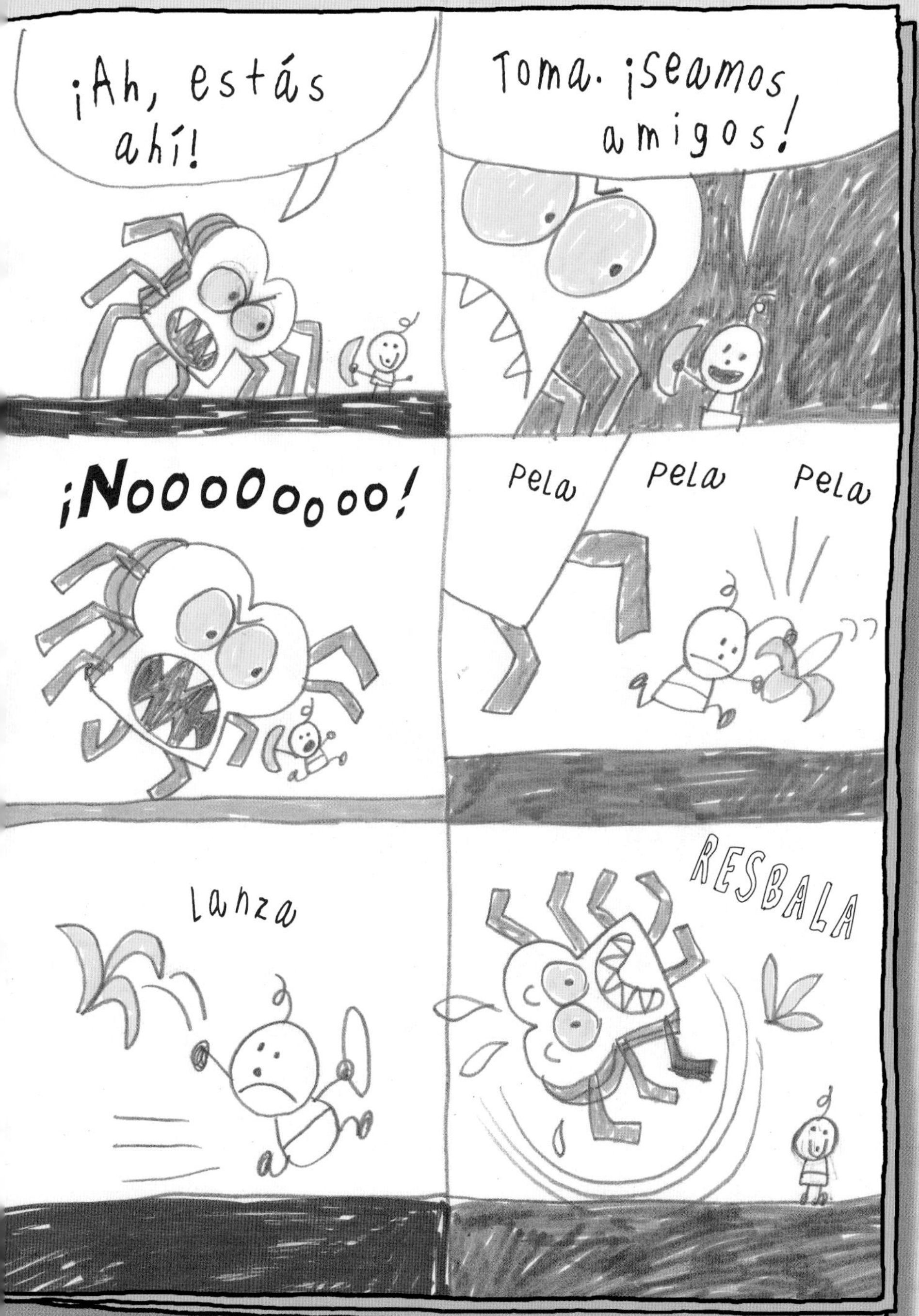
¡Ah, estás ahí!
Toma. ¡Seamos amigos!
¡Noooooooo!
Pela
Pela
Pela
Lanza
RESBALA

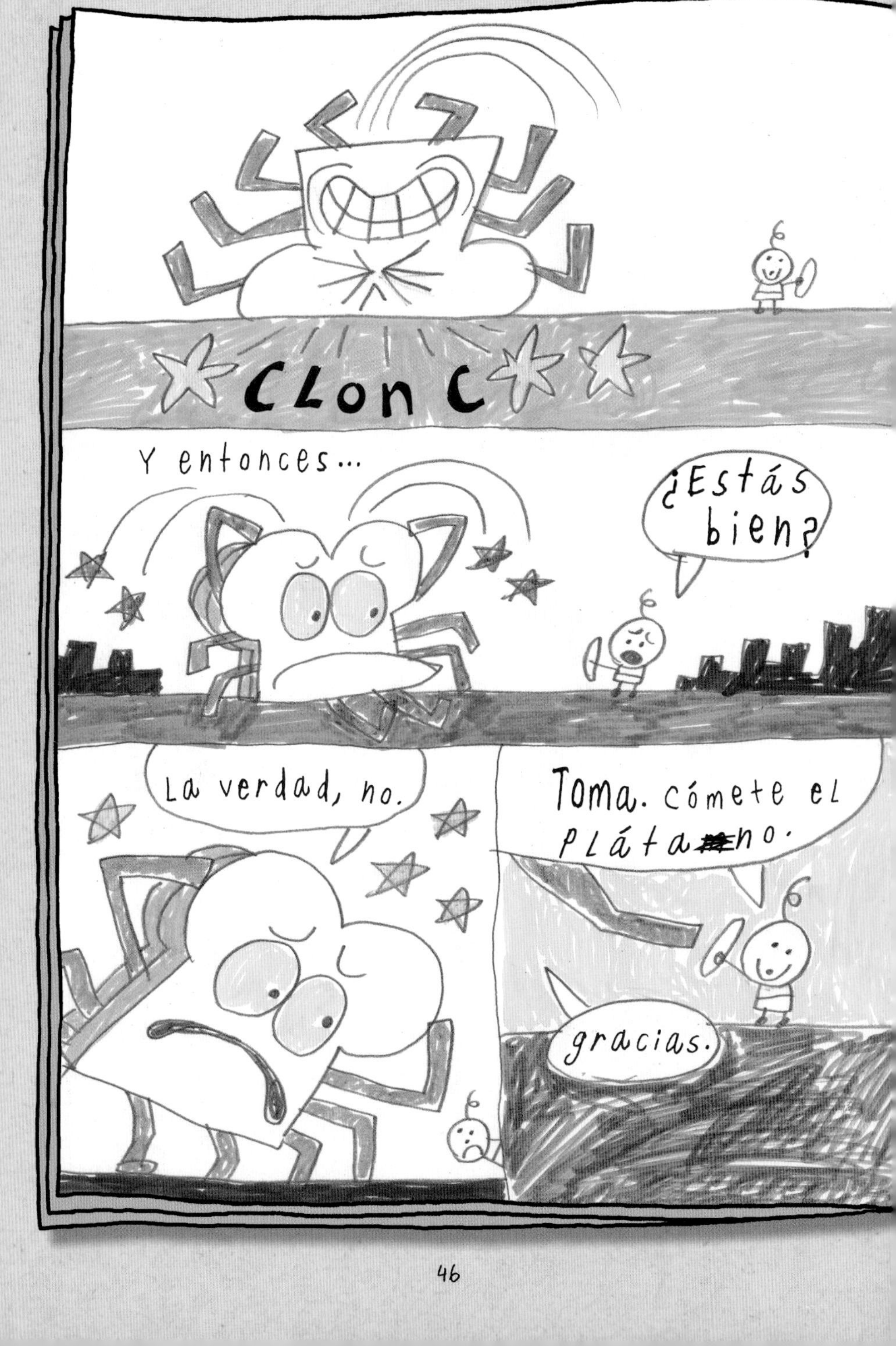
CLONC
Y entonces...
¿Estás bien?
La verdad, no.
Toma. cómete el plátano.
gracias.

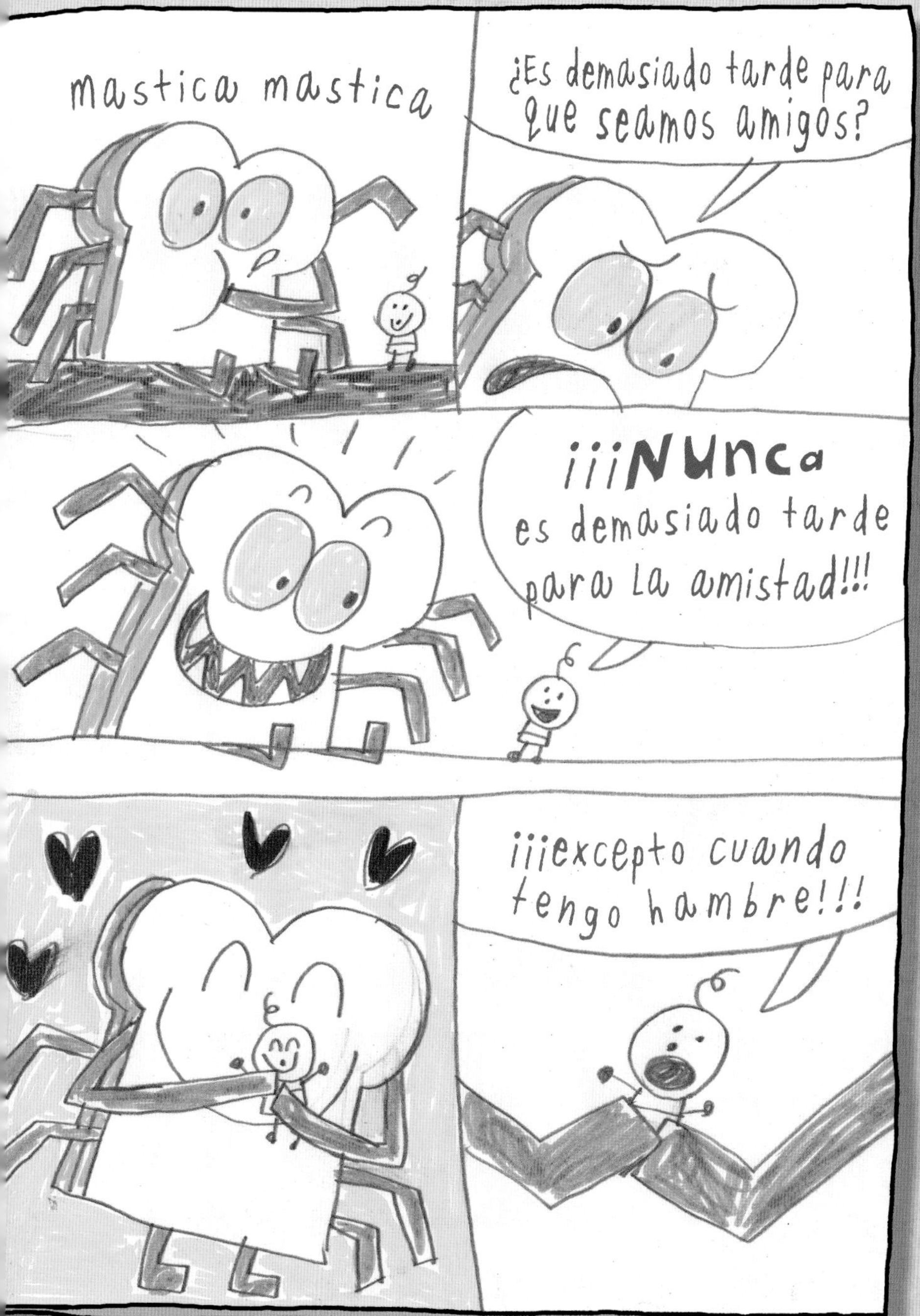
mastica mastica
¿Es demasiado tarde para que seamos amigos?
¡¡¡NUNCA es demasiado tarde para la amistad!!!
¡¡¡excepto cuando tengo hambre!!!

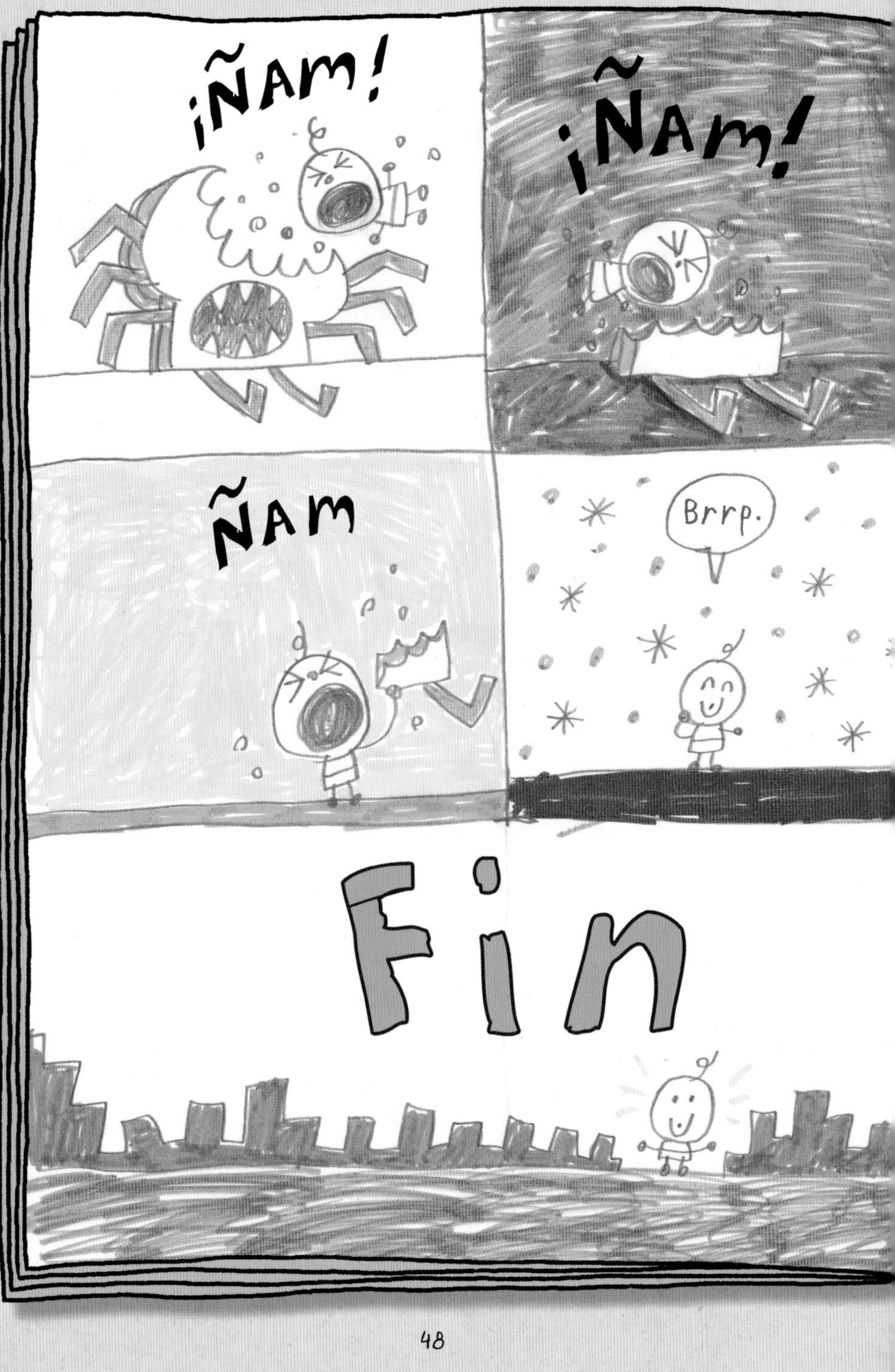
¡ÑAM!
¡ÑAM!
ÑAM
Brrp.
Fin

Cómo dibujar

EL *Sándwich de queso Monstruo*

en 17 pasos increíblemente fáciles

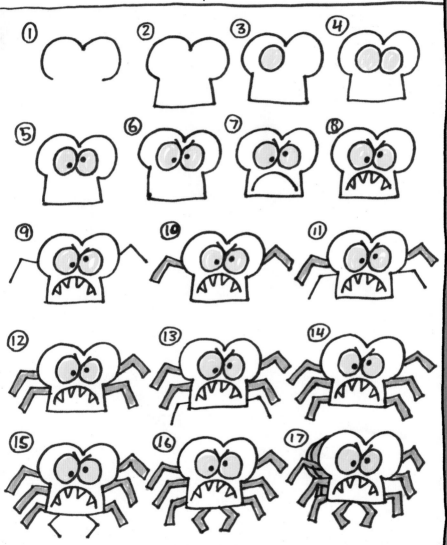

49

Notas de la autora:

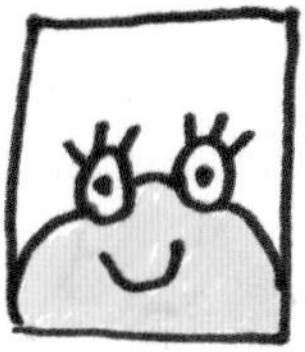

Noemí La Grande

"Este cuento está basado en una historia real. Una vez papi dijo que iba a hacer sándwiches de queso muenster, pero yo pensé que había dicho 'sándwiches de queso monstruo'. Me dio miedo y lloré (yo era muy pequeña). Ahora todos llamamos al queso muenster 'queso monstruo' porque pensamos que es chistoso, pero al principio no lo fue". —Noemí La Grande.

Acerca del ilustrador:

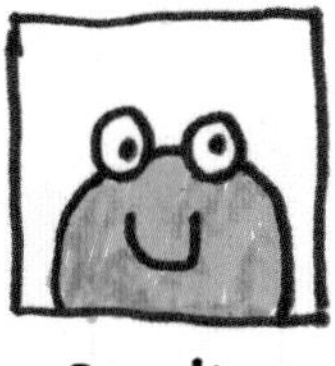

Corky

Corky ha sido artista desde que era un renacuajo. Su secreto consiste en dibujar todos los días y no darse por vencido, aunque cometa un montón de errores.

Acerca del colorista:

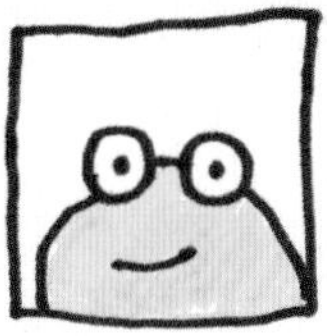

Paco

A Paco le encanta la música y toca el ukelele bastante bien. También le gustan mucho el canto y la lucha libre.

Acerca del rotulista:

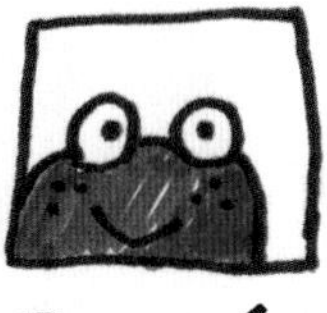

Fermín

Fermín la Rana es un tipo increíble. [redacted] Le gusta nadar y coleccionar pegatinas. Cuando sea grande, se quedará despierto hasta la hora que él quiera.

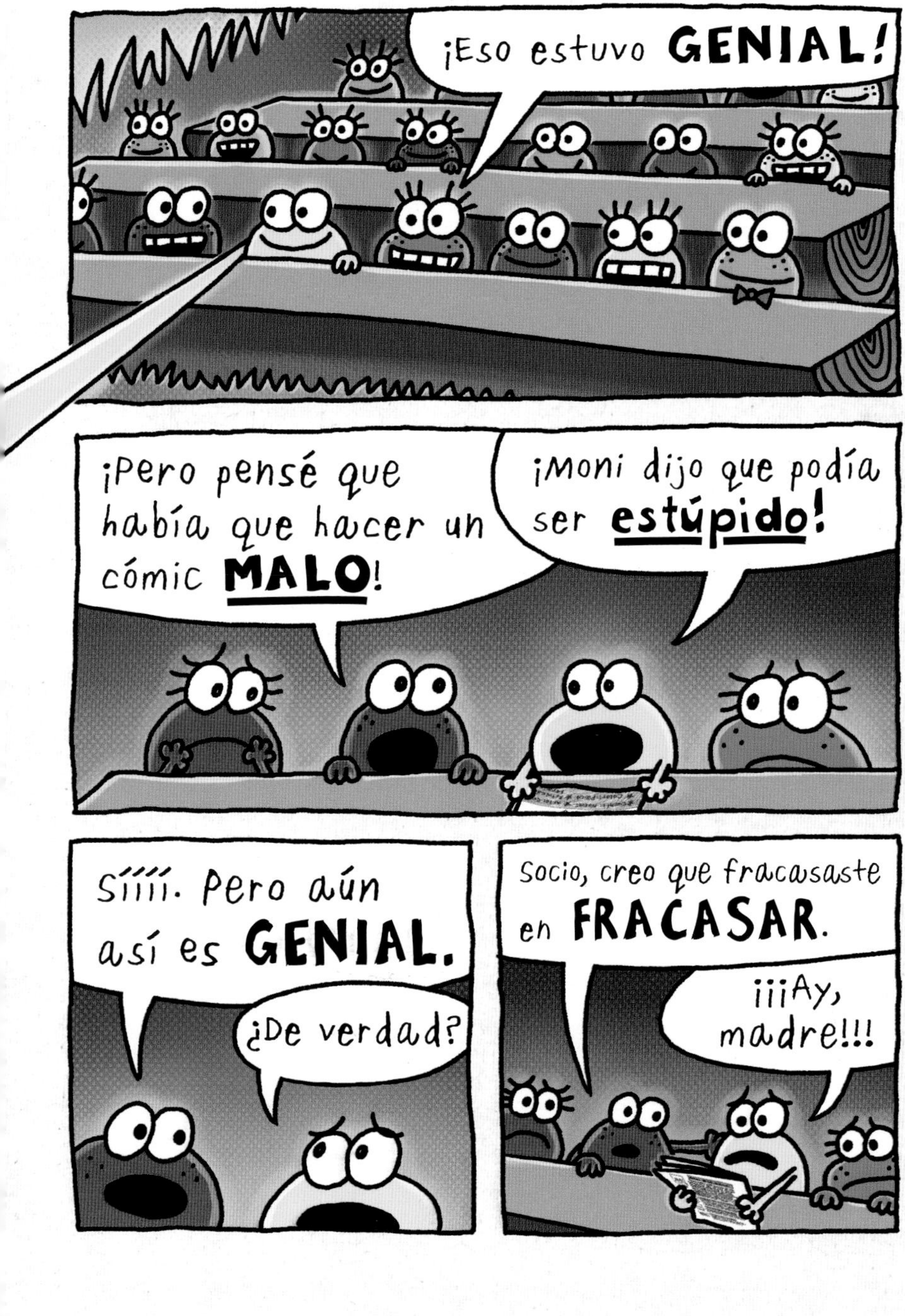
¡Eso estuvo GENIAL!
¡Pero pensé que había que hacer un cómic MALO!
¡Moni dijo que podía ser estúpido!
Síííí. Pero aún así es GENIAL.
¿De verdad?
Socio, creo que fracasaste en FRACASAR.
¡¡¡Ay, madre!!!

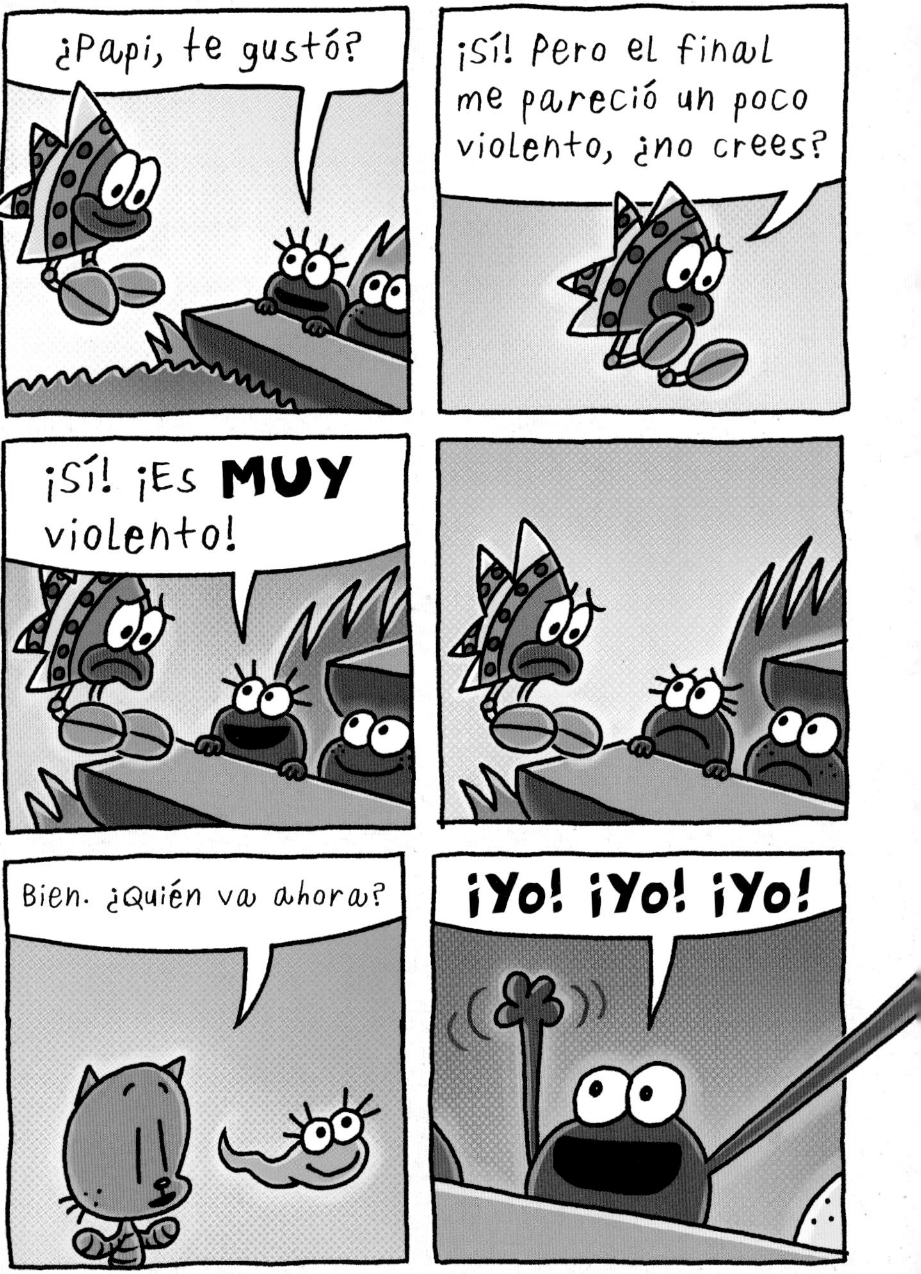
¿Papi, te gustó?
¡Sí! Pero el final me pareció un poco violento, ¿no crees?
¡Sí! ¡Es MUY violento!
Bien. ¿Quién va ahora?
¡Yo! ¡Yo! ¡Yo!

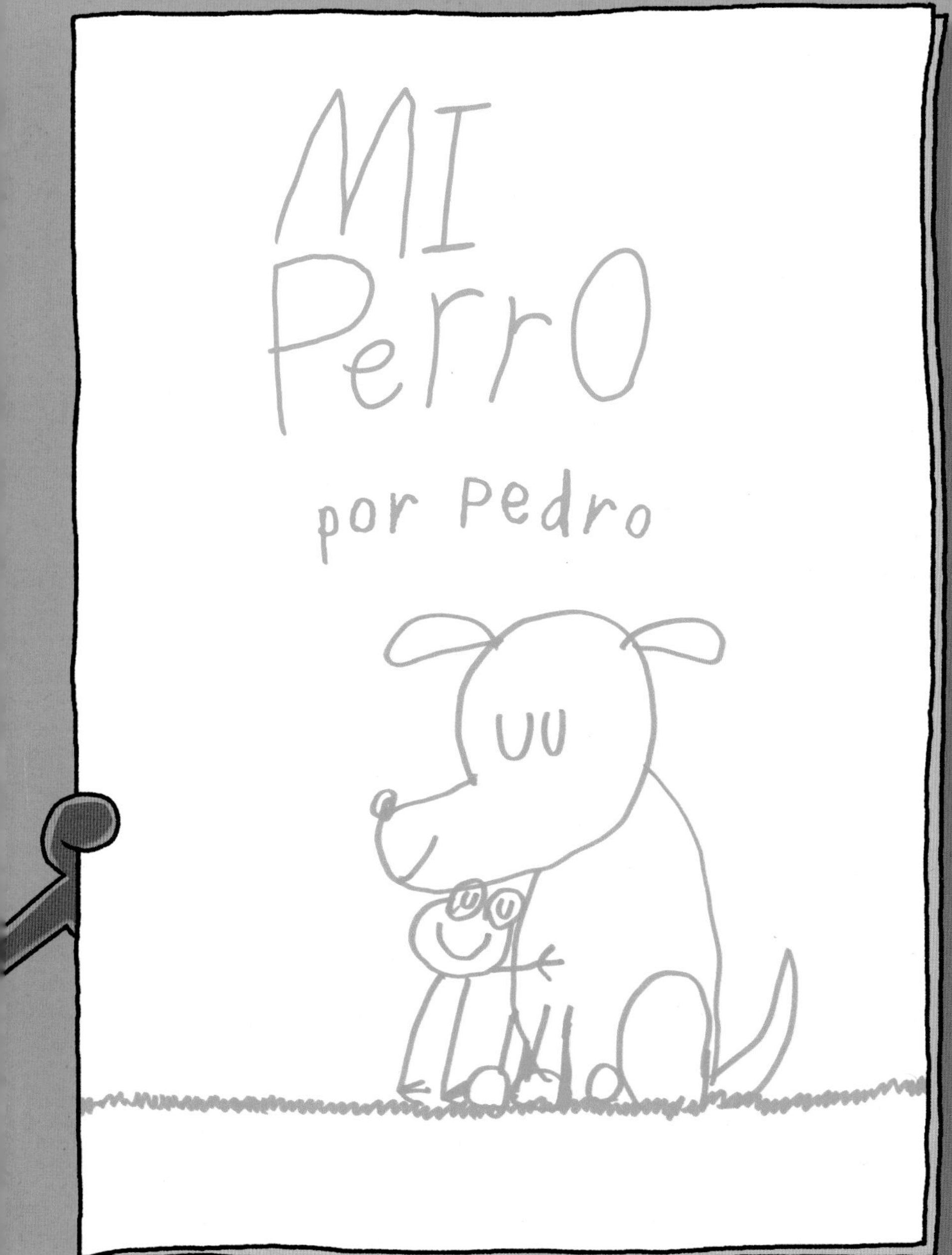
MI PerrO
por Pedro

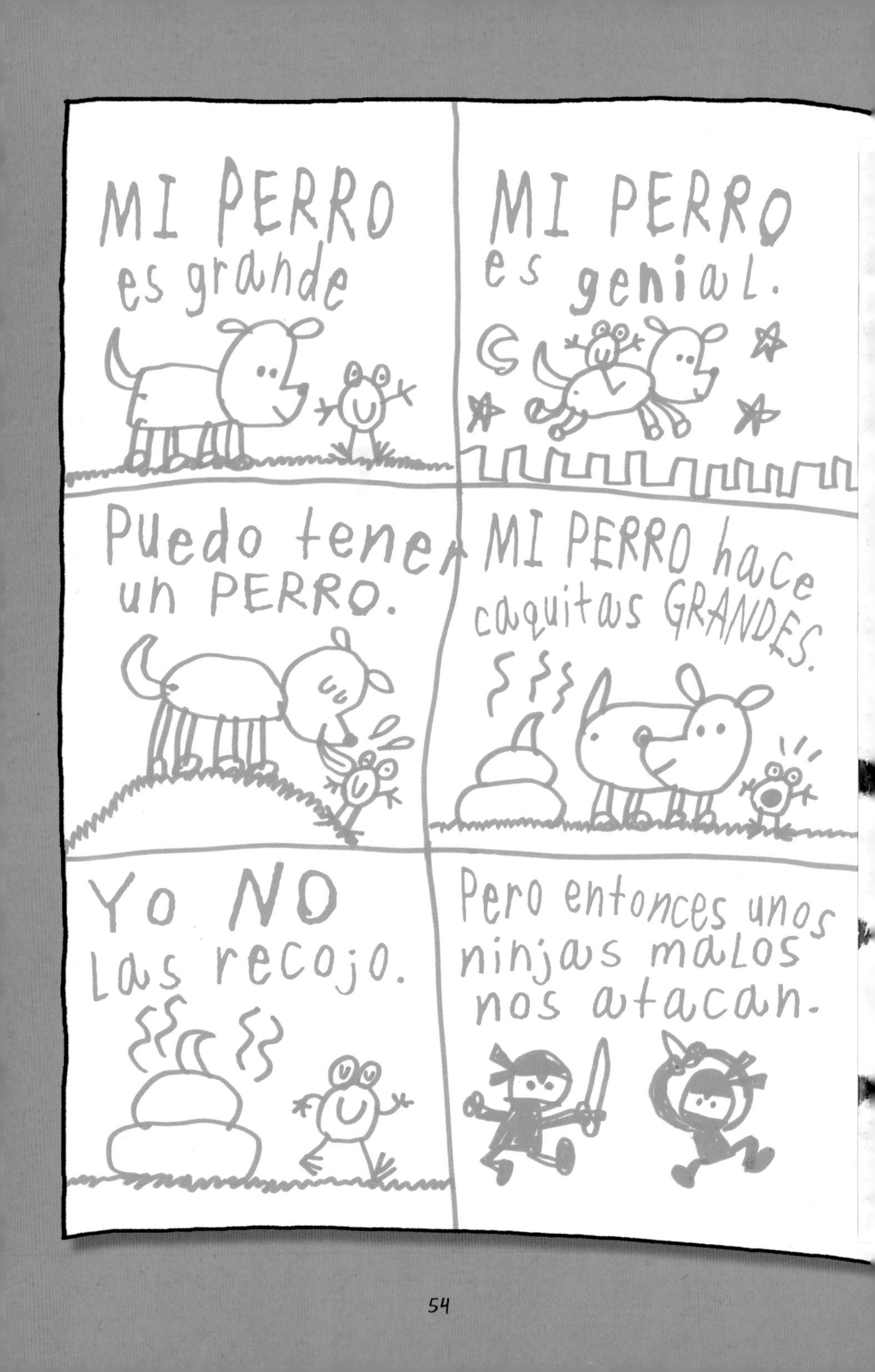
MI PERRO
es grande
MI PERRO
es genial.
Puedo tener
un PERRO.
MI PERRO hace
caquitas GRANDES.
Yo NO
Las recojo.
Pero entonces unos
ninjas malos
nos atacan.

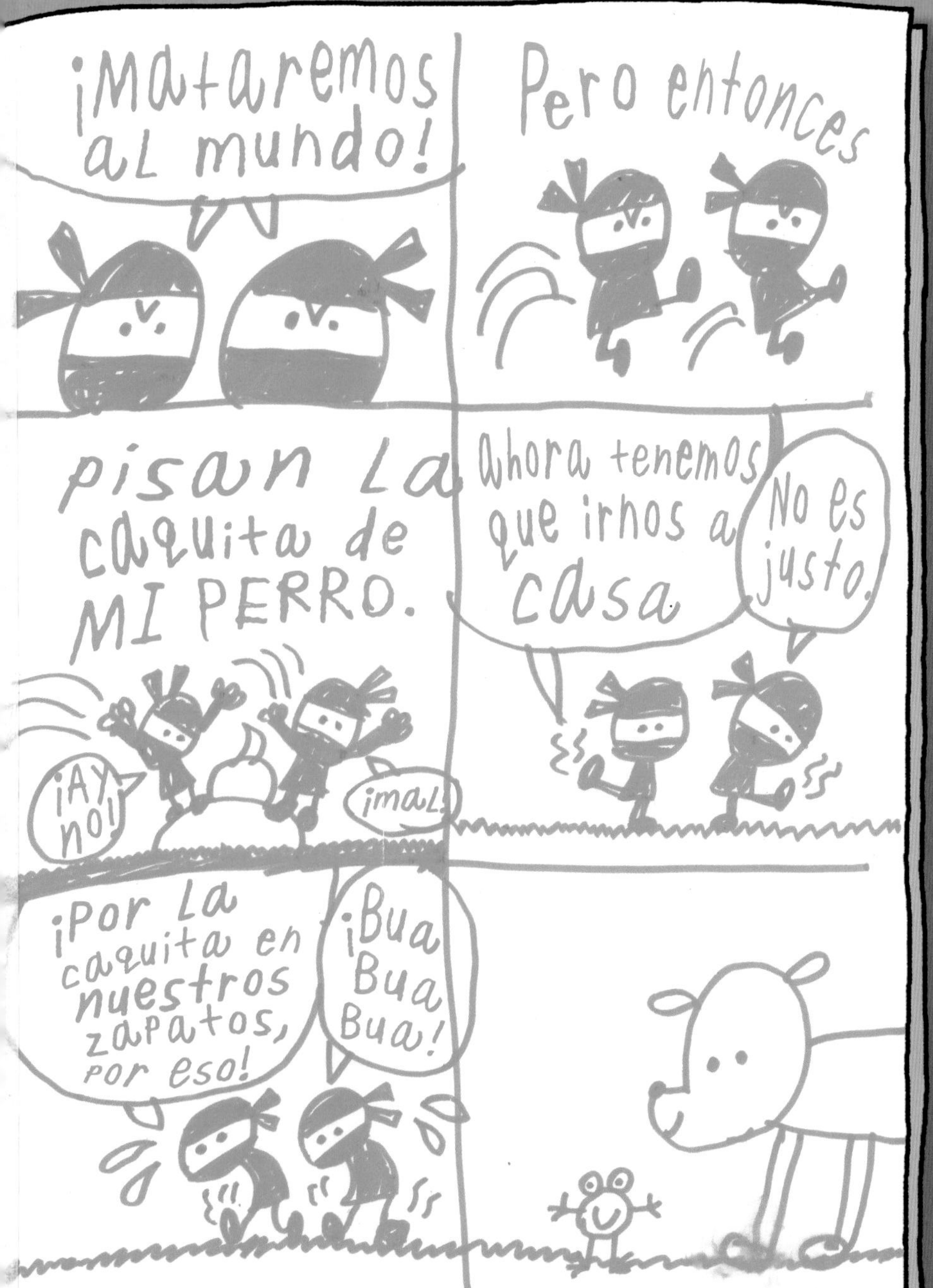
¡Mataremos al mundo!
Pero entonces
pisan la caquita de MI PERRO.
¡AY, no!
¡mal!
Ahora tenemos que irnos a casa.
No es justo.
¡Por la caquita en nuestros zapatos, por eso!
¡Bua Bua Bua!

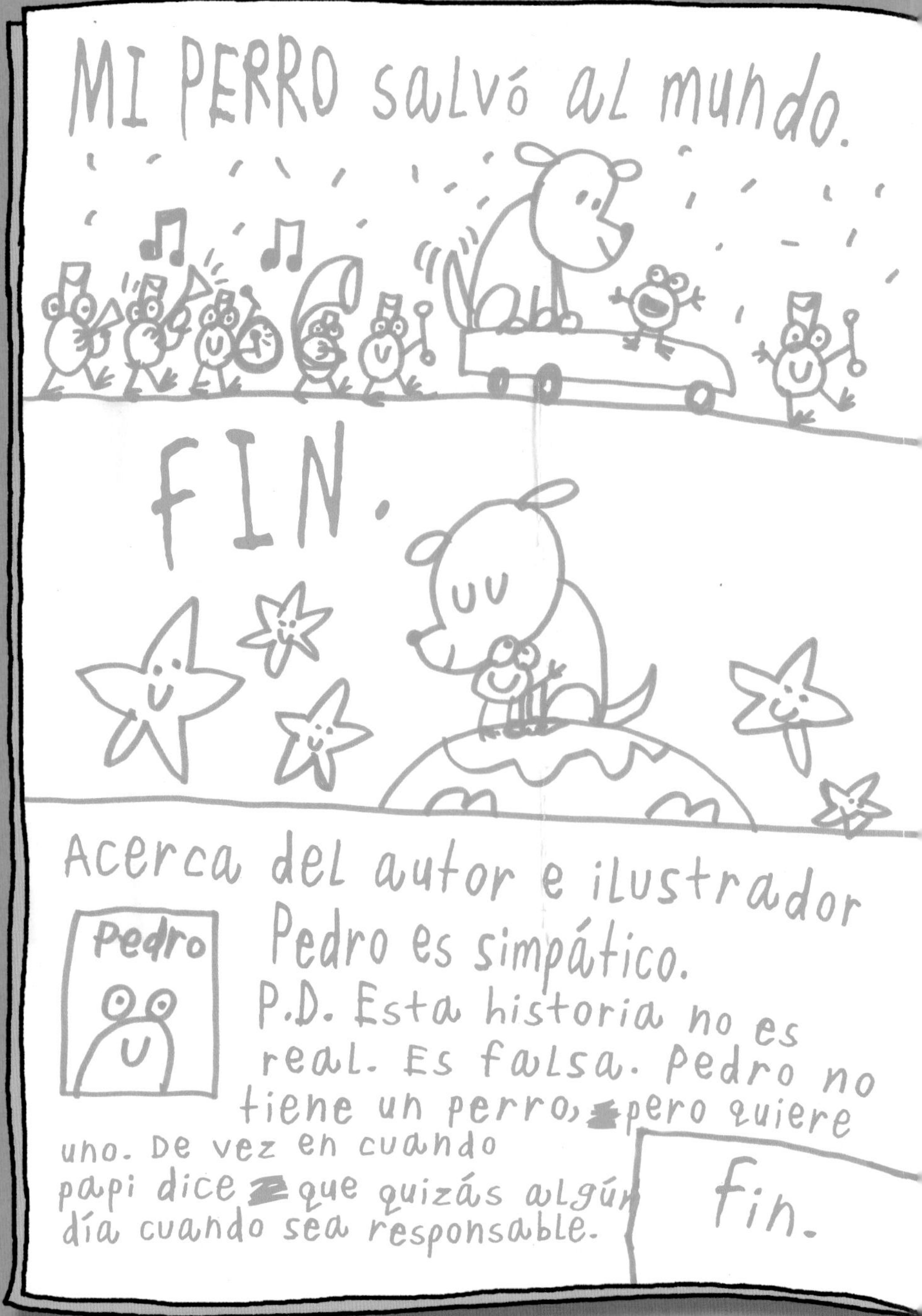
MI PERRO salvó al mundo.
FIN.
Acerca del autor e ilustrador
Pedro
Pedro es simpático.
P.D. Esta historia no es real. Es falsa. Pedro no tiene un perro, pero quiere uno. De vez en cuando papi dice que quizás algún día cuando sea responsable.
Fin.

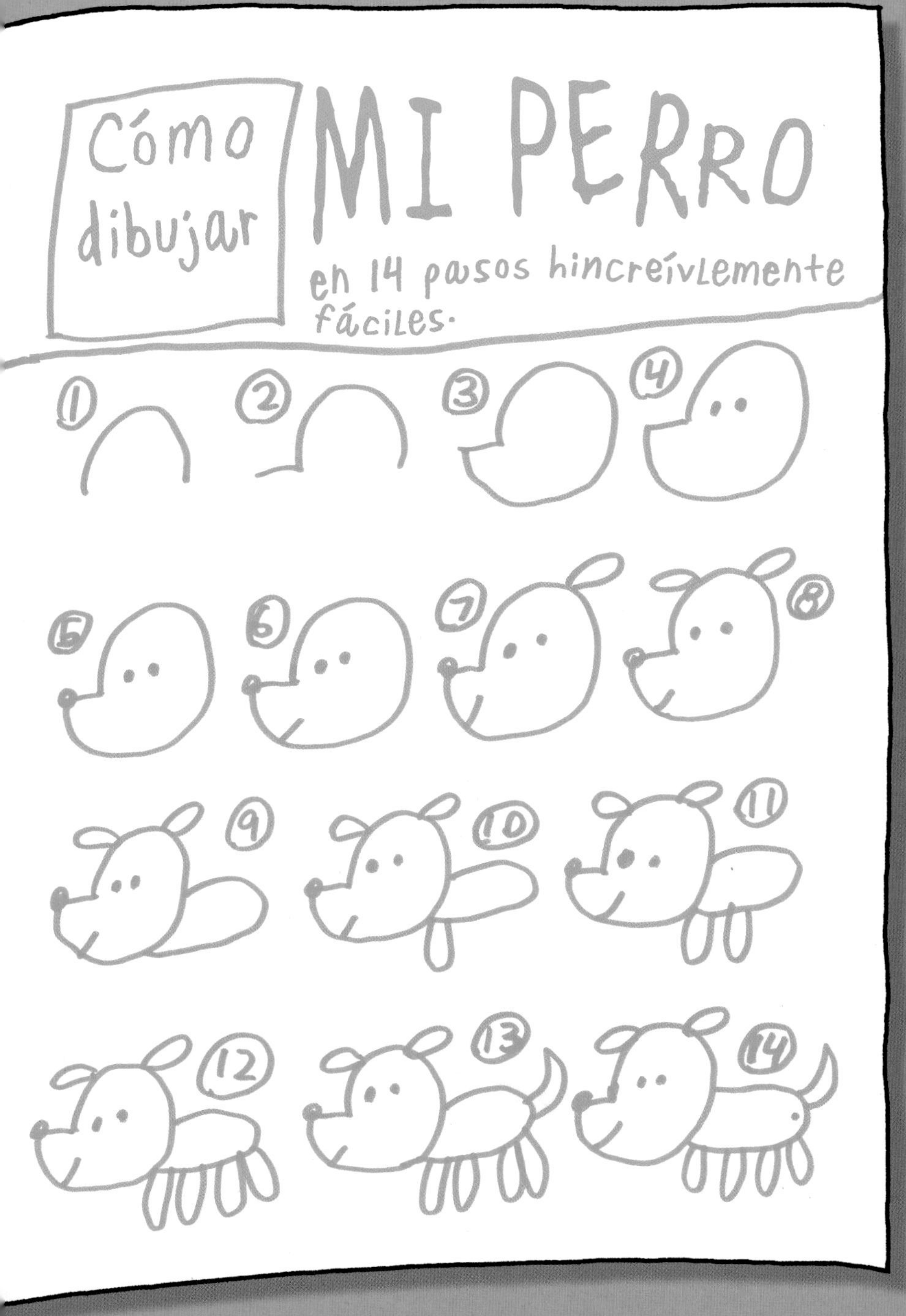
Cómo dibujar
MI PERRO
en 14 pasos hincreívlemente fáciles.
1
2
3
4
5
6
7
8
9
10
11
12
13
14

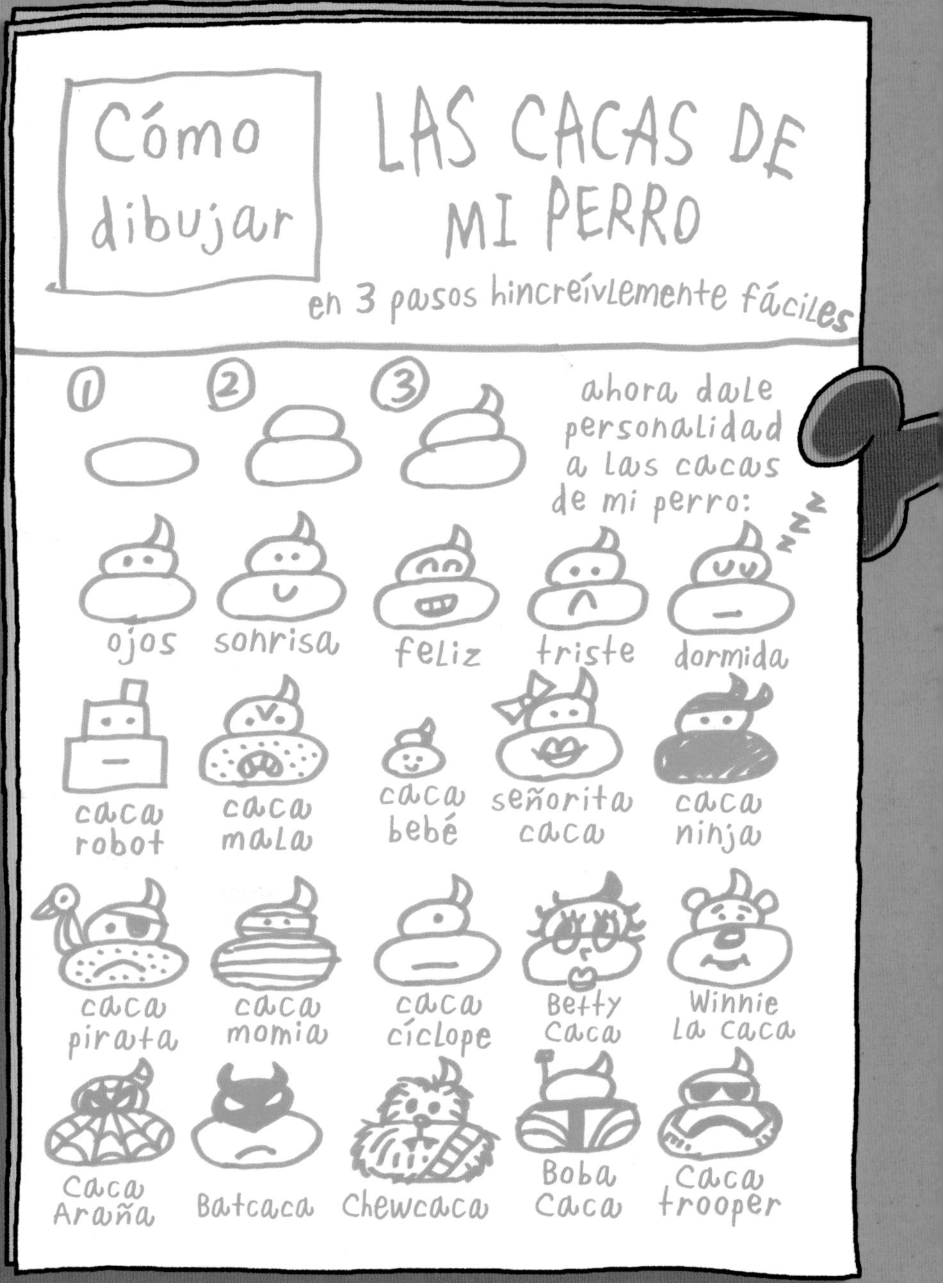
Cómo dibujar
LAS CACAS DE MI PERRO
en 3 pasos hincreívlemente fáciles
1
2
3
ahora dale personalidad a las cacas de mi perro:
ZZZ
ojos
sohrisa
feliz
triste
dormida
caca robot
caca mala
caca bebé
señorita caca
caca ninja
caca pirata
caca momia
caca cíclope
Betty Caca
Winnie La caca
Caca Araña
Batcaca
Chewcaca
Boba Caca
Caca trooper

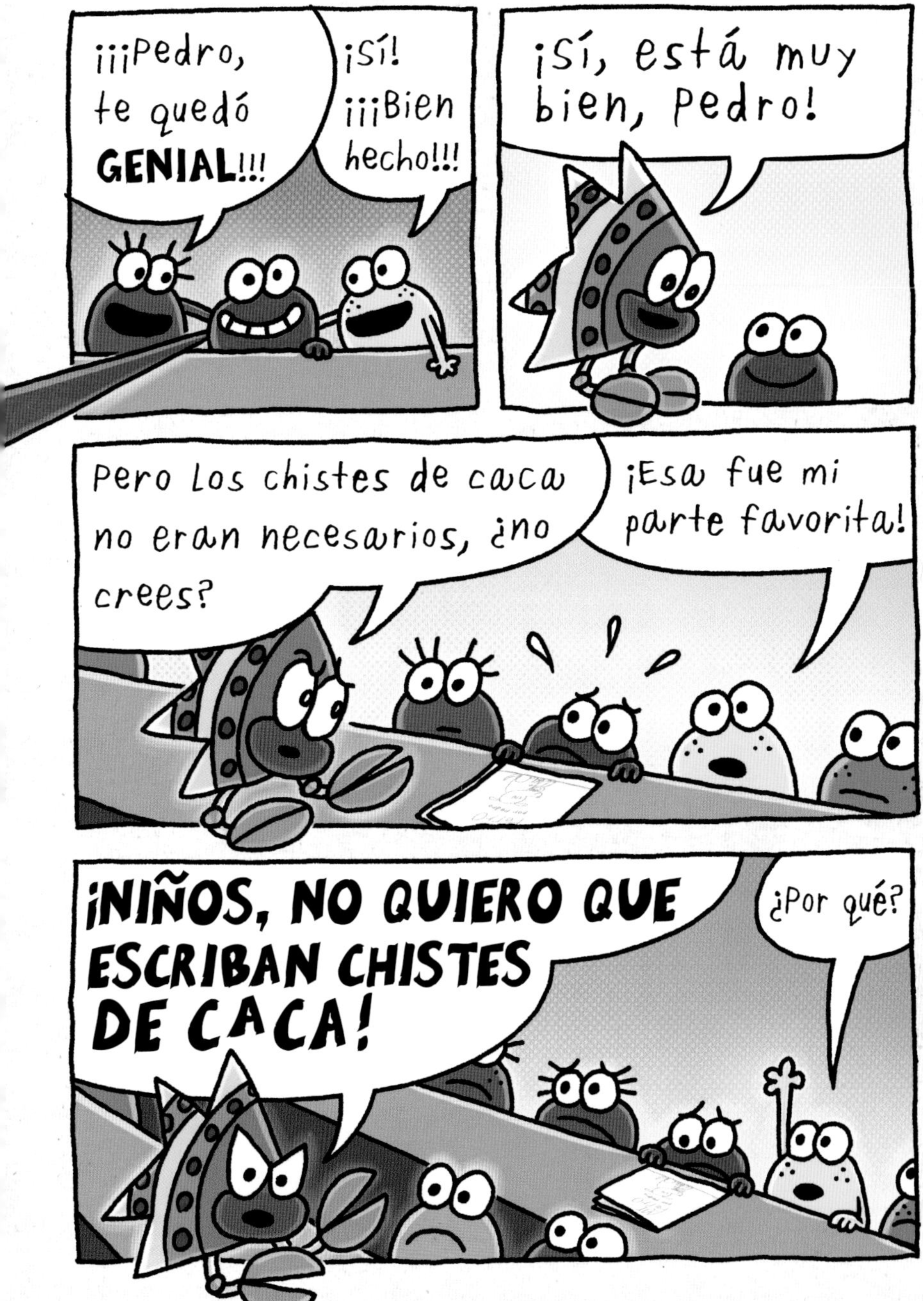
¡¡¡Pedro, te quedó **GENIAL**!!!
¡Sí! ¡¡¡Bien hecho!!!
¡Sí, está muy bien, Pedro!
Pero los chistes de caca no eran necesarios, ¿no crees?
¡Esa fue mi parte favorita!
¡NIÑOS, NO QUIERO QUE ESCRIBAN CHISTES DE CACA!
¿Por qué?

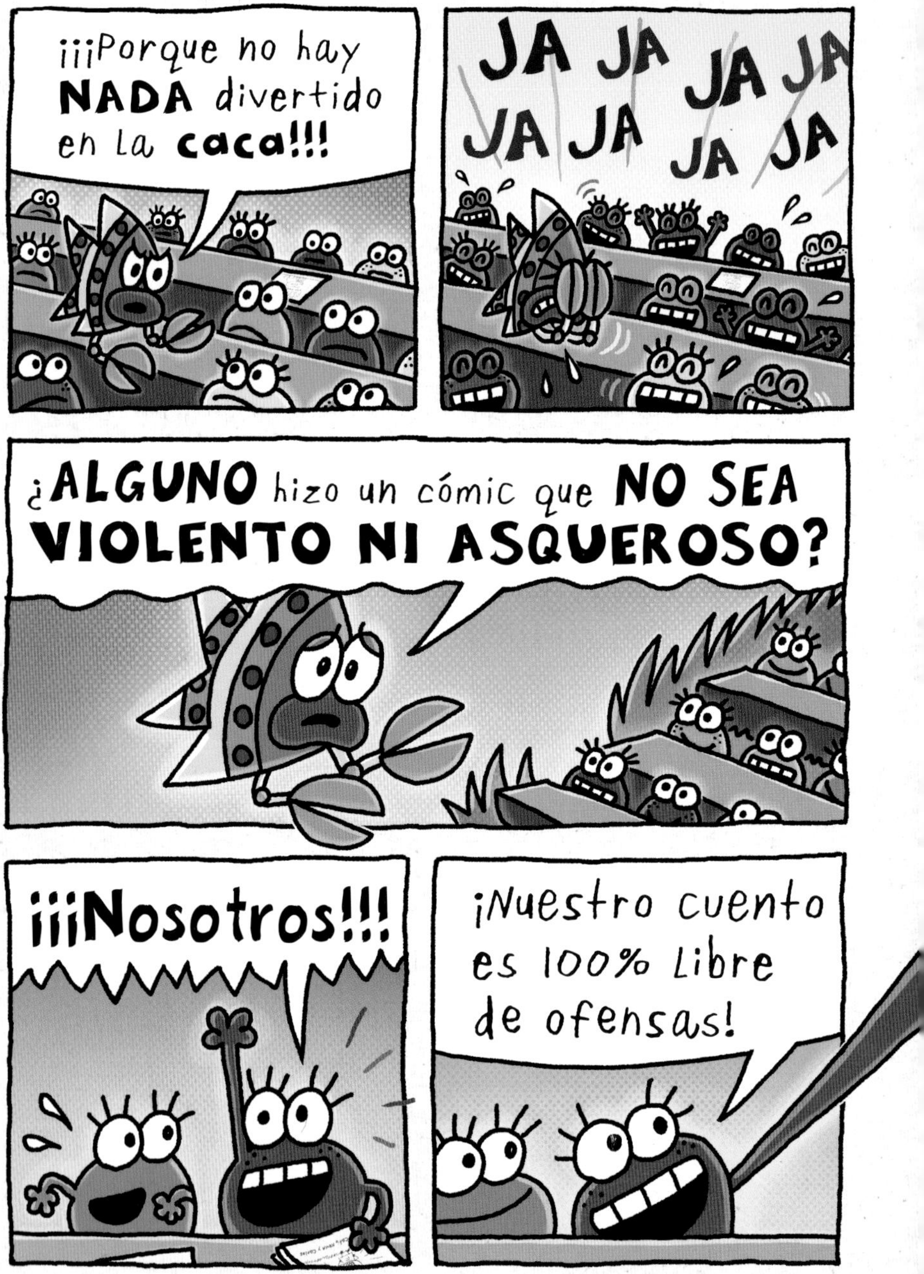
¡¡¡Porque no hay NADA divertido en la caca!!!
JA JA JA JA JA JA JA JA
¿ALGUNO hizo un cómic que NO SEA VIOLENTO NI ASQUEROSO?
¡¡¡Nosotros!!!
¡Nuestro cuento es 100% libre de ofensas!

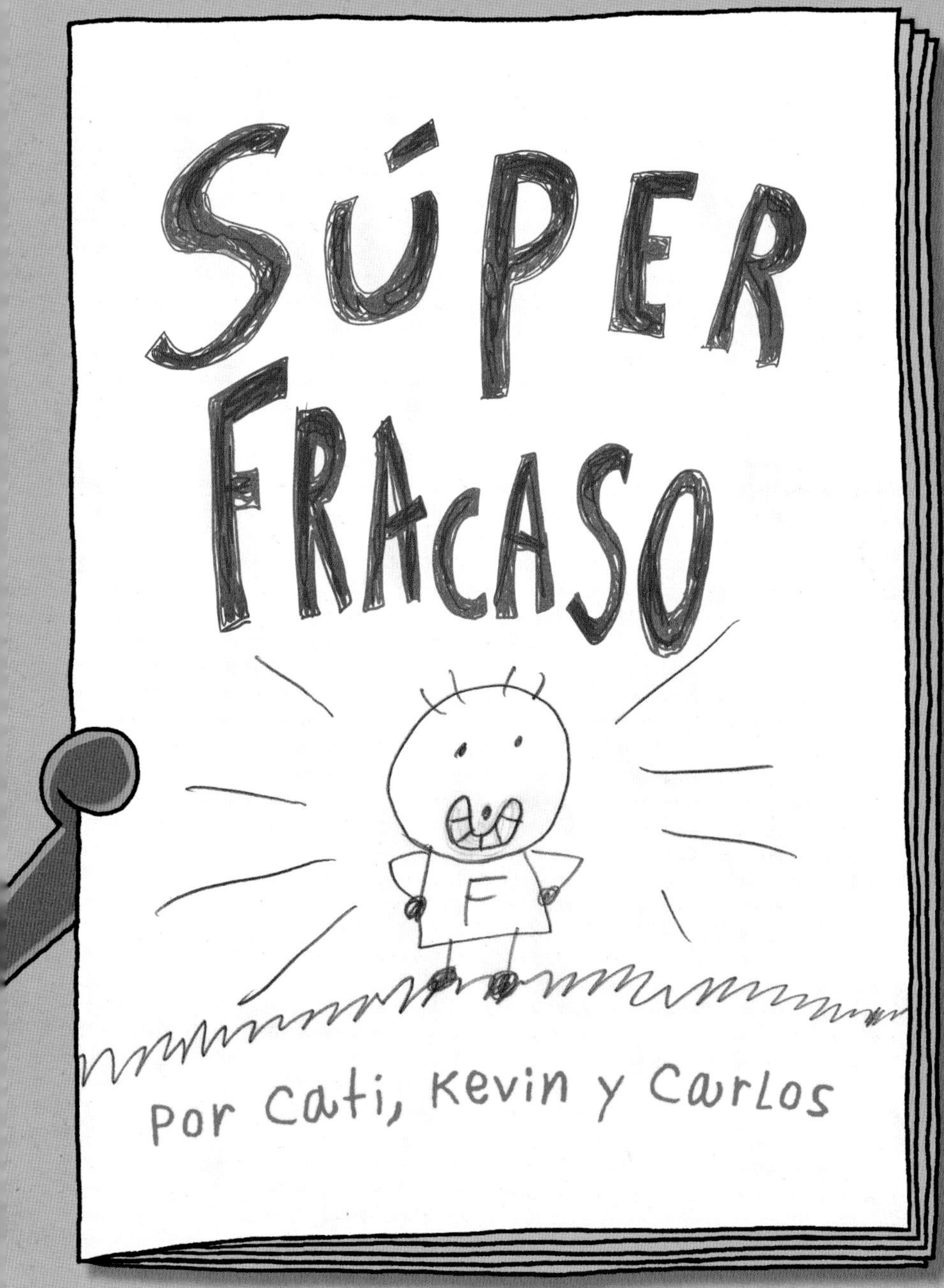
SÚPER FRACASO
F
Por Cati, Kevin y Carlos

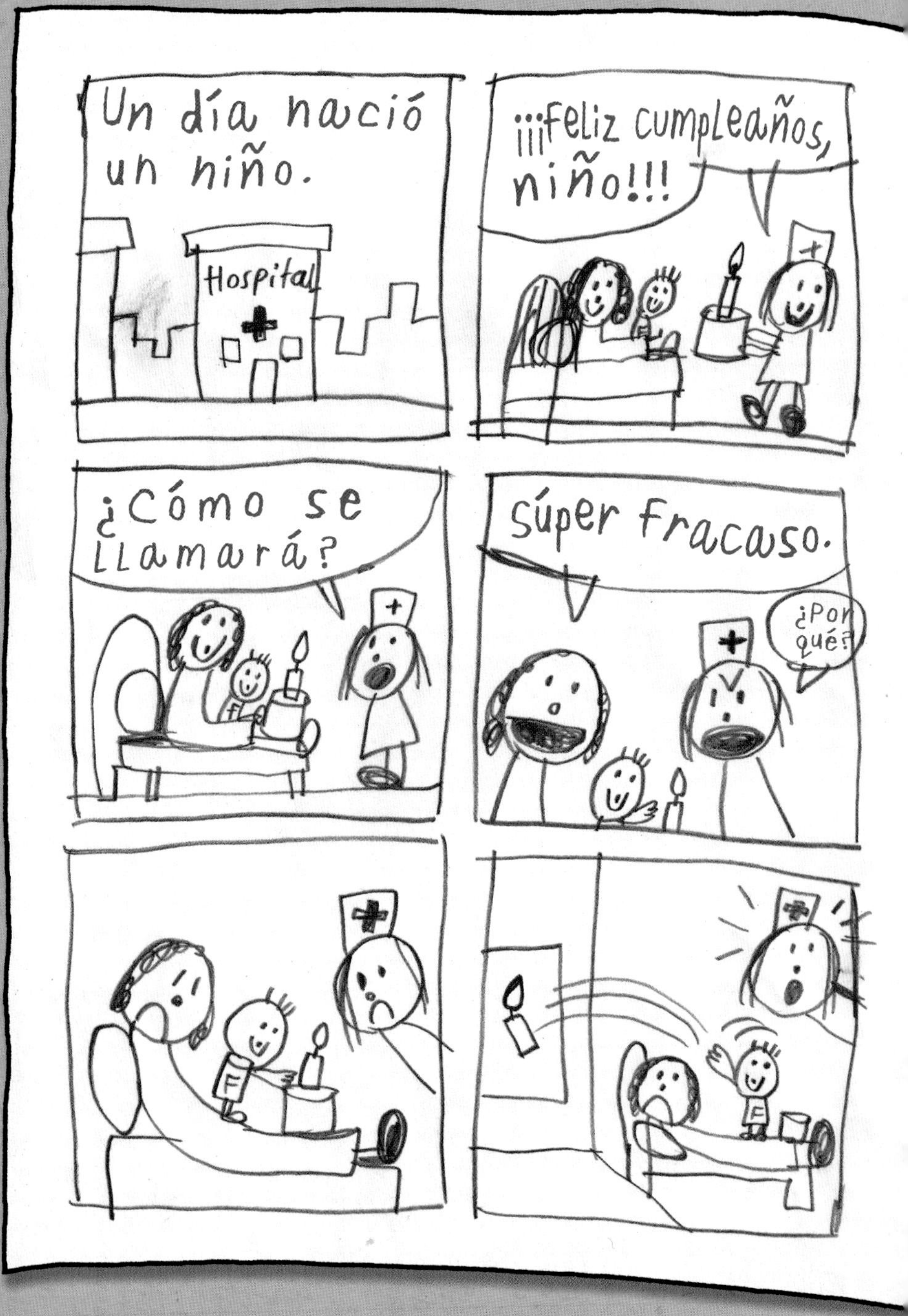
Un día nació un niño.
Hospital
¡¡¡Feliz cumpleaños, niño!!!
¿Cómo se llamará?
Súper Fracaso.
¿Por qué?

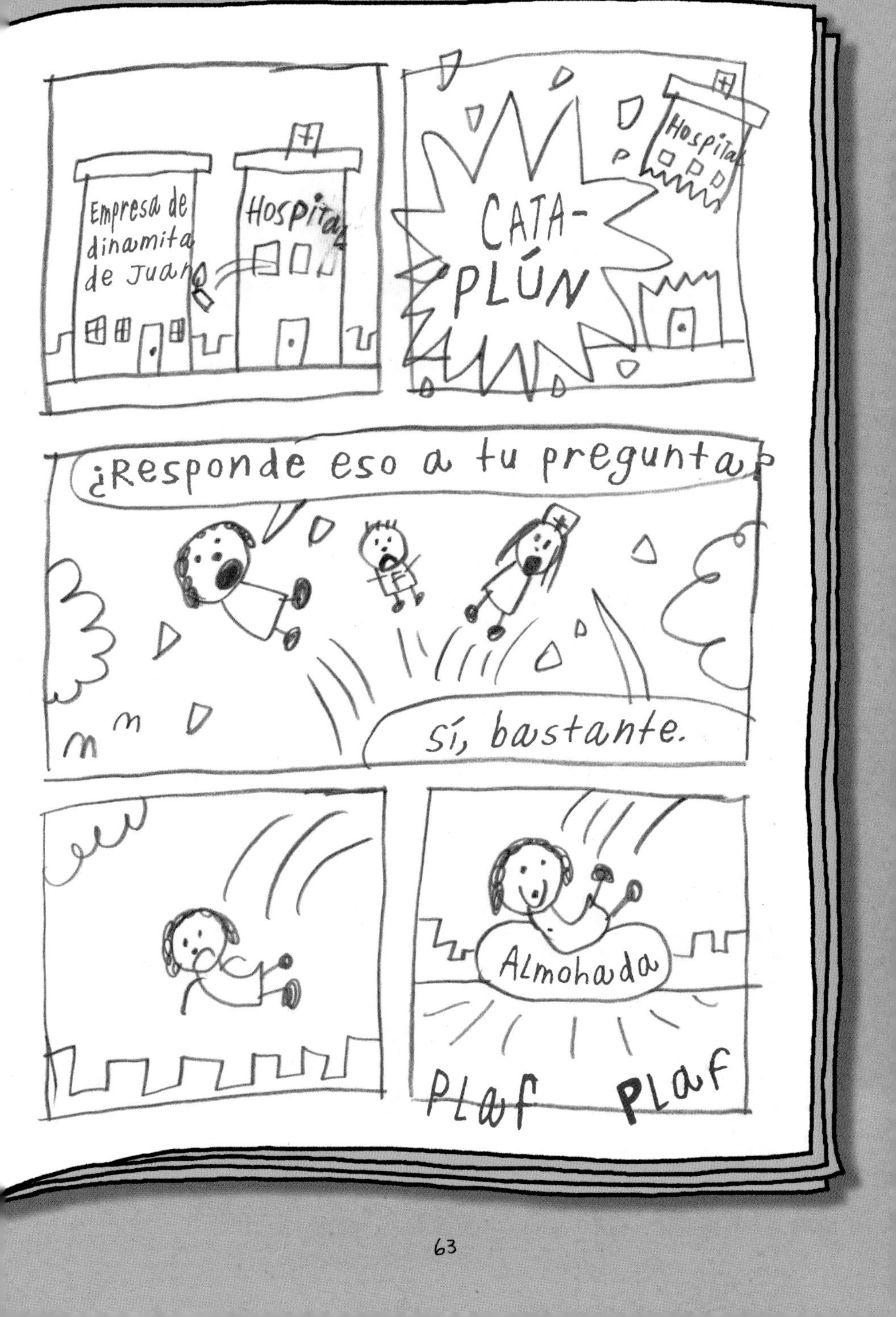

Empresa de dinamita de Juan
Hospital
Hospital
CATA-PLÚN
¿Responde eso a tu pregunta?
Sí, bastante.
Almohada
Plaf
Plaf

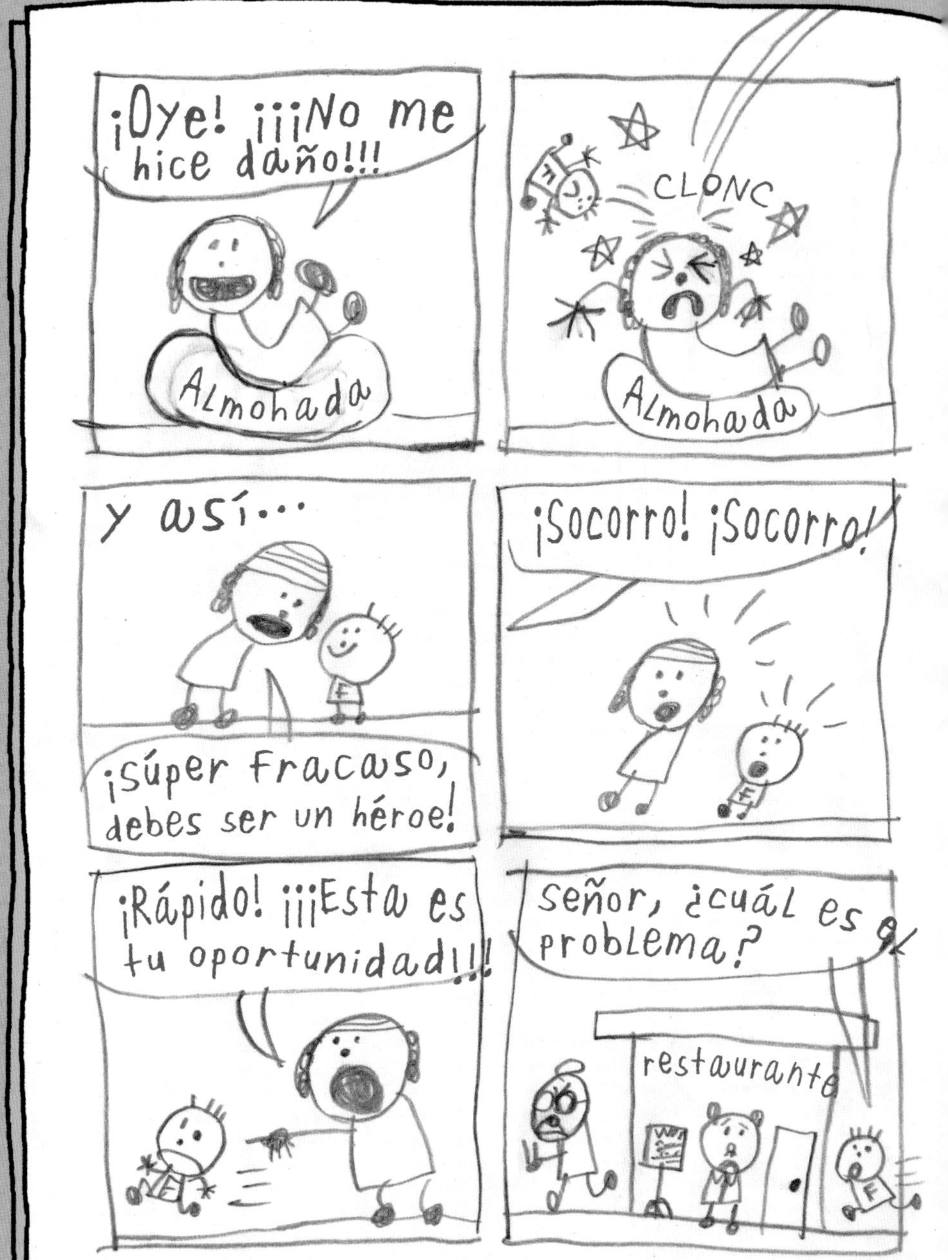
¡Oye! ¡¡¡No me hice daño!!!
Almohada
CLONC
Almohada
Y así...
¡Súper Fracaso, debes ser un héroe!
¡Socorro! ¡Socorro!
¡Rápido! ¡¡¡Esta es tu oportunidad!!!
Señor, ¿cuál es el problema?
restaurante

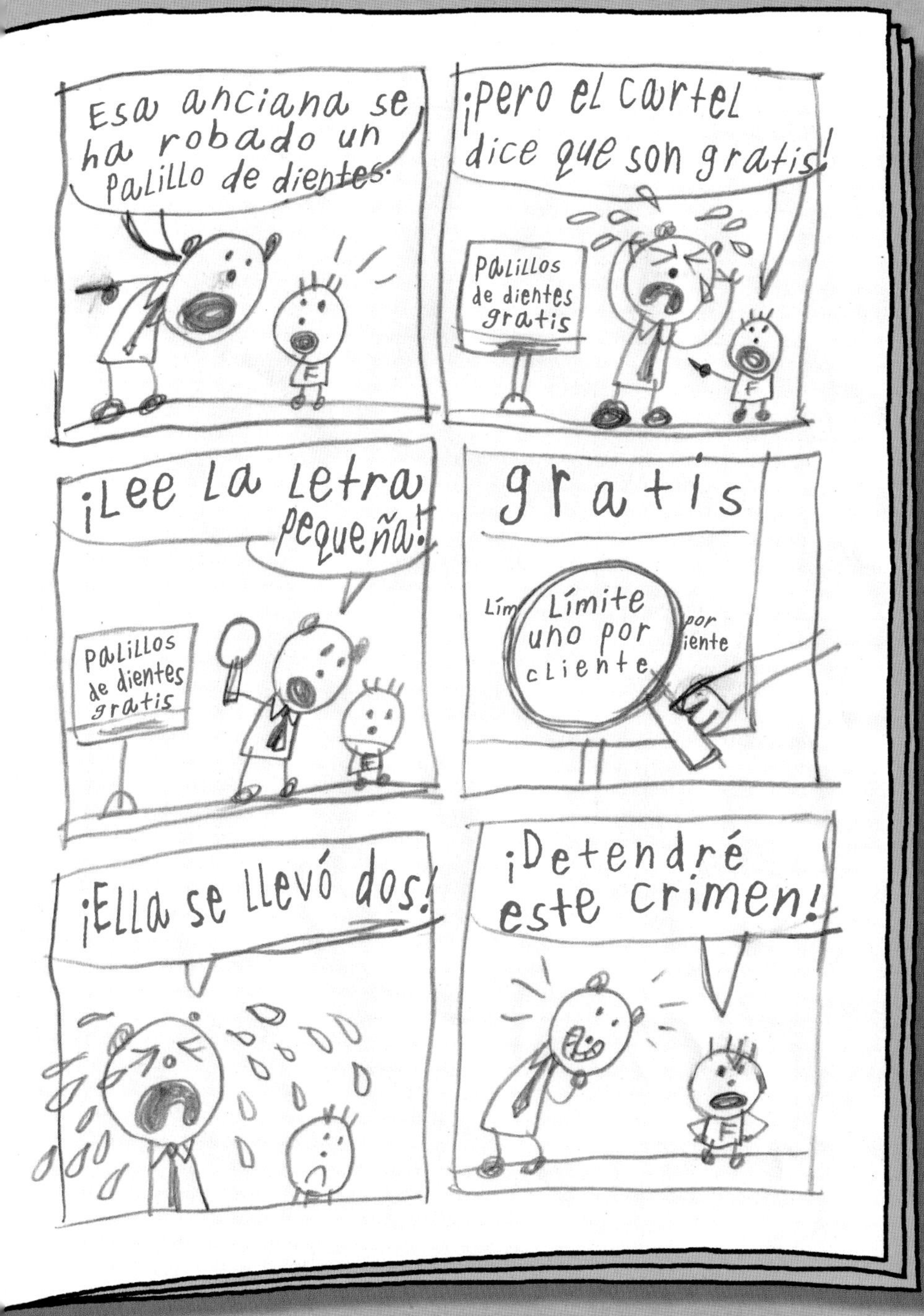
Esa anciana se ha robado un palillo de dientes.
¡Pero el cartel dice que son gratis!
Palillos de dientes gratis
¡Lee la letra pequeña!
Palillos de dientes gratis
gratis
Límite uno por cliente
¡Ella se llevó dos!
¡Detendré este crimen!

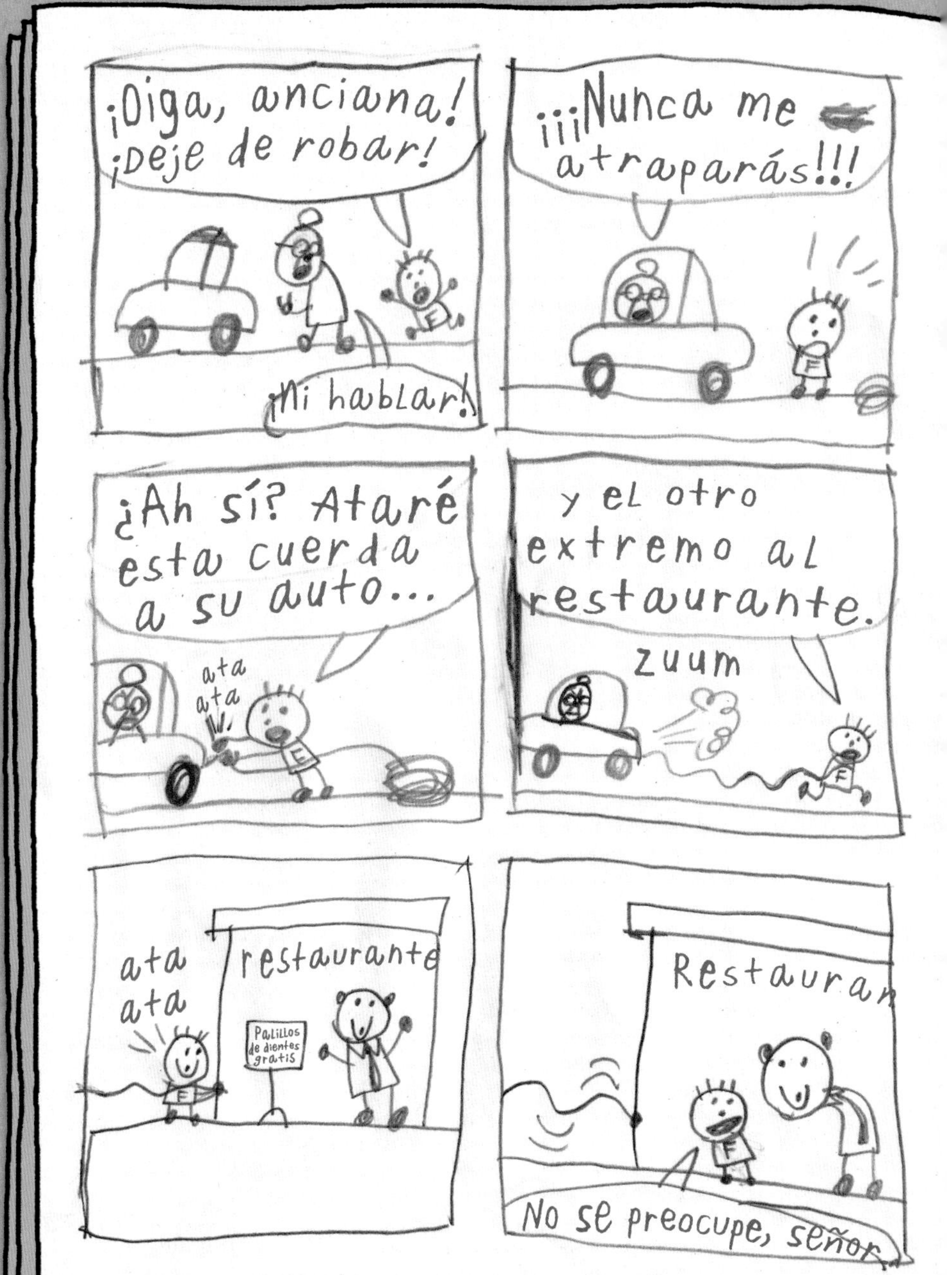
¡Oiga, anciana! ¡Deje de robar!
¡Ni hablar!
¡¡¡Nunca me atraparás!!!
¿Ah sí? Ataré esta cuerda a su auto...
ata ata
Y el otro extremo al restaurante.
zuum
ata ata
restaurante
Palillos de dientes gratis
Restauran
No se preocupe, señor

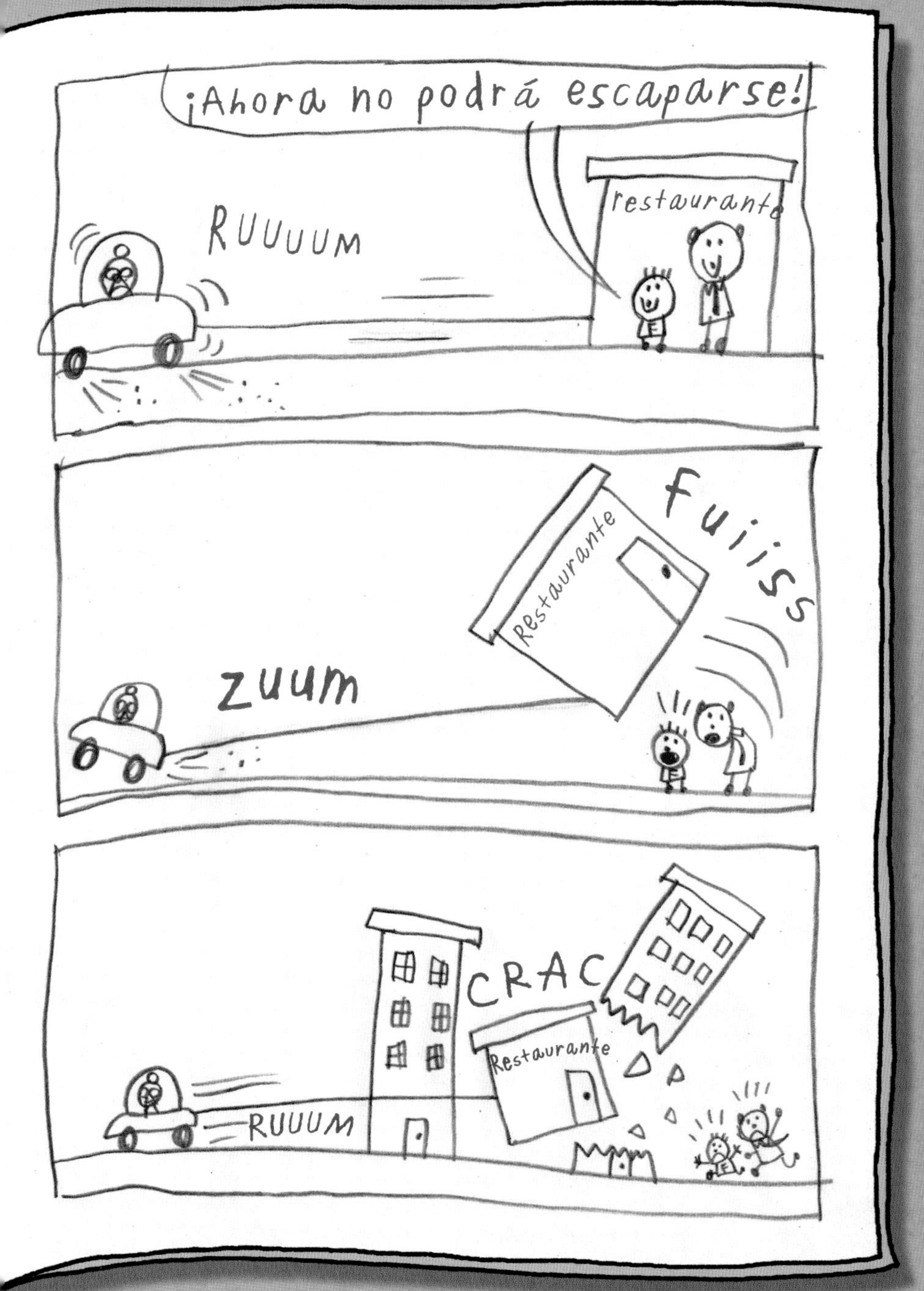
¡Ahora no podrá escaparse!
restaurante
RUUUUM
Restaurante
Fuiiss
zuum
CRAC
Restaurante
RUUUM

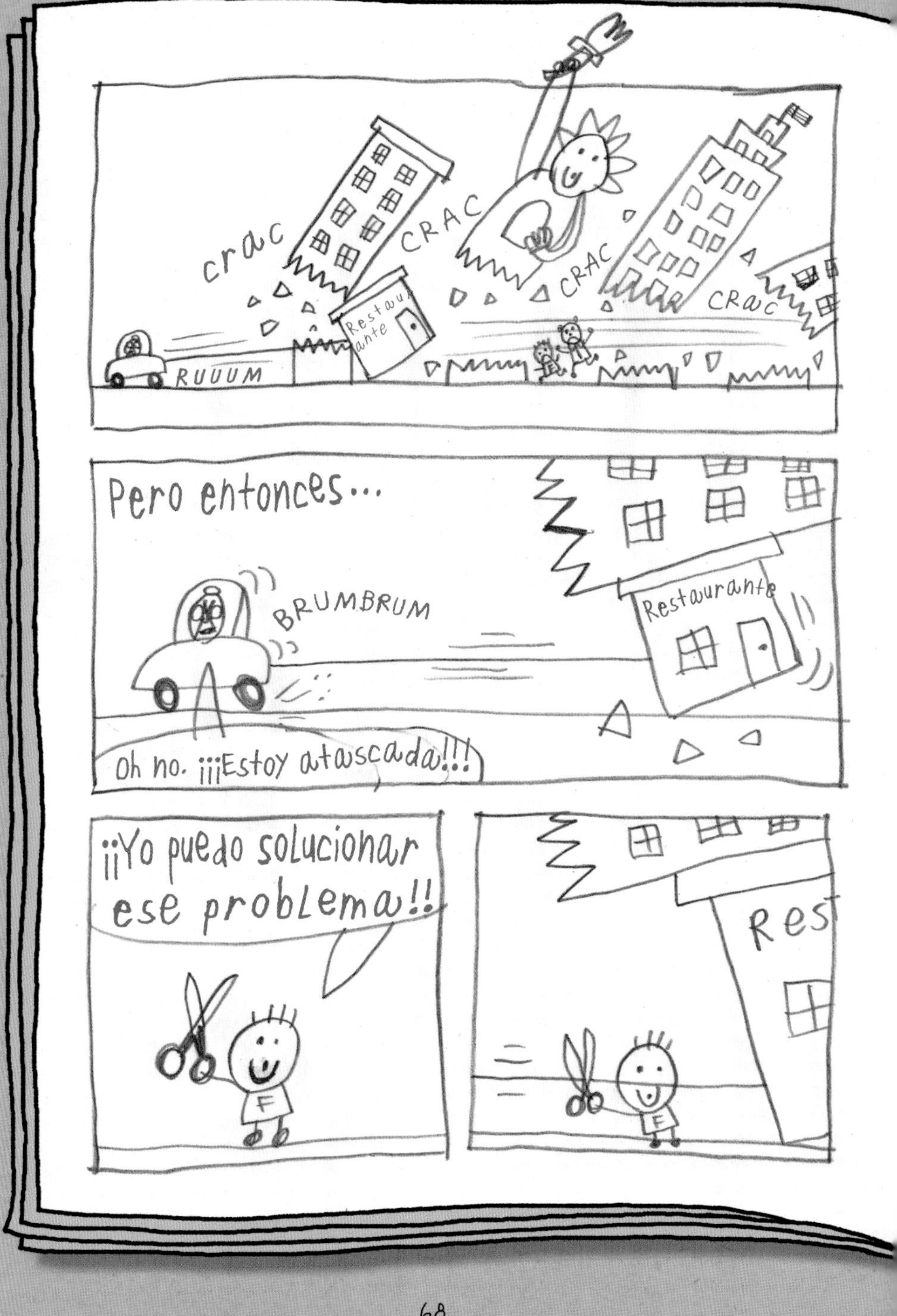
crac
CRAC
CRAC
CRAC
Restaurante
RUUUM
Pero entonces...
BRUMBRUM
Restaurante
Oh no. ¡¡¡Estoy atascada!!!
¡¡Yo puedo solucionar ese problema!!
F
Res
F

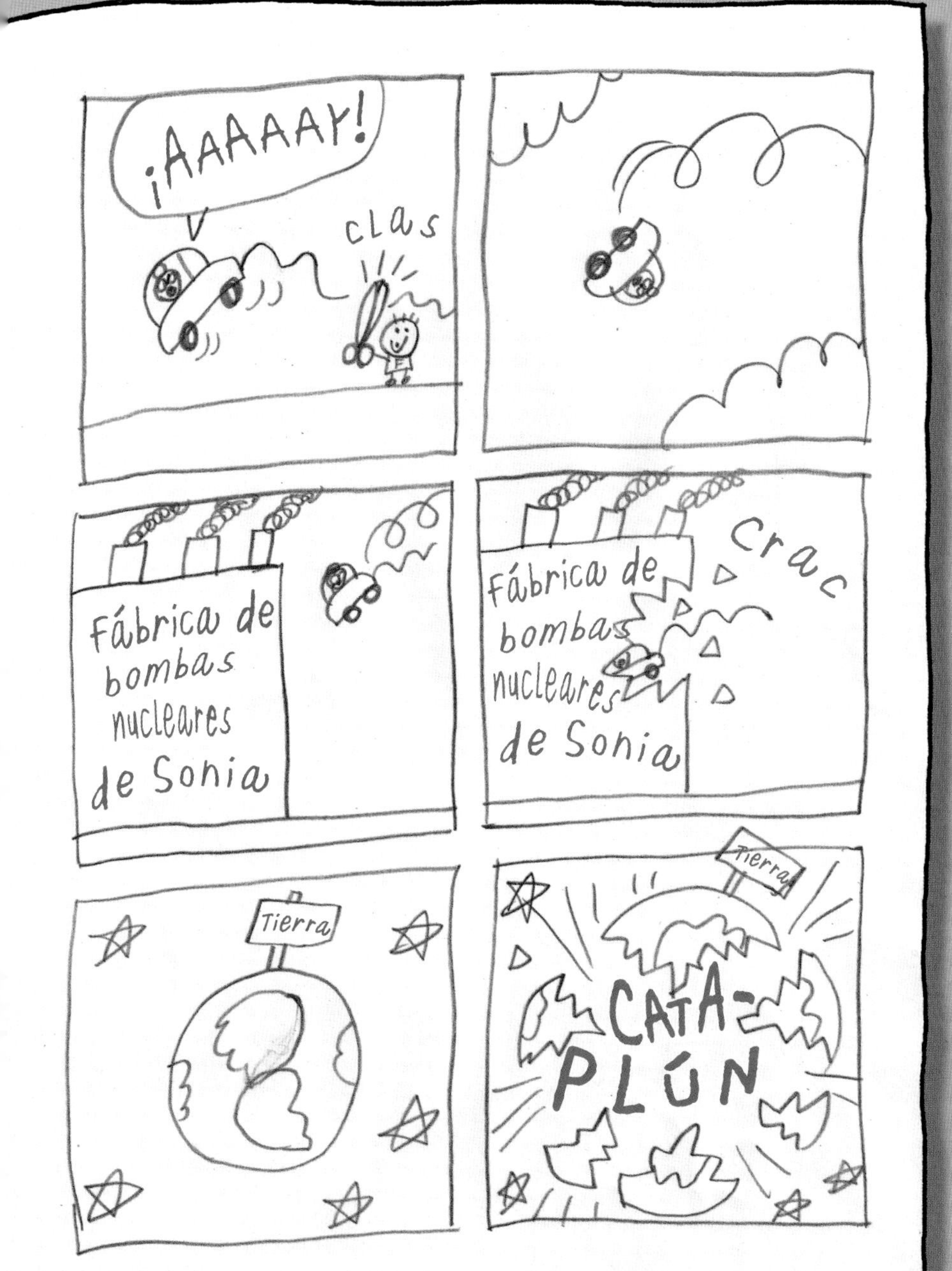
¡AAAAAY!
CLAS
Fábrica de bombas nucleares de Sonia
Fábrica de bombas nucleares de Sonia
Crac
Tierra
Tierra
CATA-PLÚN

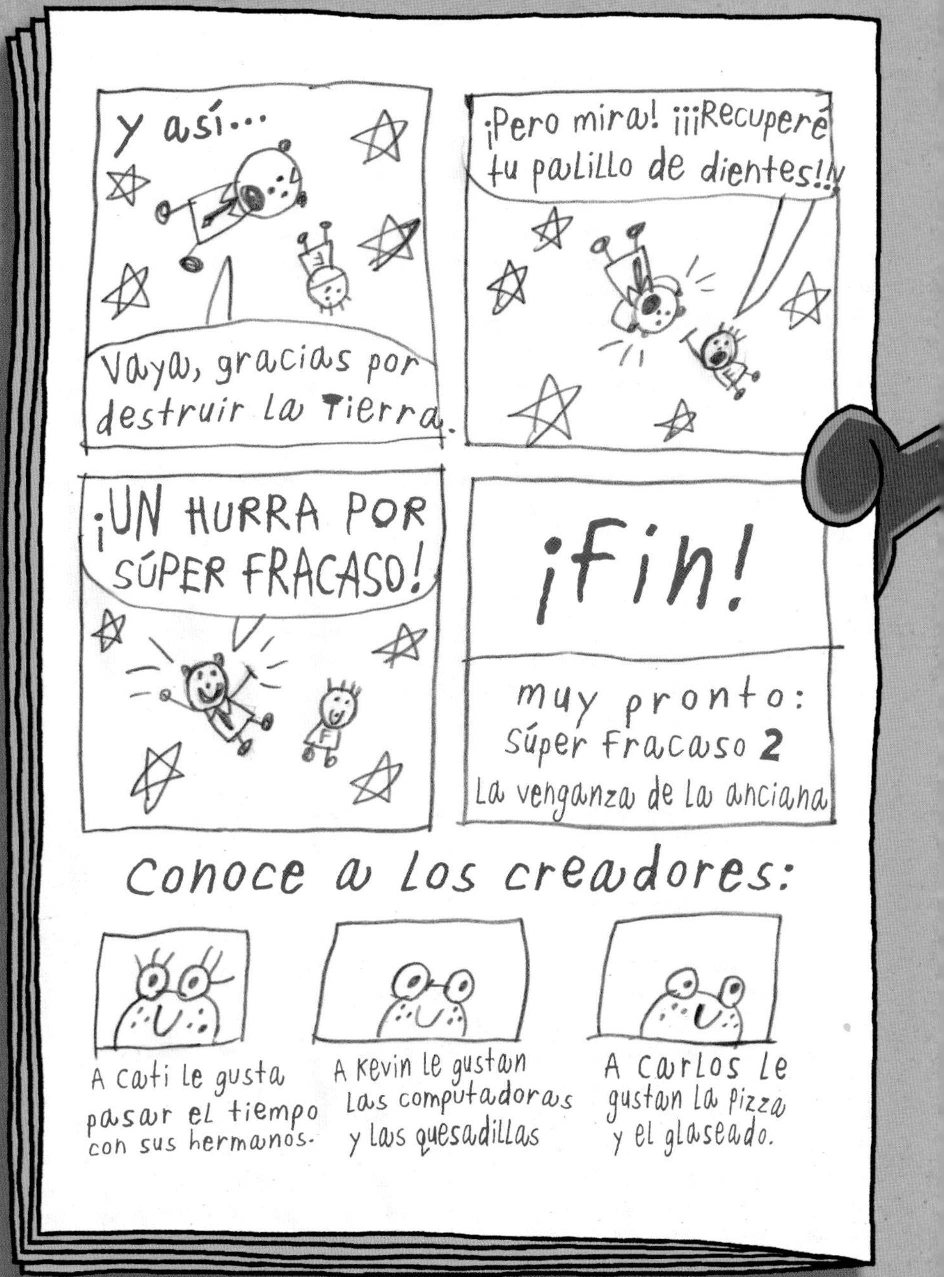
Y así...
Vaya, gracias por destruir la Tierra.
¡Pero mira! ¡¡¡Recuperé tu palillo de dientes!!!
¡UN HURRA POR SÚPER FRACASO!
¡Fin!
muy pronto:
Súper Fracaso 2
La venganza de la anciana
Conoce a los creadores:
A Cati le gusta pasar el tiempo con sus hermanos.
A Kevin le gustan las computadoras y las quesadillas
A Carlos le gustan la pizza y el glaseado.

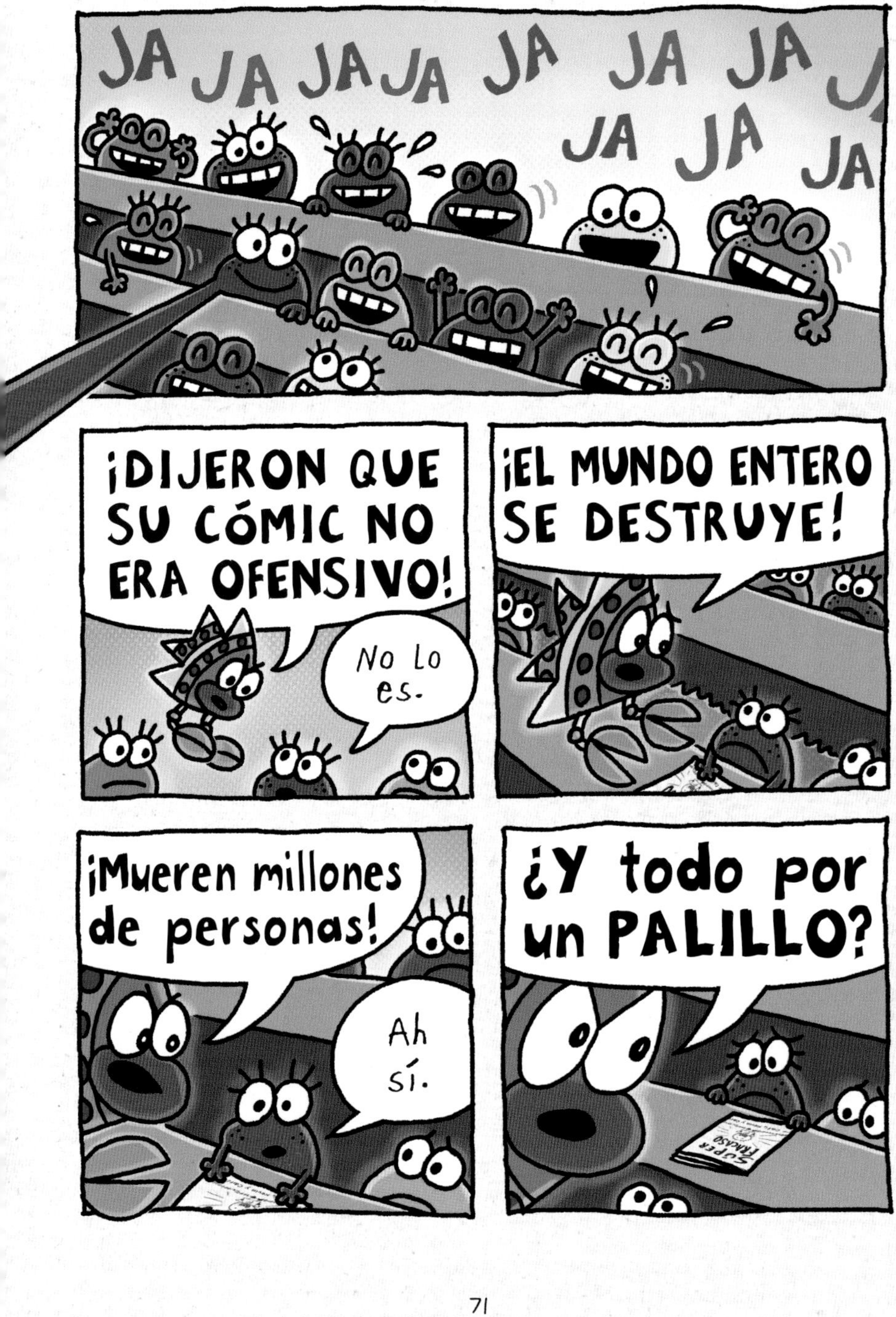
JA JA JA JA JA JA JA J
JA JA JA
¡DIJERON QUE SU CÓMIC NO ERA OFENSIVO!
No lo es.
¡EL MUNDO ENTERO SE DESTRUYE!
¡Mueren millones de personas!
Ah sí.
¿Y todo por un PALILLO?
SÚPER FRACASO

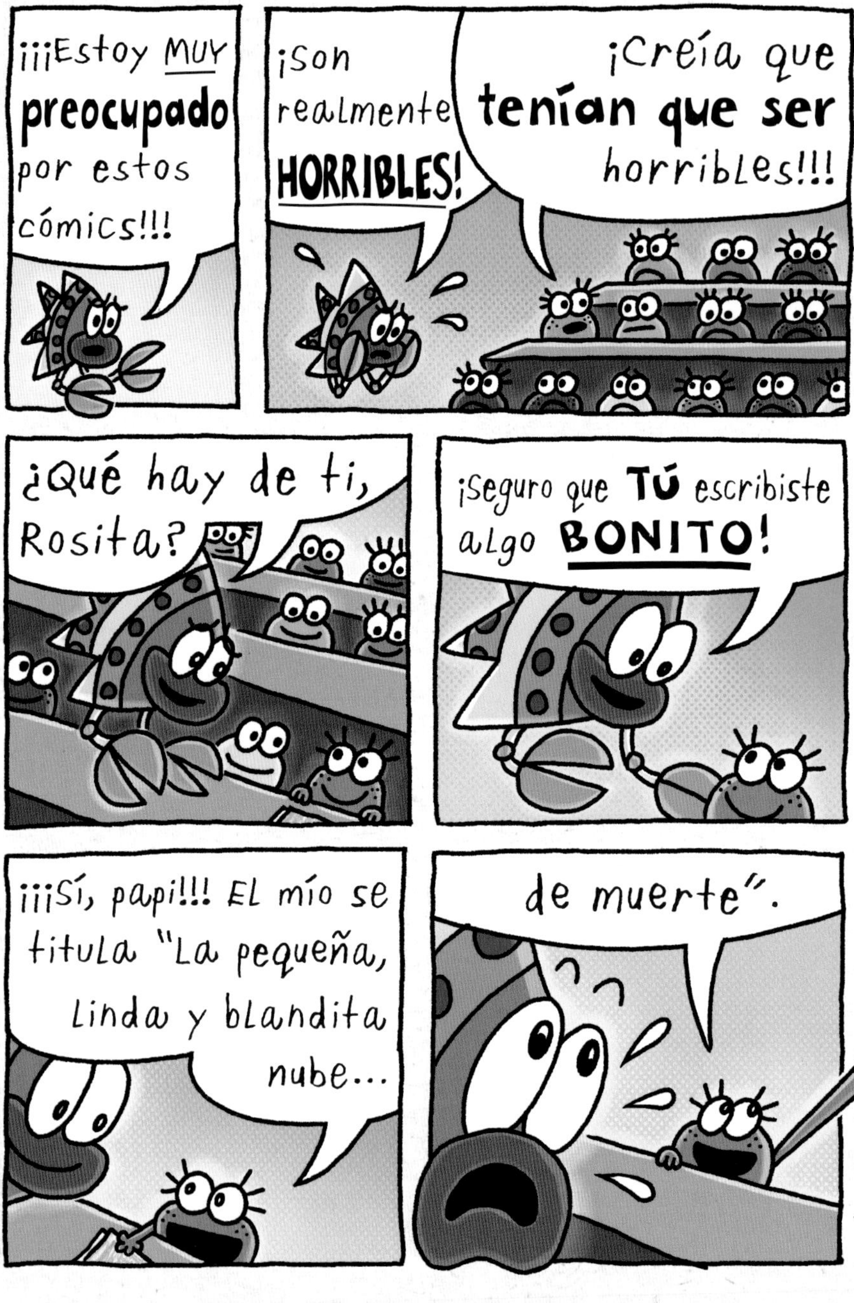
¡¡¡Estoy MUY preocupado por estos cómics!!!
¡Son realmente HORRIBLES!
¡Creía que tenían que ser horribles!!!
¿Qué hay de ti, Rosita?
¡Seguro que TÚ escribiste algo BONITO!
¡¡¡Sí, papi!!! El mío se titula "La pequeña, linda y blandita nube...
de muerte".

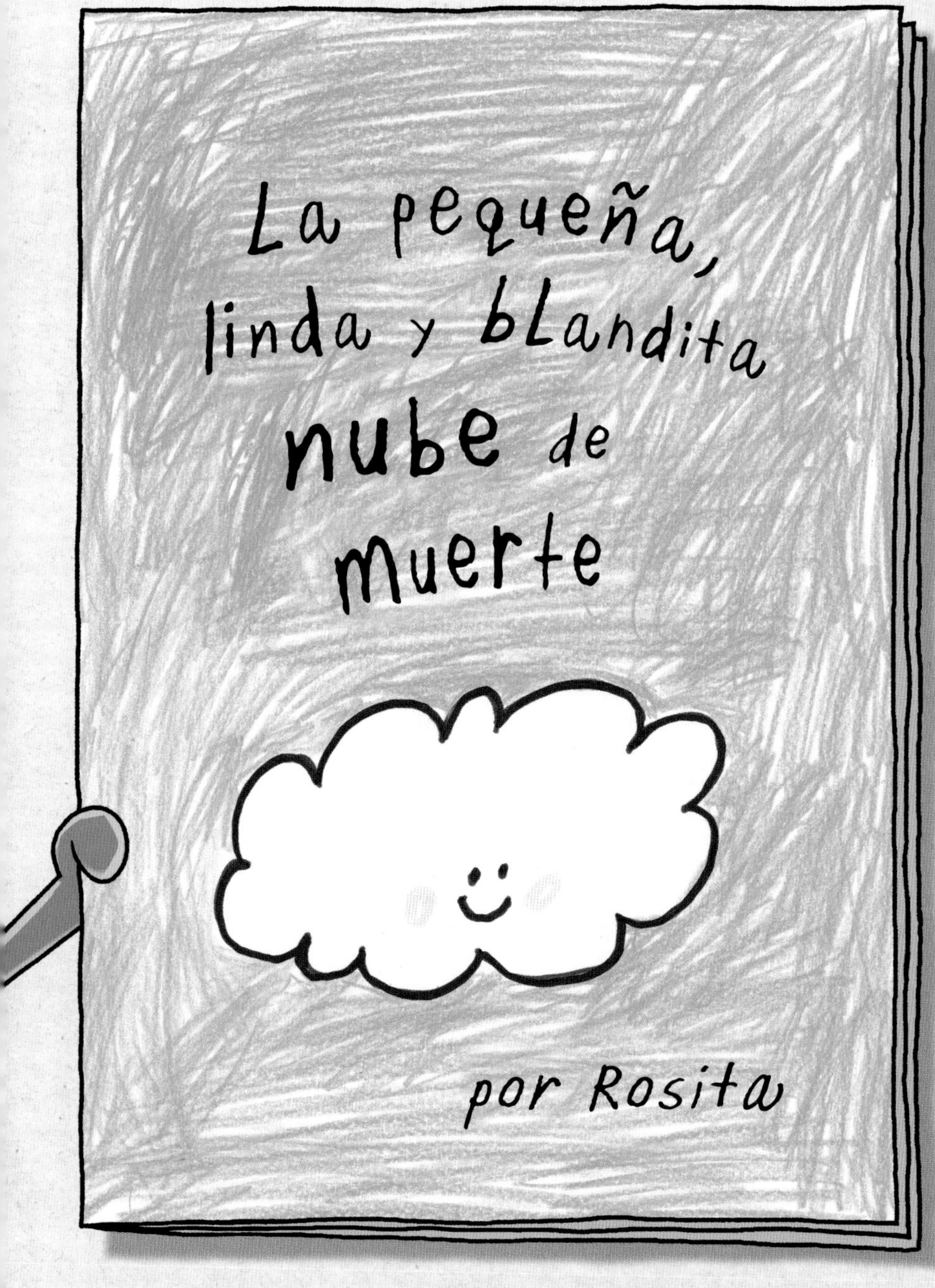
La pequeña,
linda y blandita
nube de
muerte
por Rosita

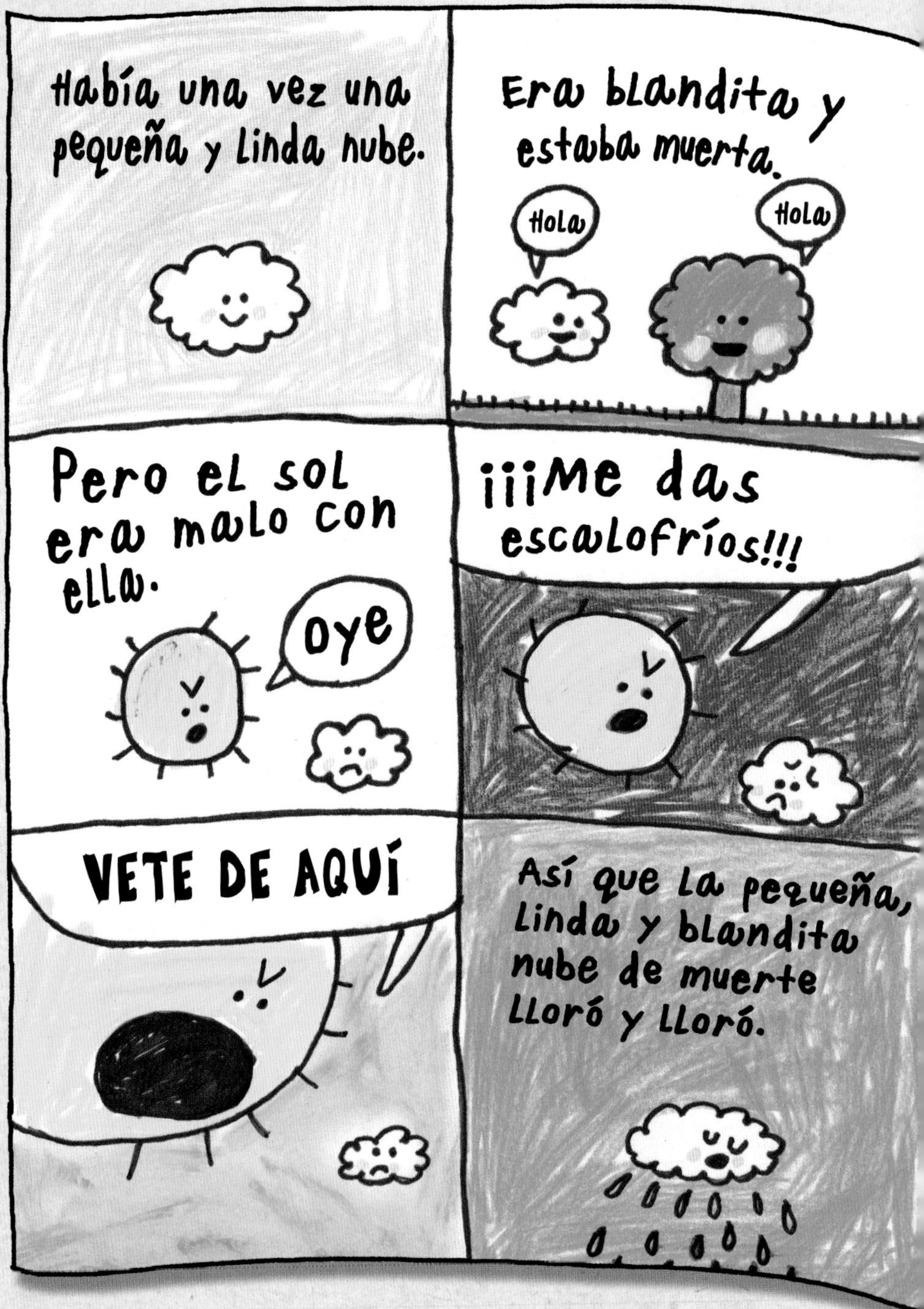
Había una vez una pequeña y linda nube.
Era blandita y estaba muerta.
Hola
Hola
Pero el sol era malo con ella.
Oye
¡¡¡Me das escalofríos!!!
VETE DE AQUÍ
Así que la pequeña, linda y blandita nube de muerte lloró y lloró.

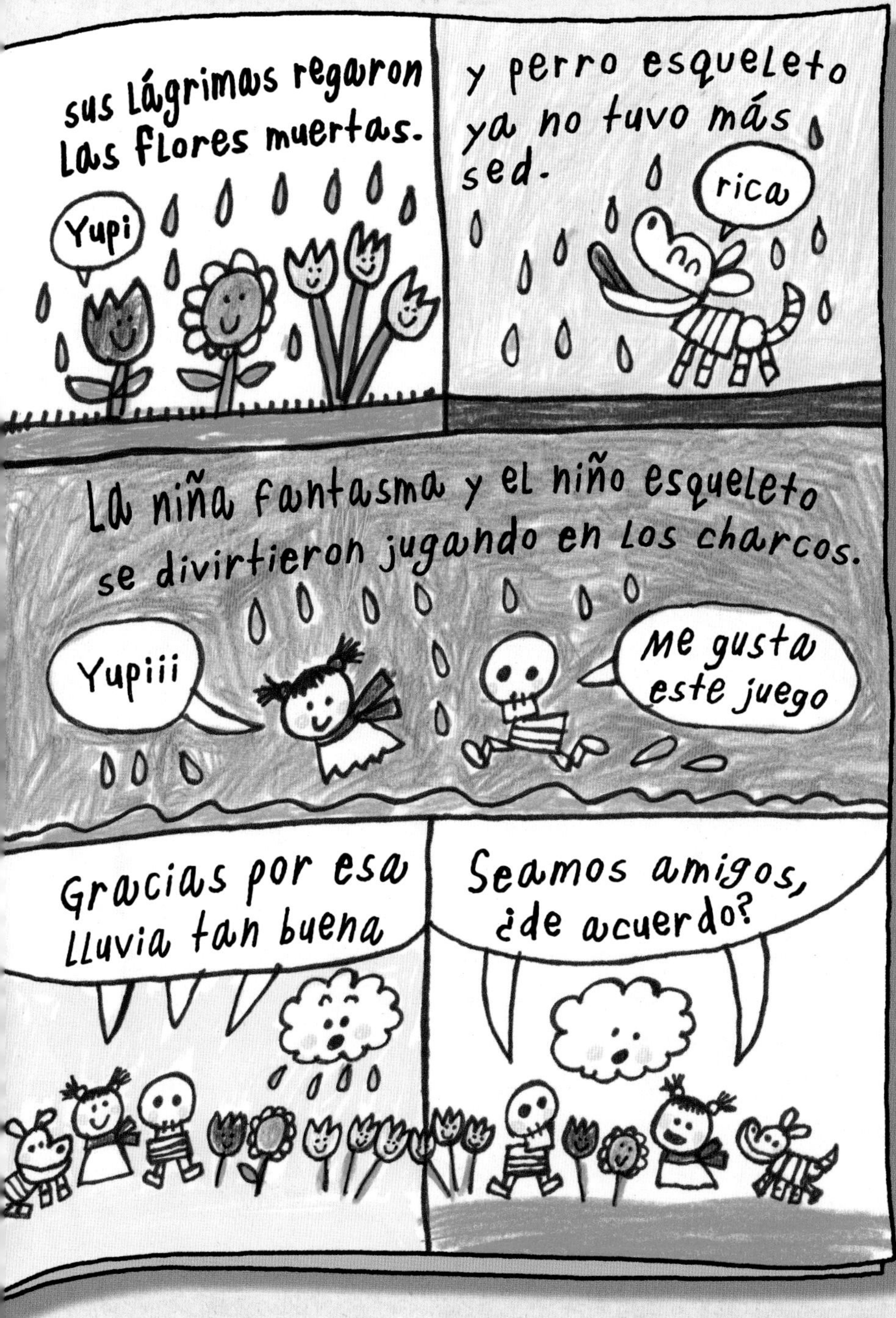

sus lágrimas regaron las flores muertas.
Yupi
y perro esqueleto ya no tuvo más sed.
rica
La niña fantasma y el niño esqueleto se divirtieron jugando en los charcos.
Yupiii
Me gusta este juego
Gracias por esa lluvia tan buena
Seamos amigos, ¿de acuerdo?

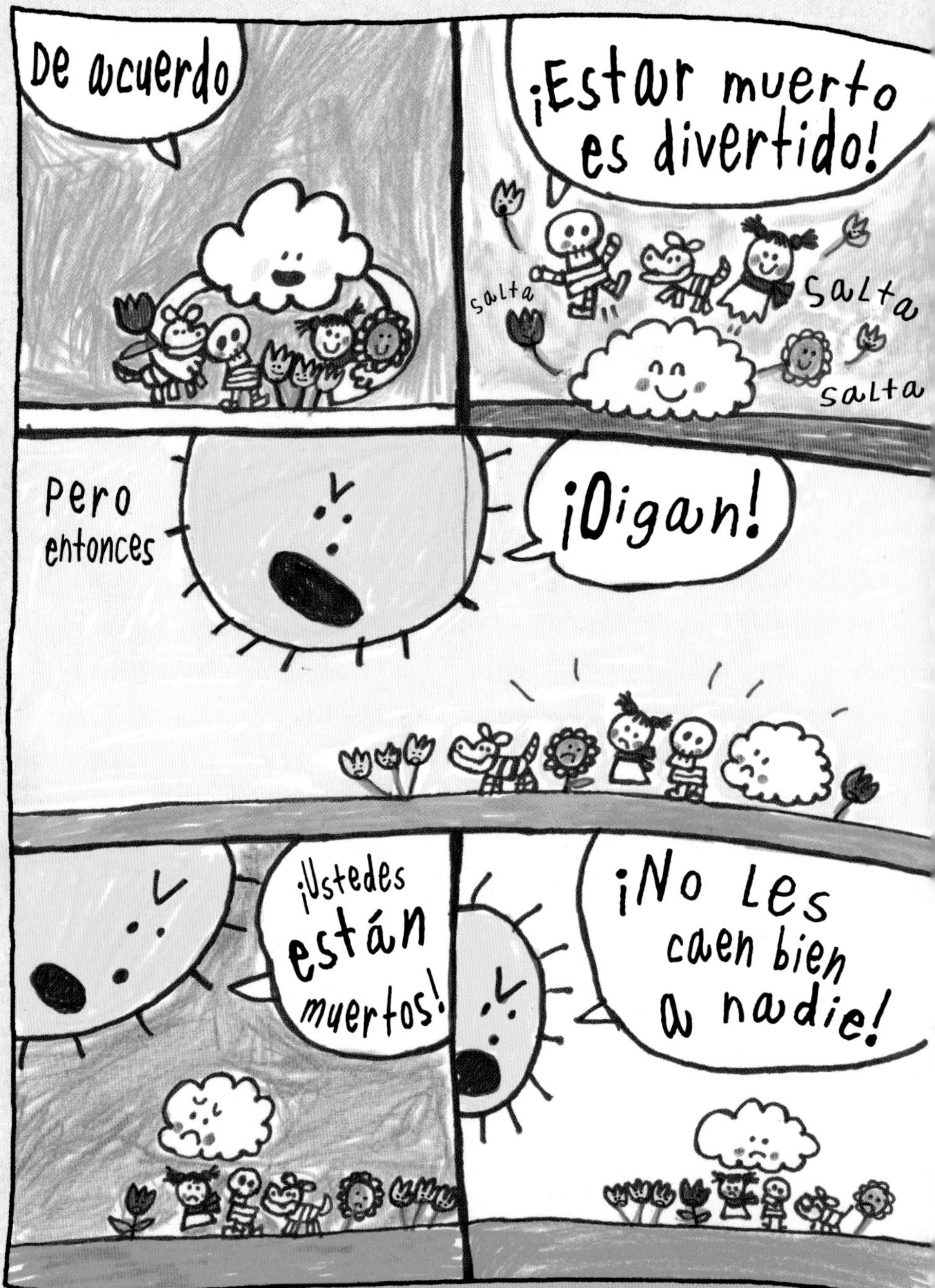
De acuerdo
¡Estar muerto es divertido!
salta
salta
salta
Pero entonces
¡Oigan!
¡Ustedes están muertos!
¡No les caen bien a nadie!

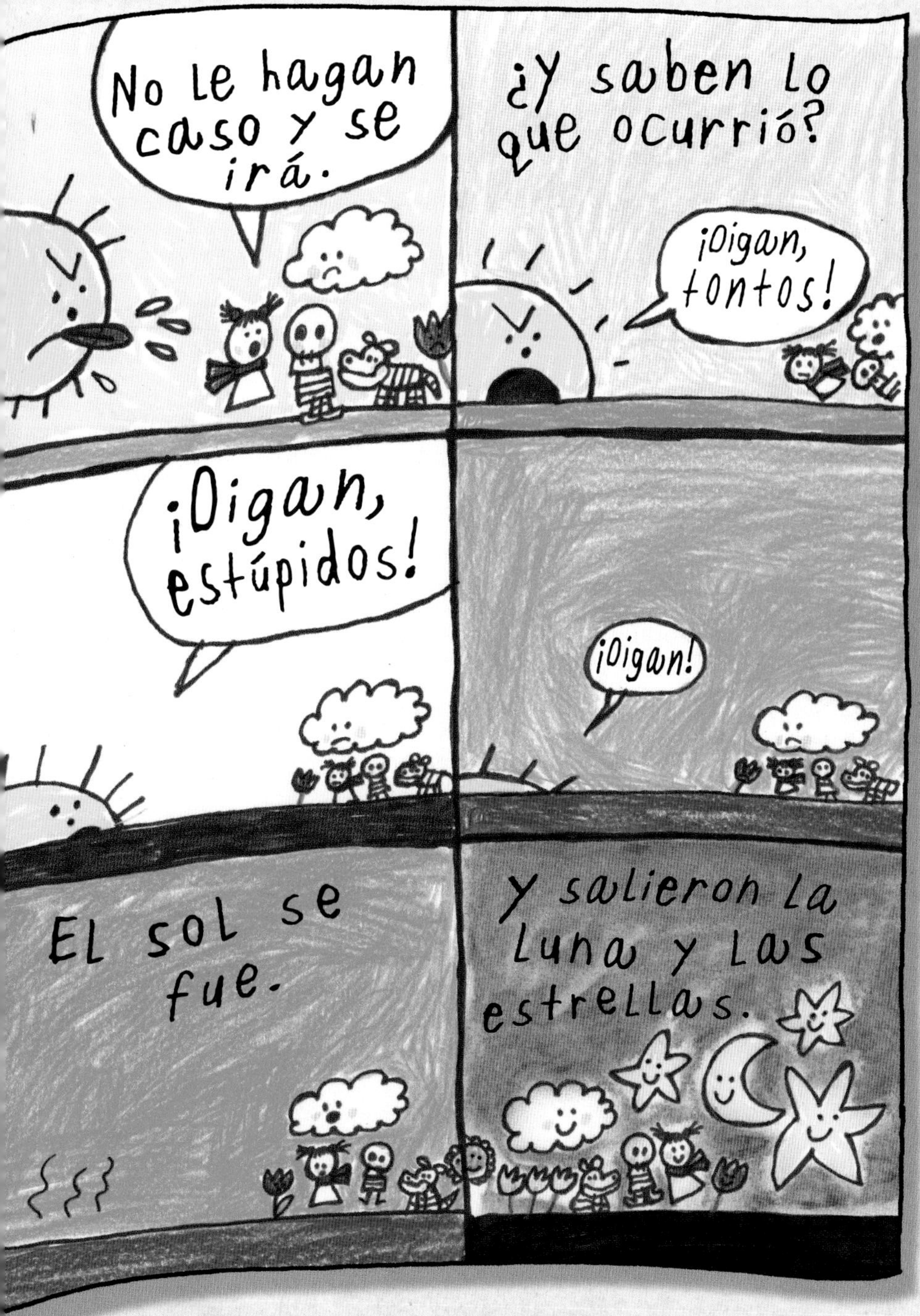
No le hagan caso y se irá.
¿Y saben lo que ocurrió?
¡Digan, tontos!
¡Digan, estúpidos!
¡Digan!
El sol se fue.
Y salieron la luna y las estrellas.

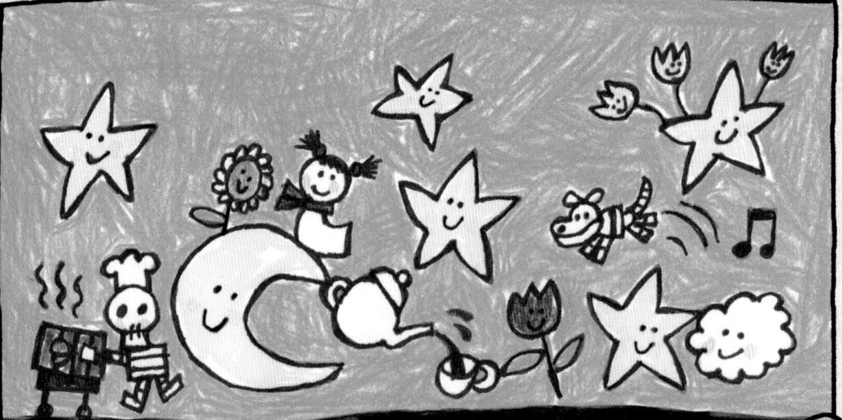

FIN

acerca de la autora

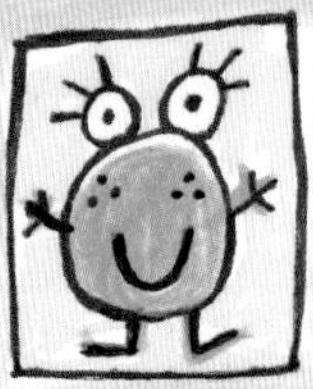

Rosita es una rana que vive con su familia en una casa rodante junto al lago. Le gustan los fantasmas y los esqueletos y dibujar y los monstruos y la lluvia. Le ~~gust~~ dibujar todos los días porque es *gusta* divertido. También le gustan los perros.

fin.

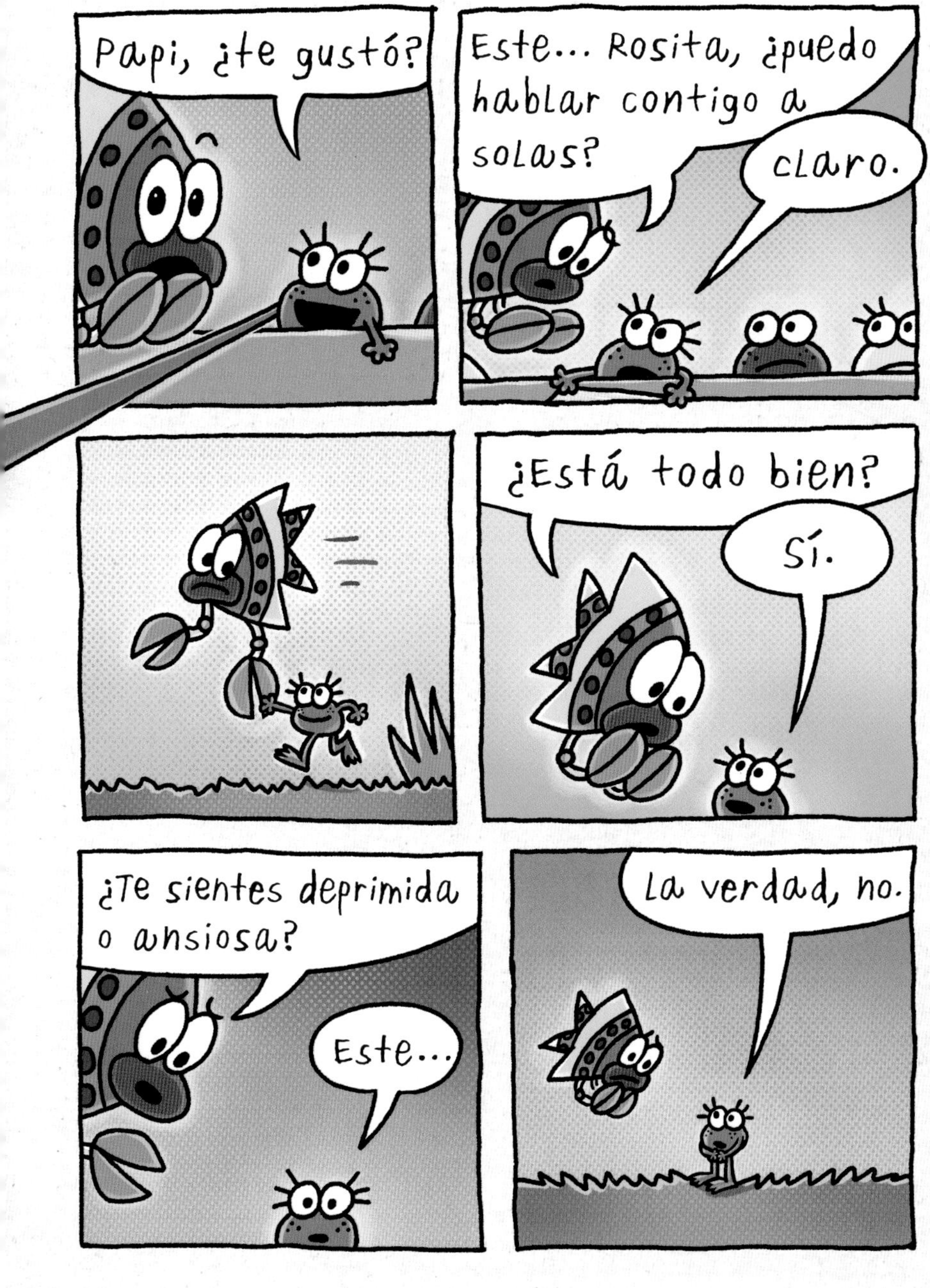
Papi, ¿te gustó?
Este... Rosita, ¿puedo hablar contigo a solas?
Claro.
¿Está todo bien?
Sí.
¿Te sientes deprimida o ansiosa?
Este...
La verdad, no.

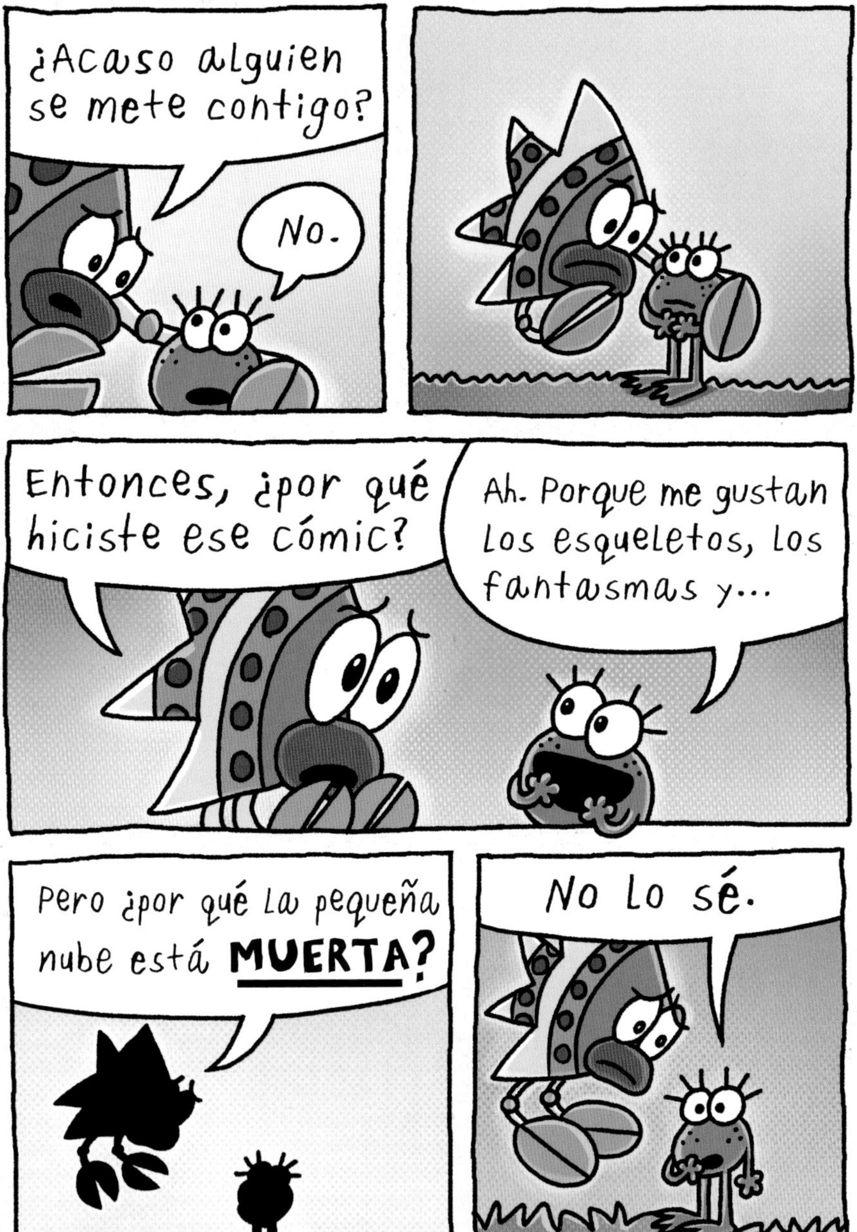
¿Acaso alguien se mete contigo?
No.
Entonces, ¿por qué hiciste ese cómic?
Ah. Porque me gustan los esqueletos, los fantasmas y...
Pero ¿por qué la pequeña nube está **MUERTA**?
No lo sé.

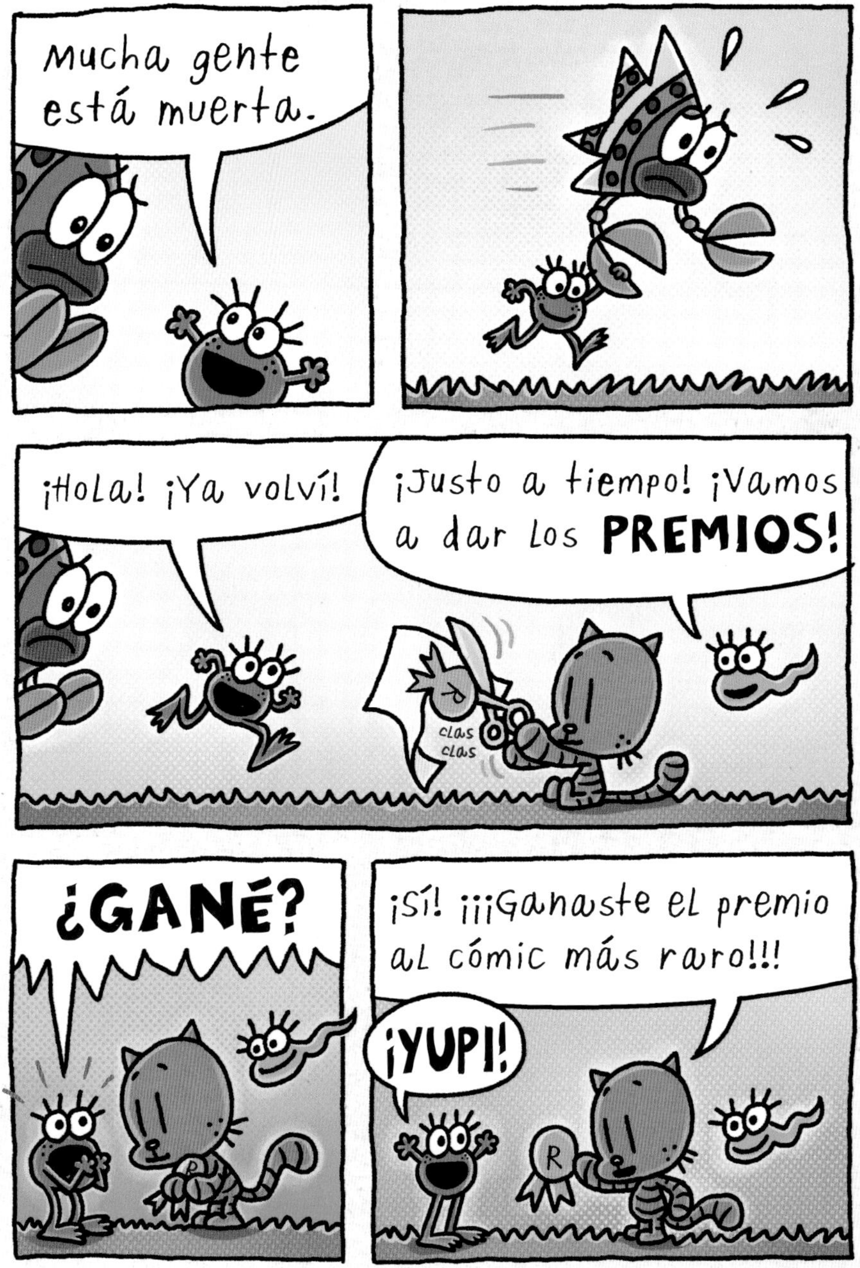
Mucha gente está muerta.
¡HoLa! ¡Ya volví!
¡Justo a tiempo! ¡Vamos a dar Los **PREMIOS!**
CLAS CLAS
R
¿GANÉ?
¡Sí! ¡¡¡Ganaste eL premio aL cómic más raro!!!
¡YUPI!
R

¡Y ustedes ganaron el premio al cómic MÁS LOCO!
¡CHÉVERE!
El sándwich de queso monstruo
Y el premio al cómic MAS VIOLENTÍSIMO es para...
¡SÚPER FRACASO!
¡Qué bieeeen!
¡Y para ti, Pedro, el premio al cómic más ASQUEROSO!
¡Genial!
¡Empecemos ya con la secuela!
SÚPER FRACASO

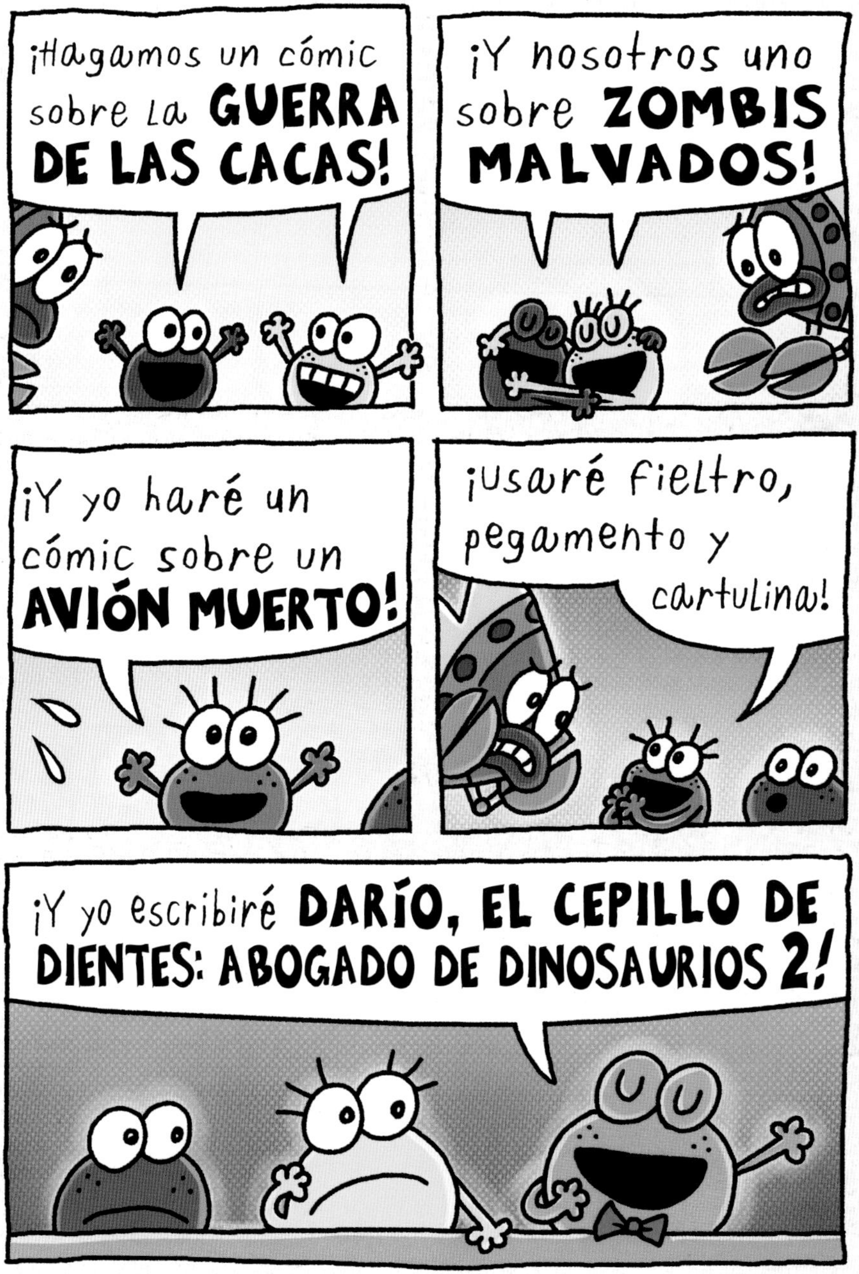
¡Hagamos un cómic sobre la GUERRA DE LAS CACAS!
¡Y nosotros uno sobre ZOMBIS MALVADOS!
¡Y yo haré un cómic sobre un AVIÓN MUERTO!
¡Usaré fieltro, pegamento y cartulina!
¡Y yo escribiré DARÍO, EL CEPILLO DE DIENTES: ABOGADO DE DINOSAURIOS 2!

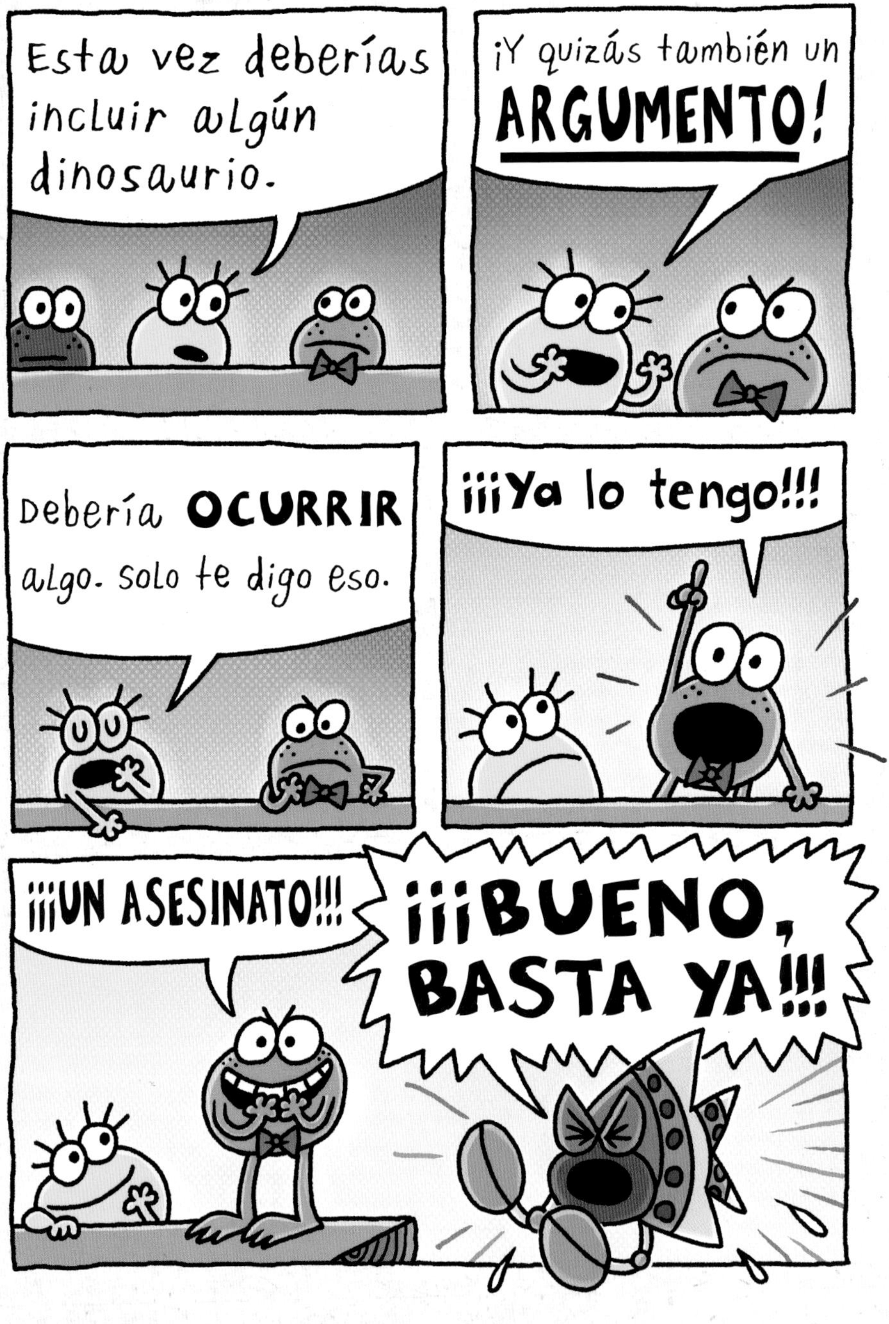
Esta vez deberías incluir algún dinosaurio.
¡Y quizás también un ARGUMENTO!
Debería OCURRIR algo. Solo te digo eso.
¡¡¡Ya lo tengo!!!
¡¡¡UN ASESINATO!!!
¡¡¡BUENO, BASTA YA!!!

CAPÍTULO 4

LAS NUEVAS REGLAS

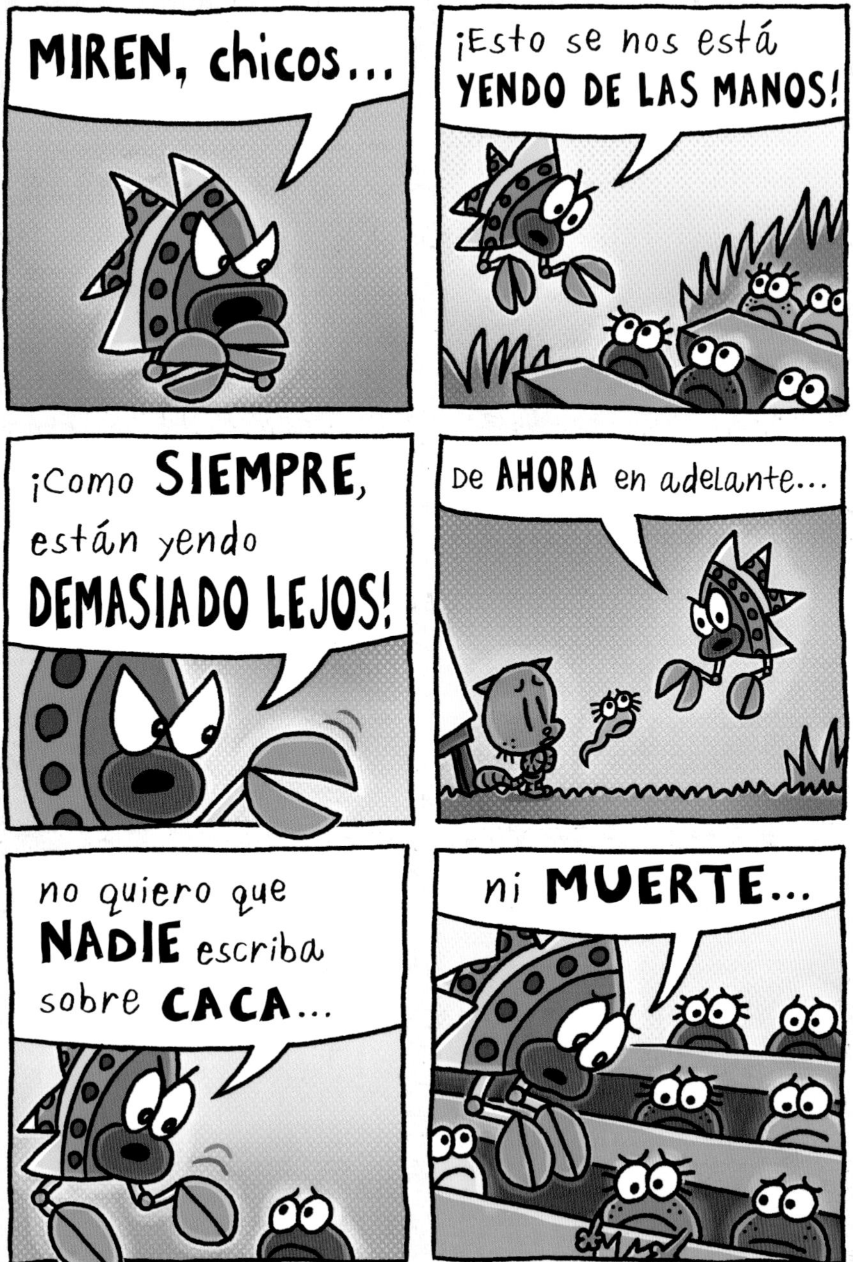
MIREN, chicos...
¡Esto se nos está YENDO DE LAS MANOS!
¡Como SIEMPRE, están yendo DEMASIADO LEJOS!
De AHORA en adelante...
no quiero que NADIE escriba sobre CACA...
ni MUERTE...

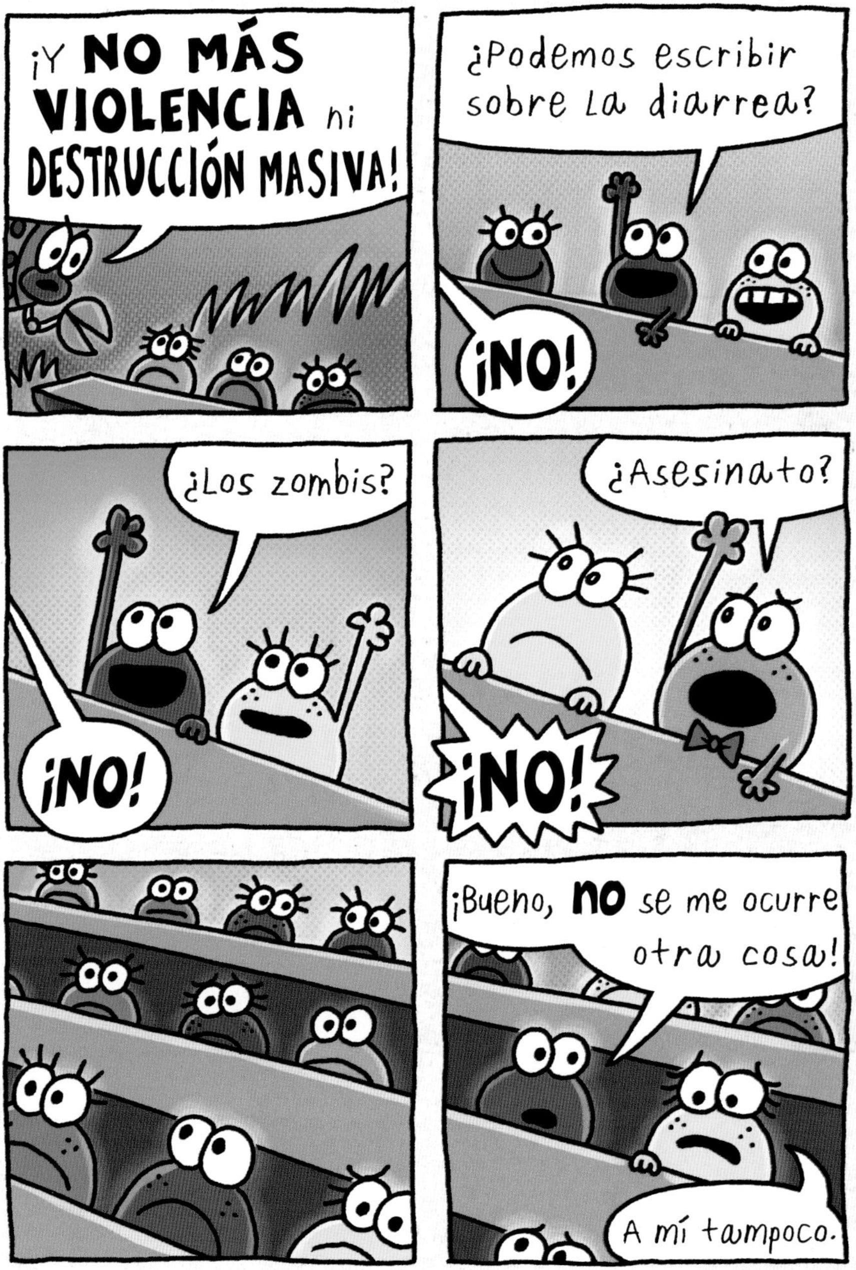
¡Y **NO MÁS VIOLENCIA** ni **DESTRUCCIÓN MASIVA!**
¿Podemos escribir sobre la diarrea?
¡NO!
¿Los zombis?
¡NO!
¿Asesinato?
¡NO!
¡Bueno, **NO** se me ocurre otra cosa!
A mí tampoco.

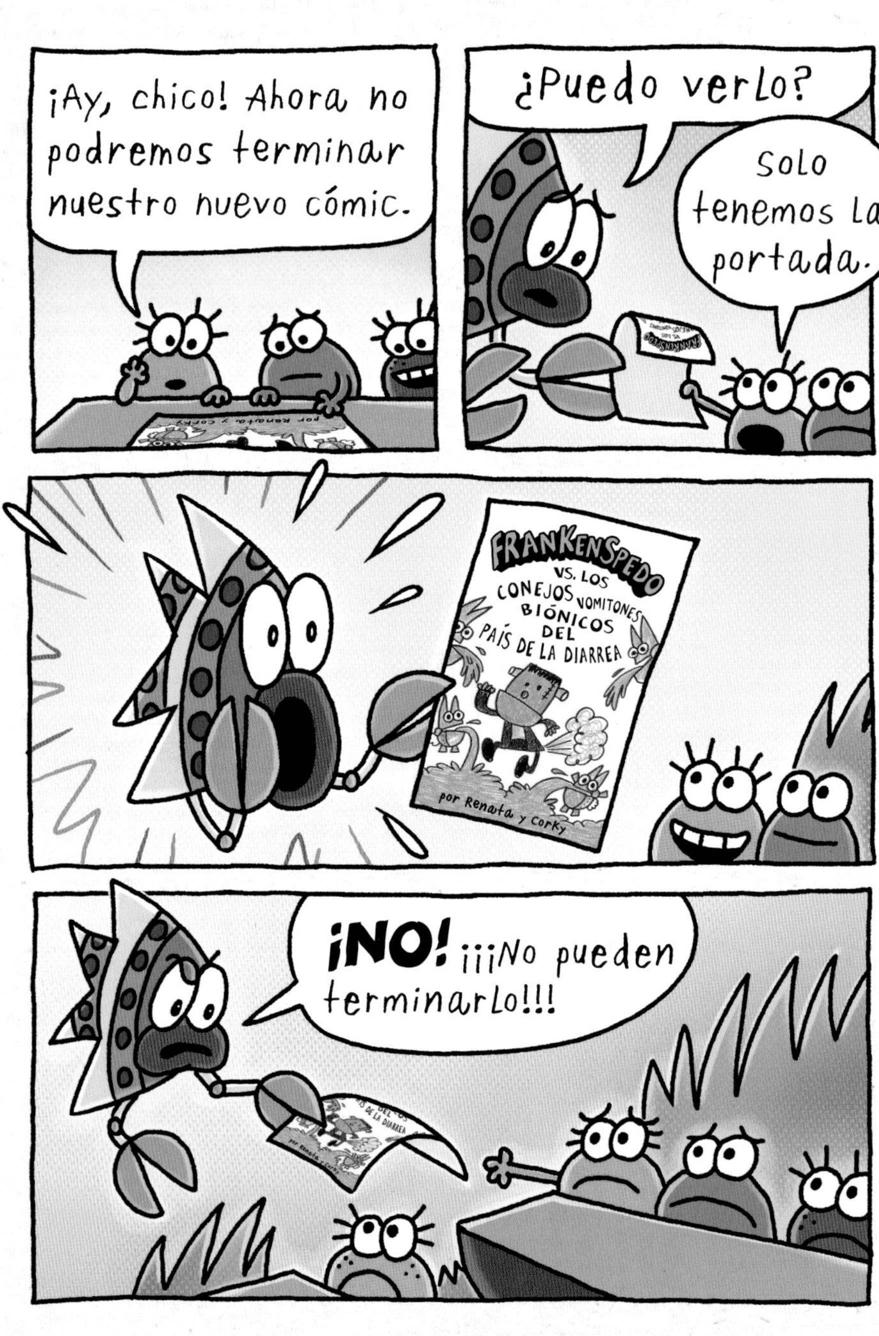
¡Ay, chico! Ahora no podremos terminar nuestro nuevo cómic.
por Renata y Corky
¿Puedo verlo?
Solo tenemos la portada.
FRANKENSPEDO VS. LOS CONEJOS VOMITONES BIÓNICOS DEL PAÍS DE LA DIARREA
por Renata y Corky
¡NO! ¡¡¡No pueden terminarlo!!!
DE LA DIARREA
por Renata y Corky

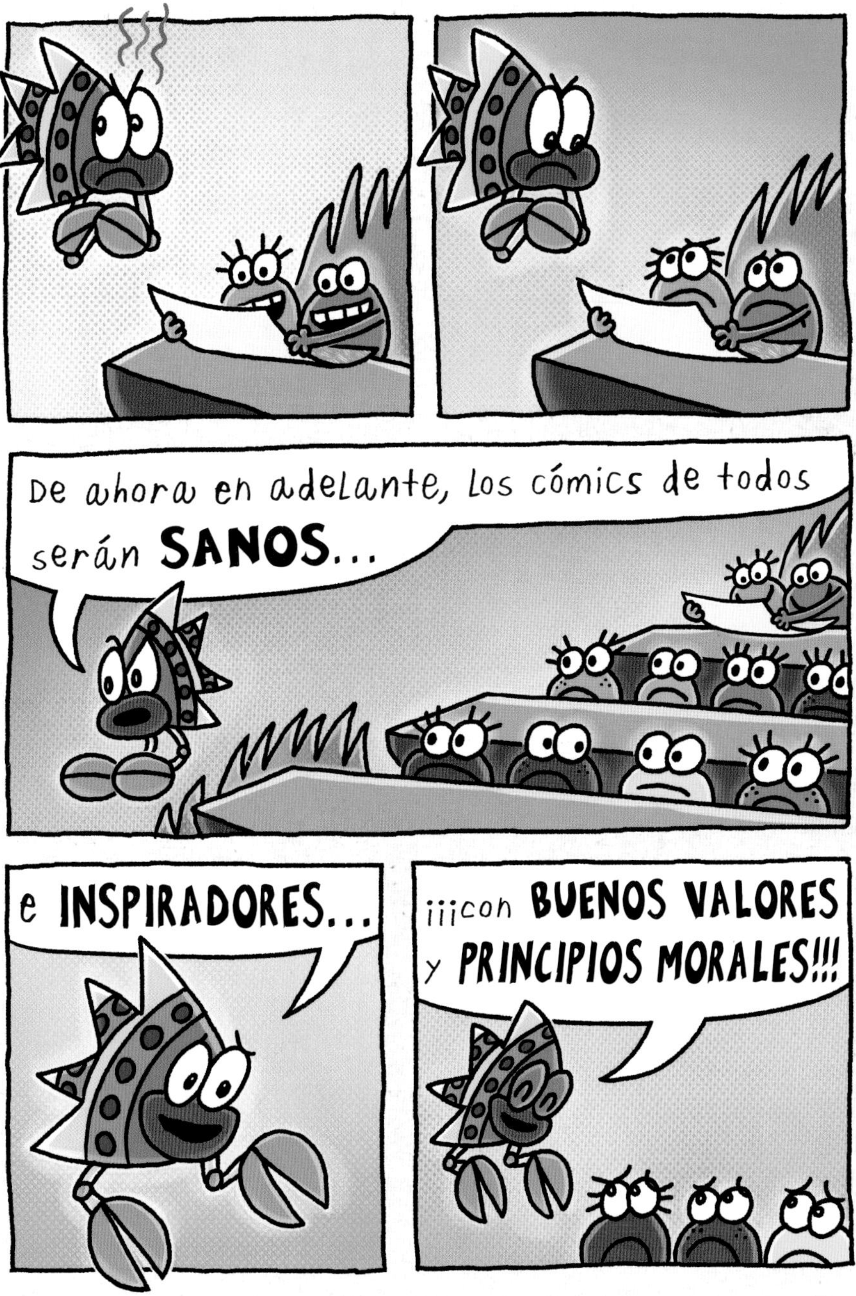
De ahora en adelante, los cómics de todos serán SANOS...
e INSPIRADORES...
¡¡¡con BUENOS VALORES y PRINCIPIOS MORALES!!!

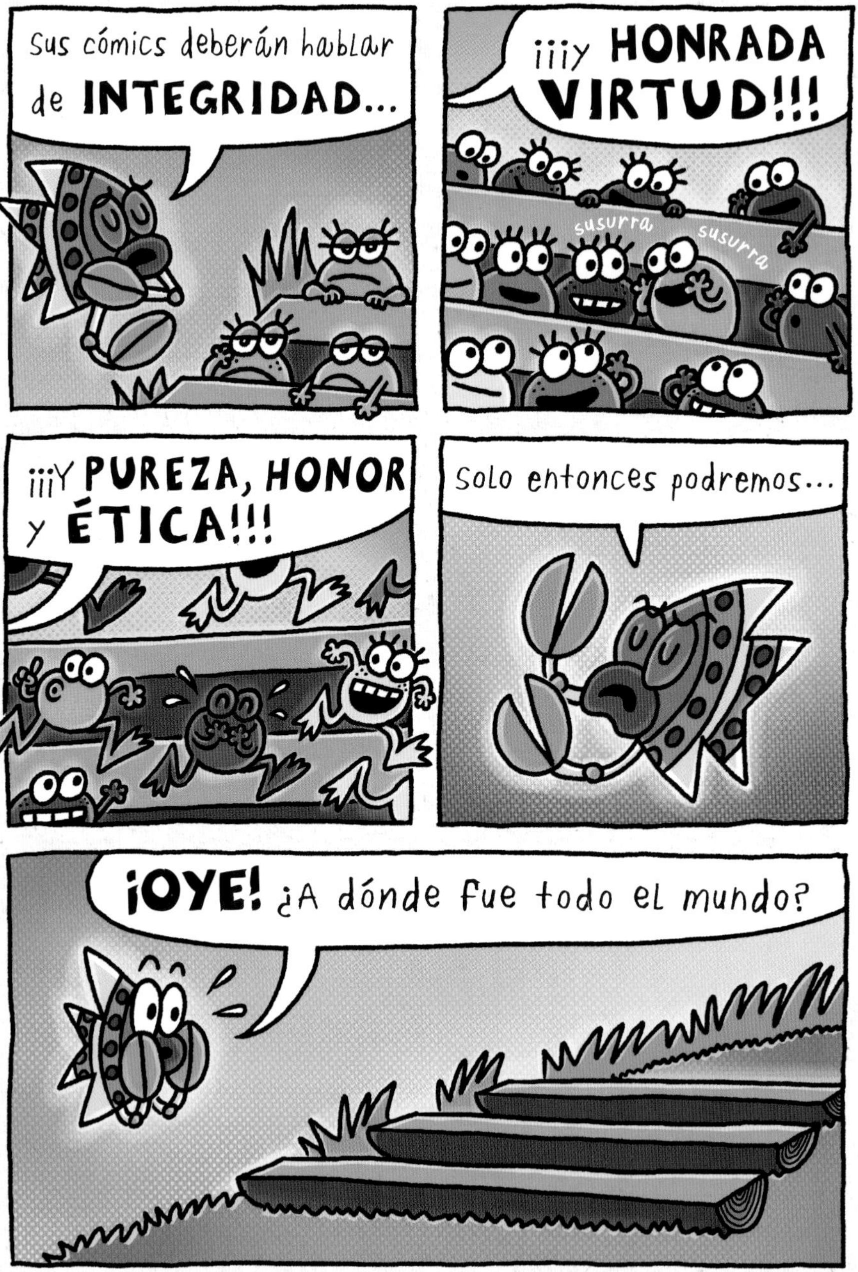
Sus cómics deberán hablar de INTEGRIDAD...
¡¡¡Y HONRADA VIRTUD!!!
susurra
susurra
¡¡¡Y PUREZA, HONOR Y ÉTICA!!!
Solo entonces podremos...
¡OYE! ¿A dónde fue todo el mundo?

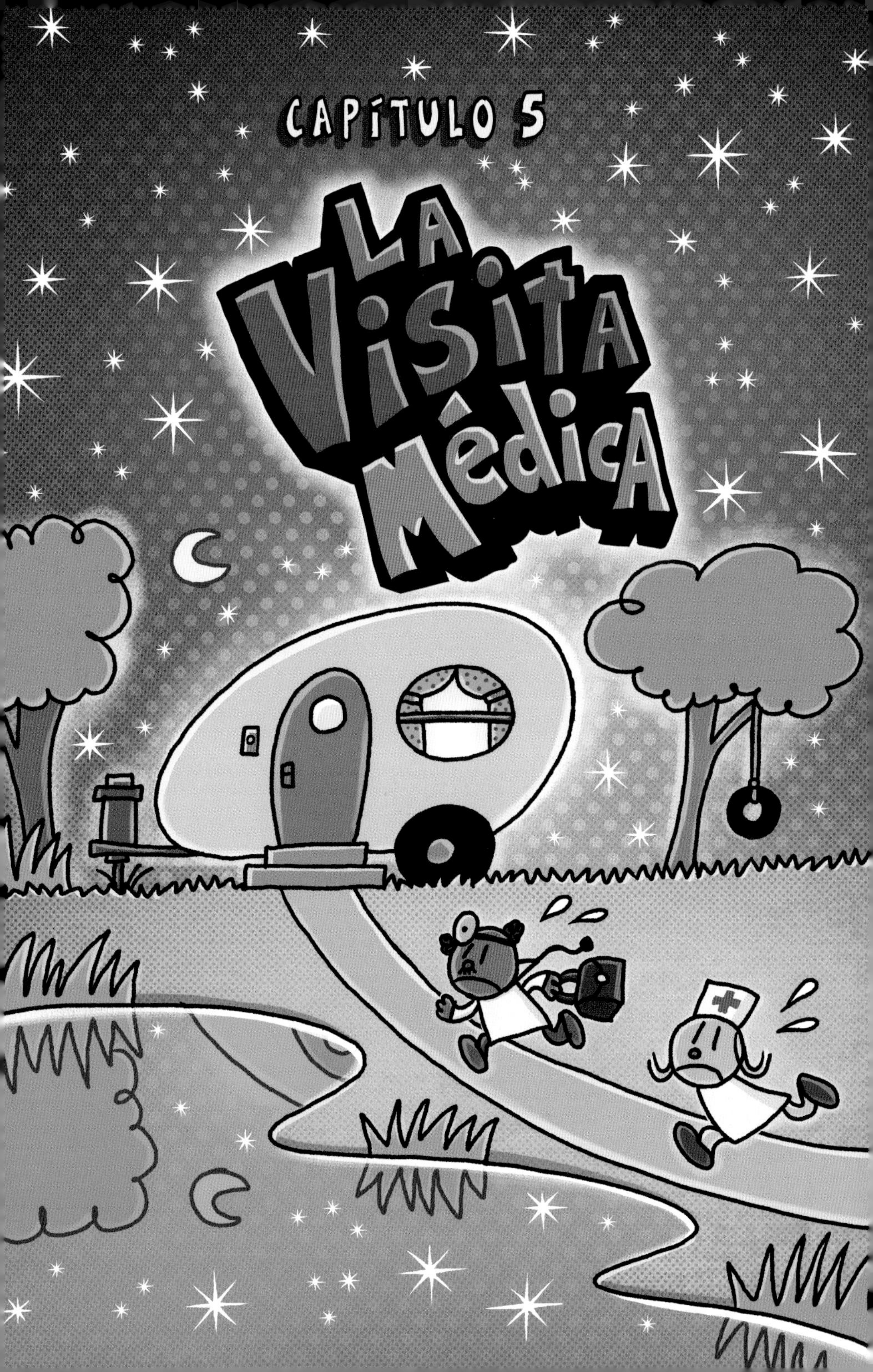
CAPÍTULO 5
LA VISITA MÉDICA

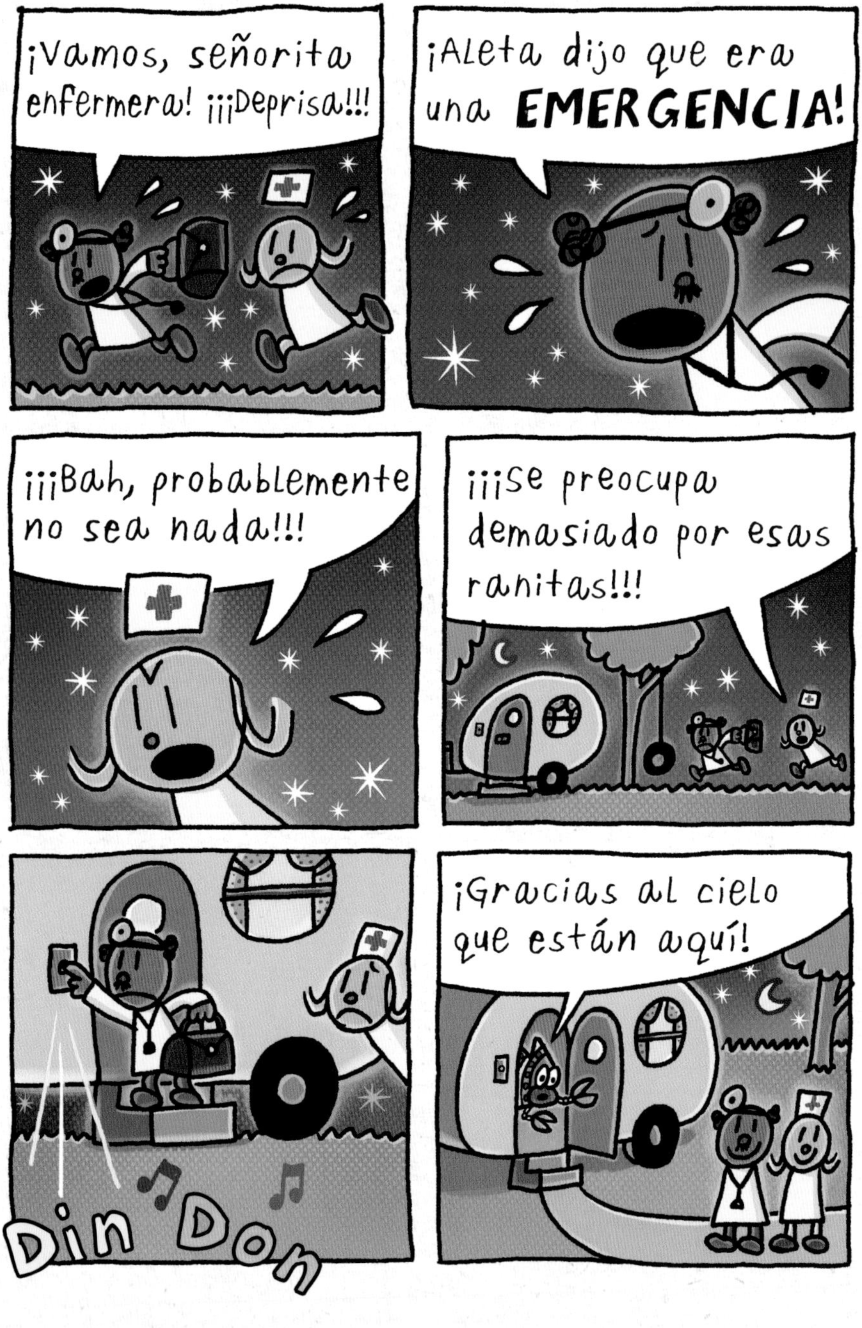
¡Vamos, señorita enfermera! ¡¡¡Deprisa!!!
¡Aleta dijo que era una EMERGENCIA!
¡¡¡Bah, probablemente no sea nada!!!
¡¡¡Se preocupa demasiado por esas ranitas!!!
Din Don
¡Gracias al cielo que están aquí!

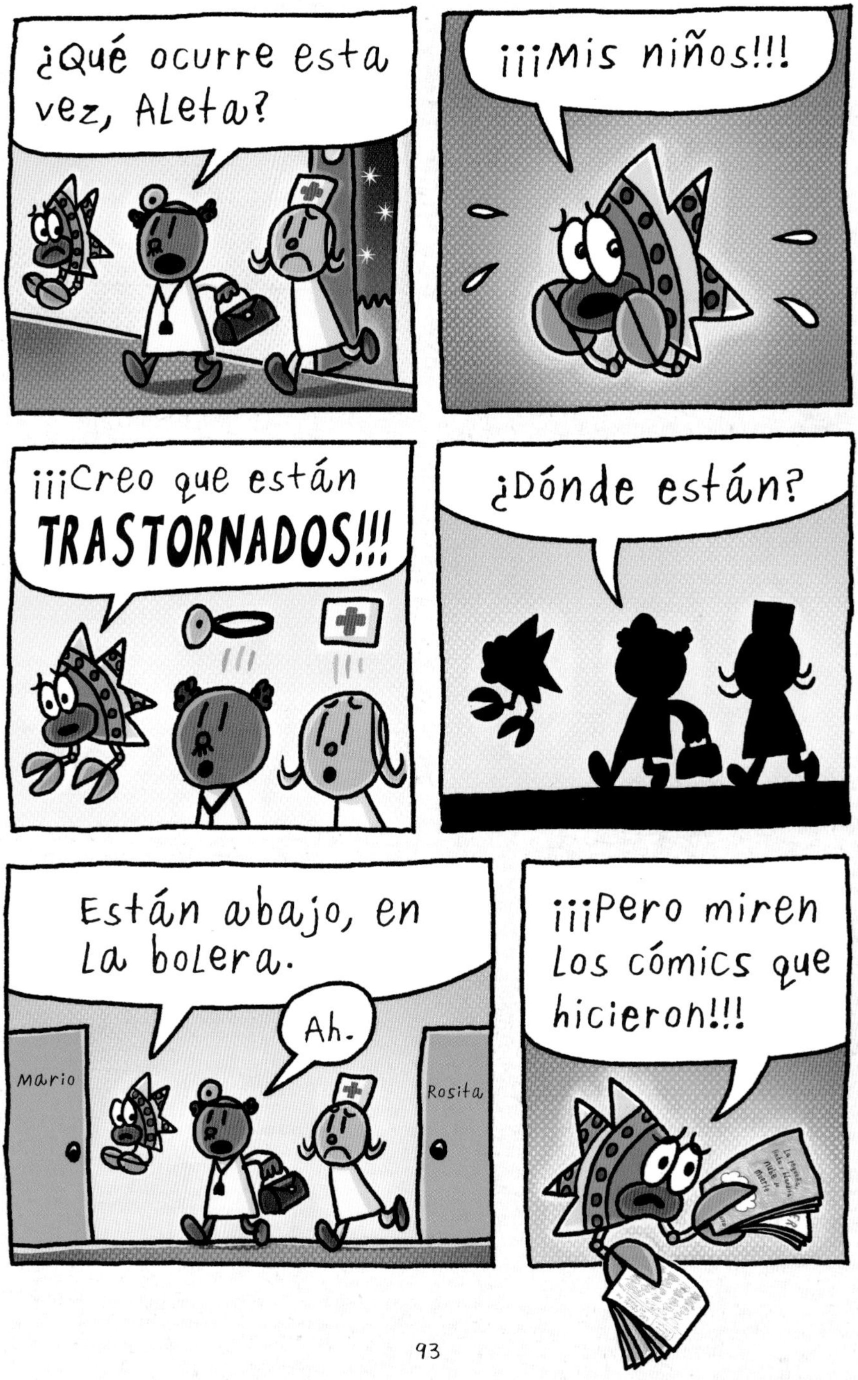
¿Qué ocurre esta vez, Aleta?
¡¡¡Mis niños!!!
¡¡¡Creo que están TRASTORNADOS!!!
¿Dónde están?
Están abajo, en la bolera.
Ah.
Mario
Rosita
¡¡¡Pero miren los cómics que hicieron!!!

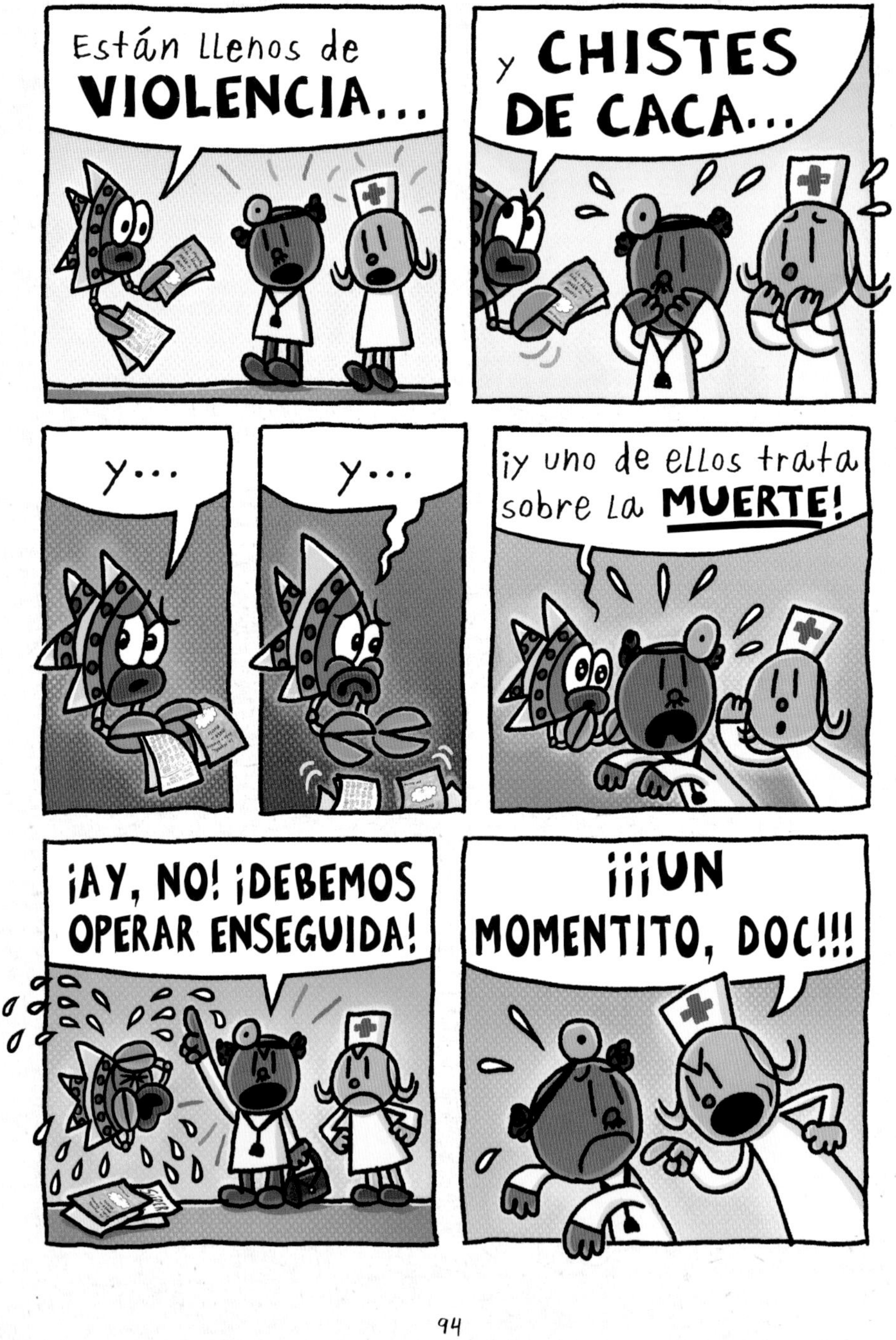
Están llenos de VIOLENCIA...
y CHISTES DE CACA...
y...
y...
¡y uno de ellos trata sobre la MUERTE!
¡AY, NO! ¡DEBEMOS OPERAR ENSEGUIDA!
¡¡¡UN MOMENTITO, DOC!!!

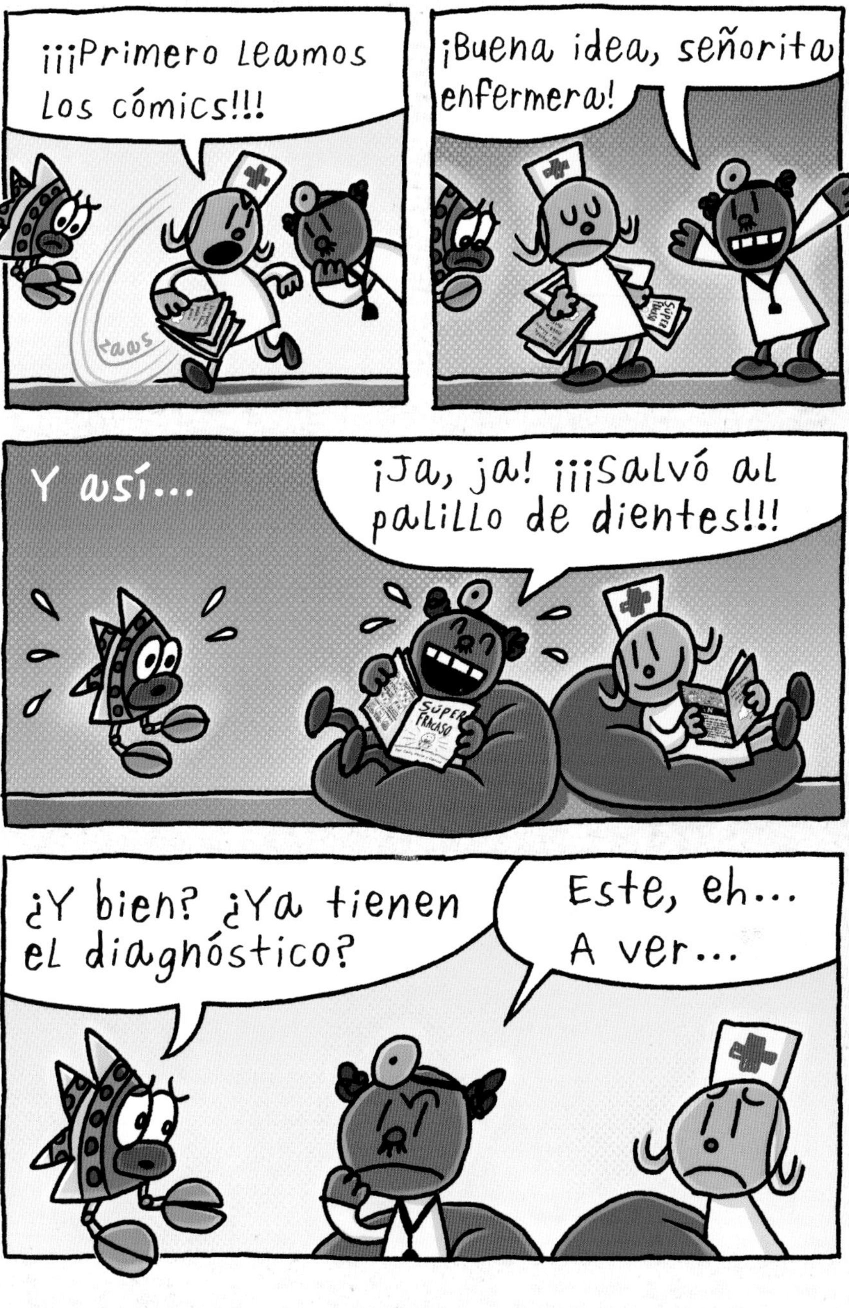
¡¡¡Primero leamos los cómics!!!
ZAAS
¡Buena idea, señorita enfermera!
Y así...
¡Ja, ja! ¡¡¡Salvó al palillo de dientes!!!
SÚPER FRACASO
¿Y bien? ¿Ya tienen el diagnóstico?
Este, eh... A ver...

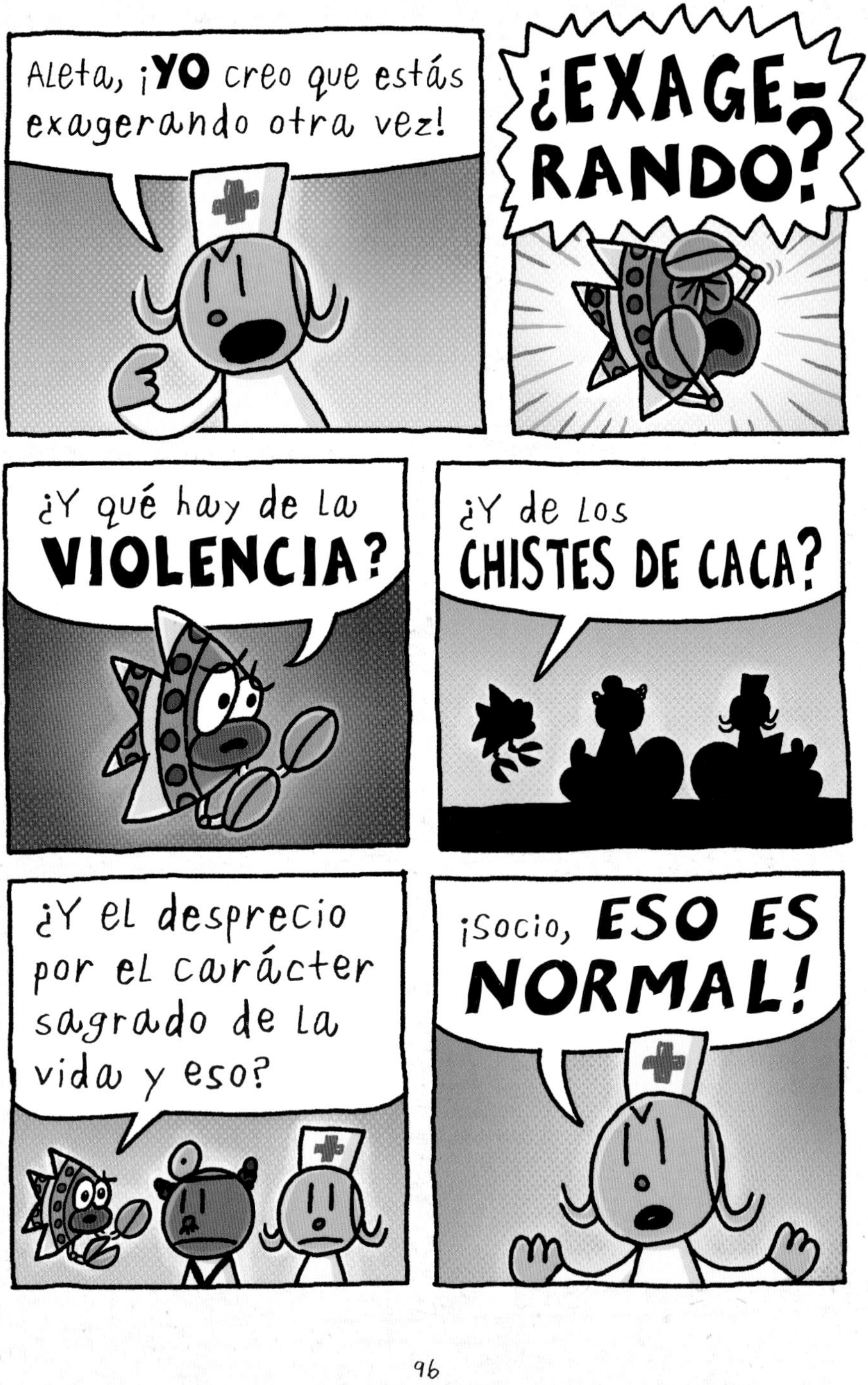
Aleta, ¡YO creo que estás exagerando otra vez!
¿EXAGE-RANDO?
¿Y qué hay de la VIOLENCIA?
¿Y de los CHISTES DE CACA?
¿Y el desprecio por el carácter sagrado de la vida y eso?
¡Socio, ESO ES NORMAL!

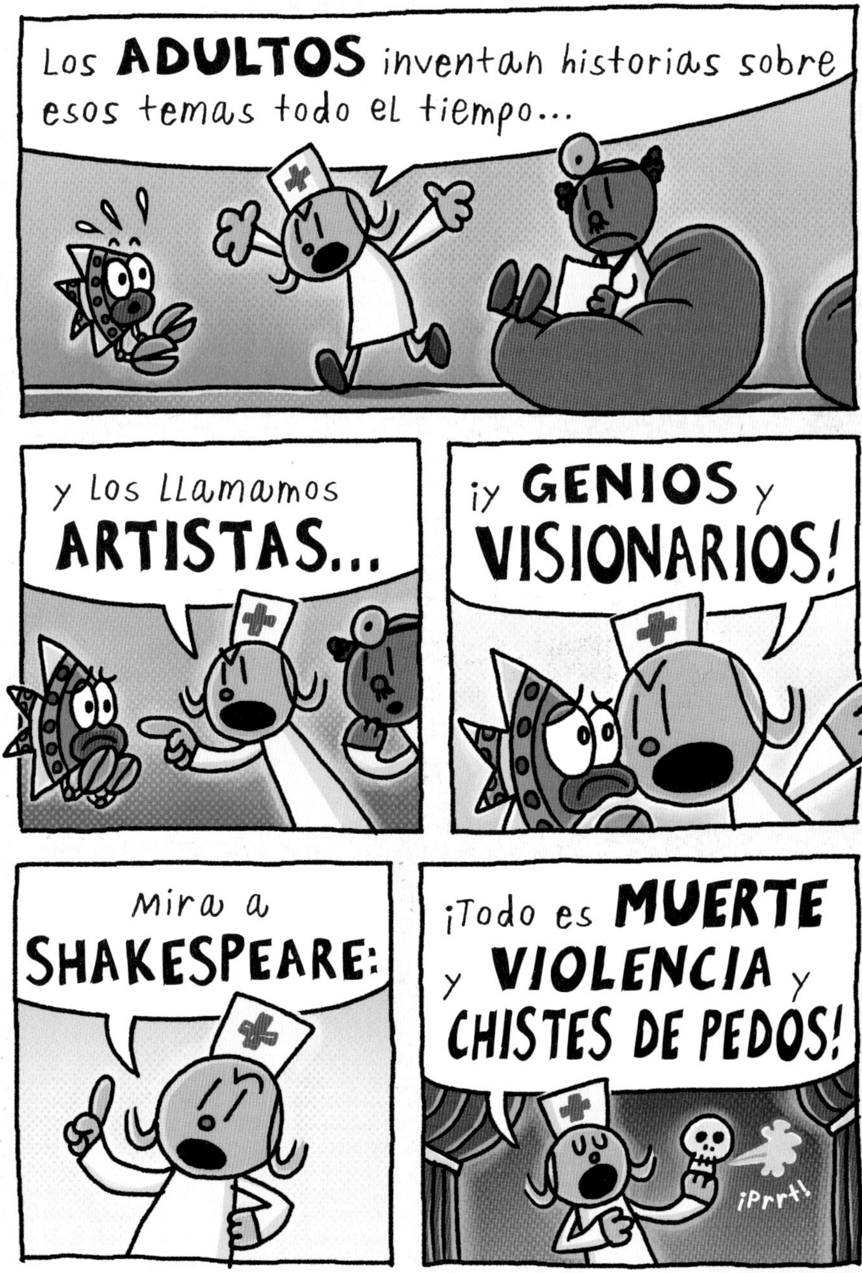

Los ADULTOS inventan historias sobre esos temas todo el tiempo...
y los llamamos ARTISTAS...
¡y GENIOS y VISIONARIOS!
Mira a SHAKESPEARE:
¡Todo es MUERTE y VIOLENCIA y CHISTES DE PEDOS!
¡Prrt!

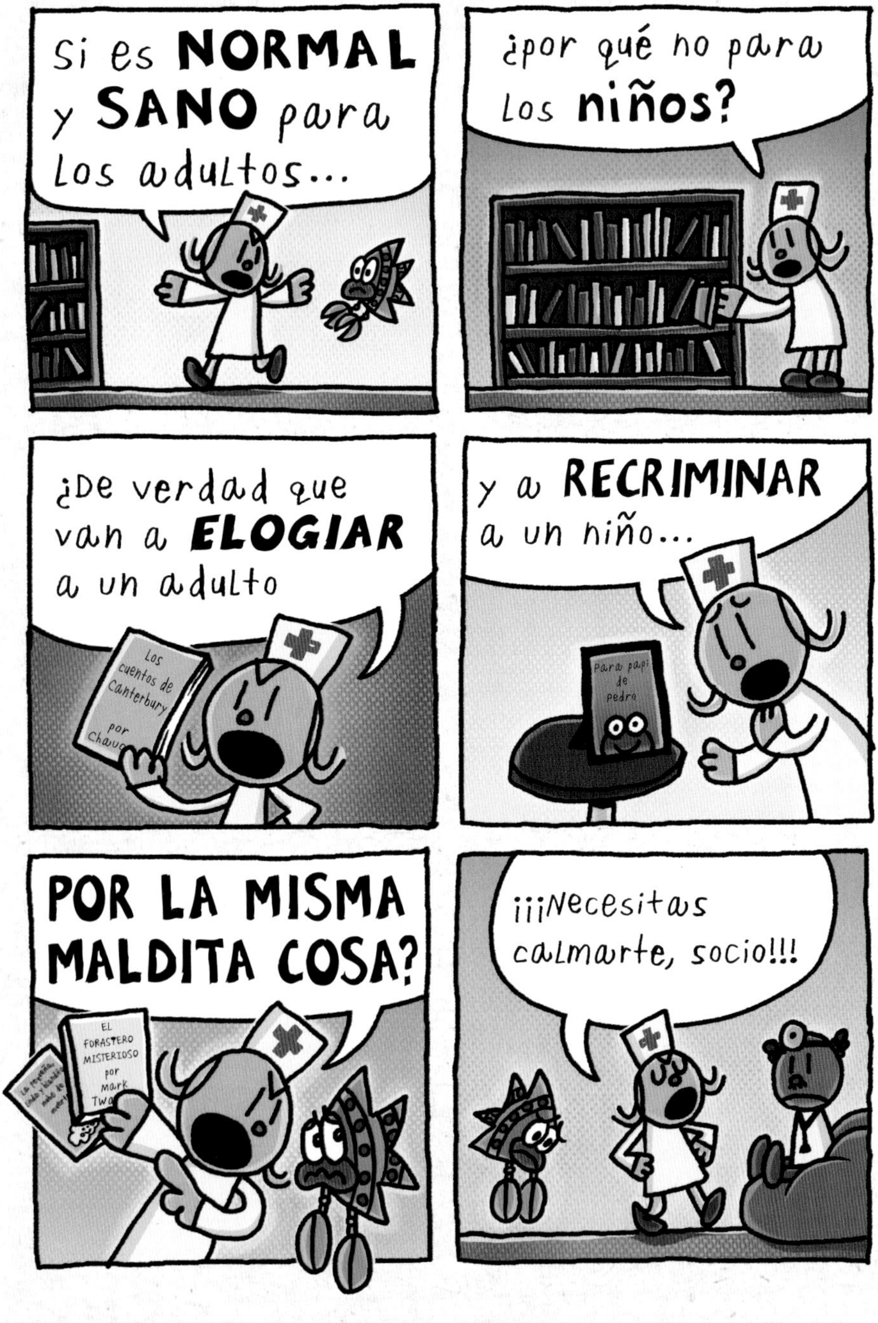
Si es NORMAL y SANO para los adultos...
¿por qué no para los niños?
¿De verdad que van a ELOGIAR a un adulto
Los cuentos de Canterbury por Chau
y a RECRIMINAR a un niño...
Para papi de Pedro
POR LA MISMA MALDITA COSA?
EL FORASTERO MISTERIOSO por Mark Twa
¡¡¡Necesitas calmarte, socio!!!

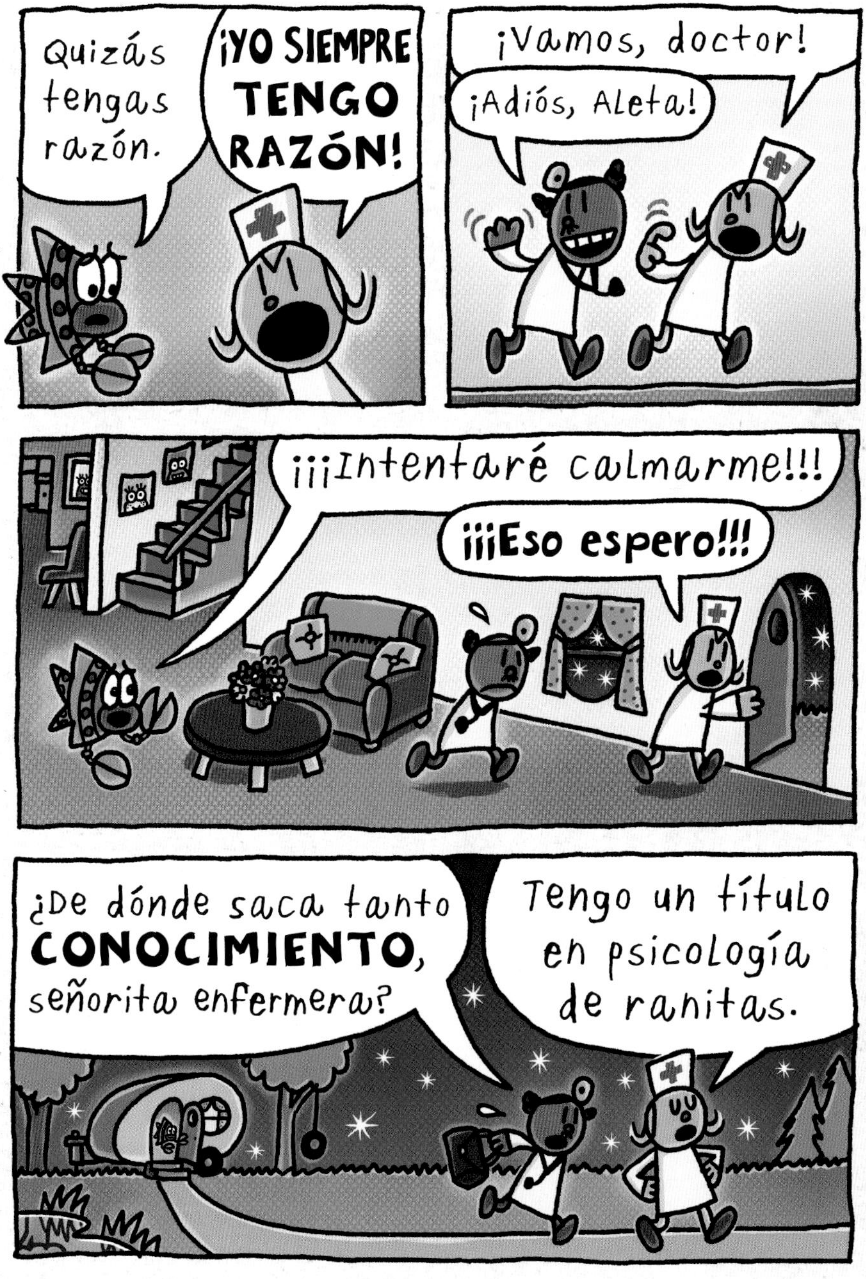

Quizás tengas razón.
¡YO SIEMPRE TENGO RAZÓN!
¡Vamos, doctor!
¡Adiós, Aleta!
¡¡¡Intentaré calmarme!!!
¡¡¡Eso espero!!!
¿De dónde saca tanto CONOCIMIENTO, señorita enfermera?
Tengo un título en psicología de ranitas.

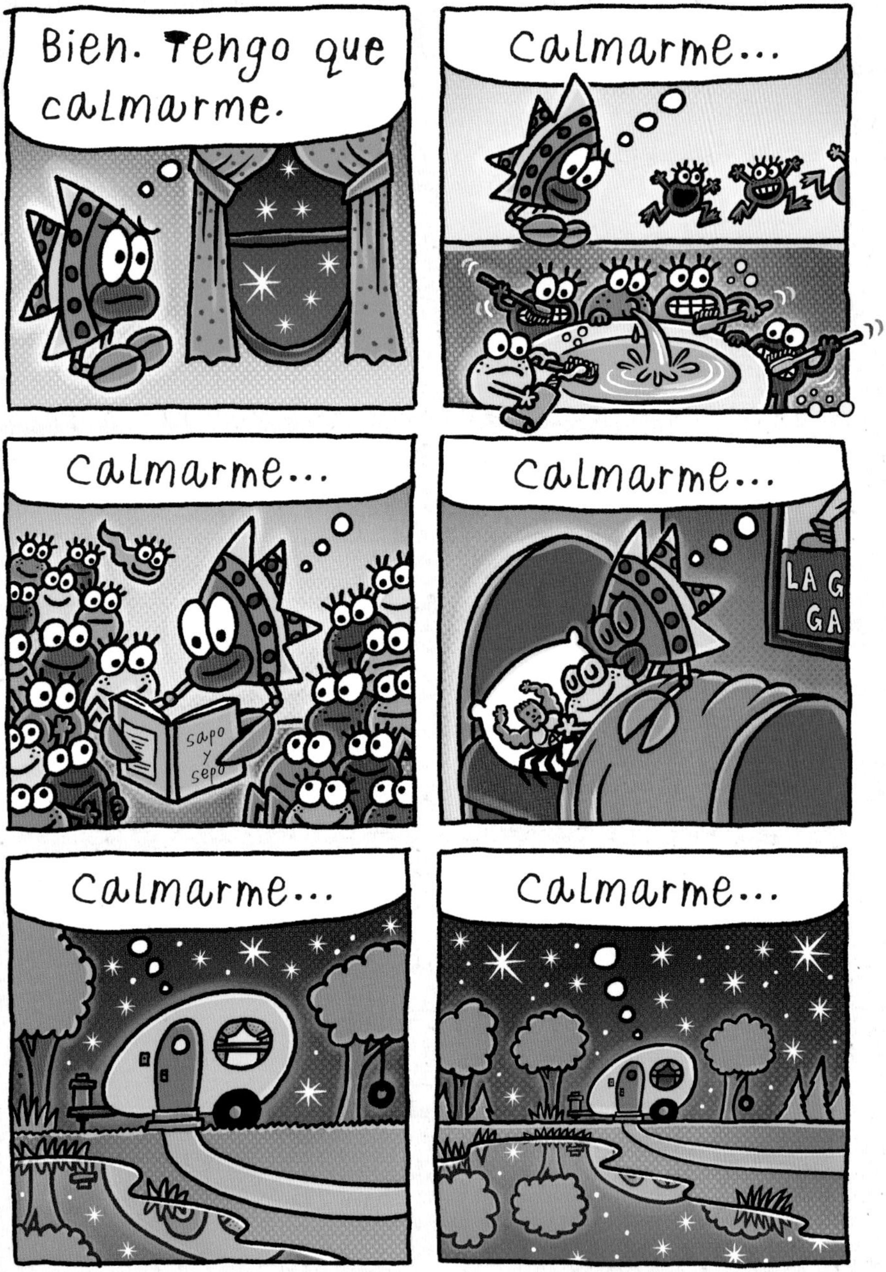
Bien. Tengo que calmarme.
Calmarme...
Calmarme...
sapo y sepo
Calmarme...
Calmarme...
Calmarme...

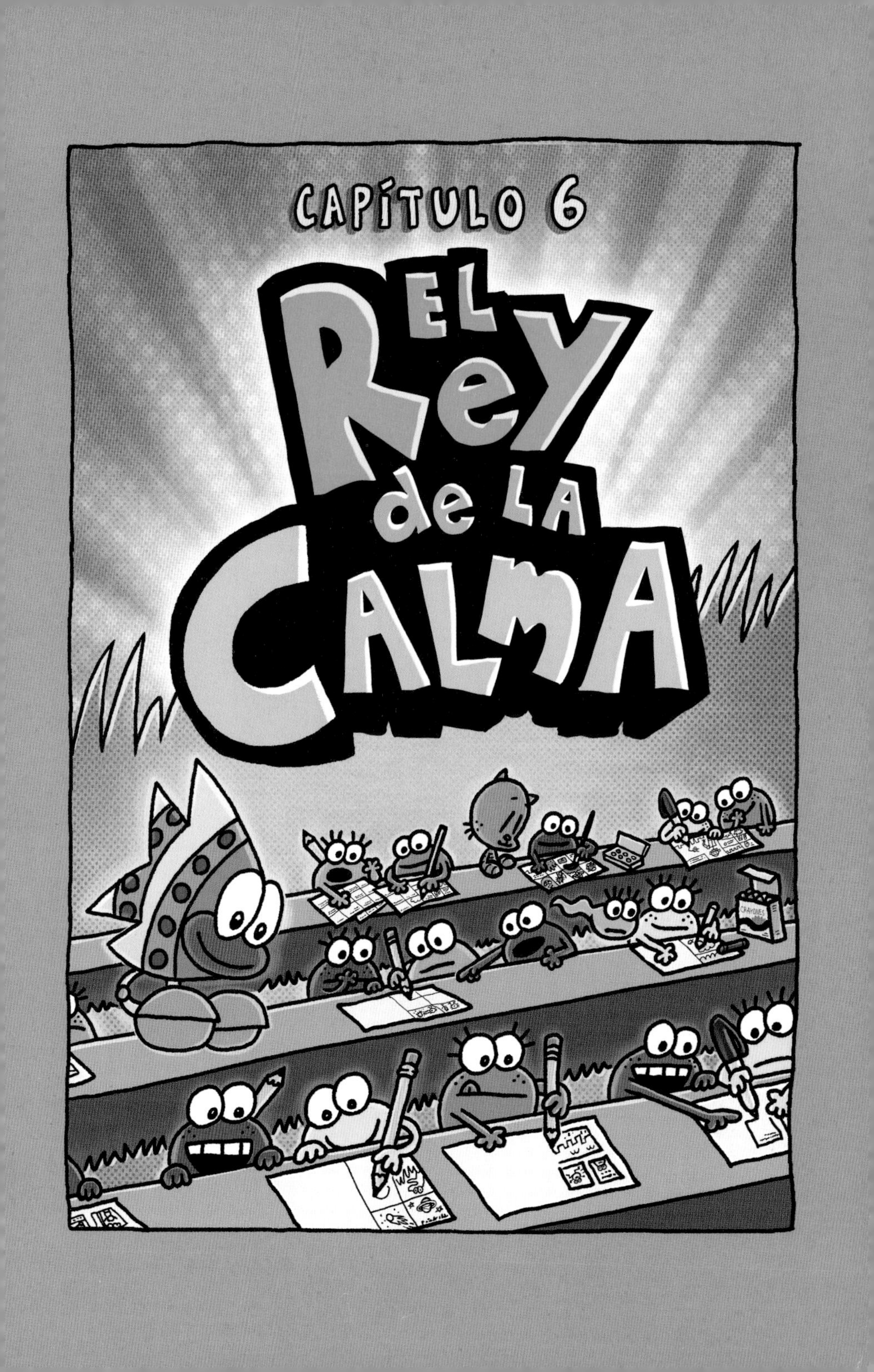
CAPÍTULO 6
EL REY de LA CALMA
CRAYONES

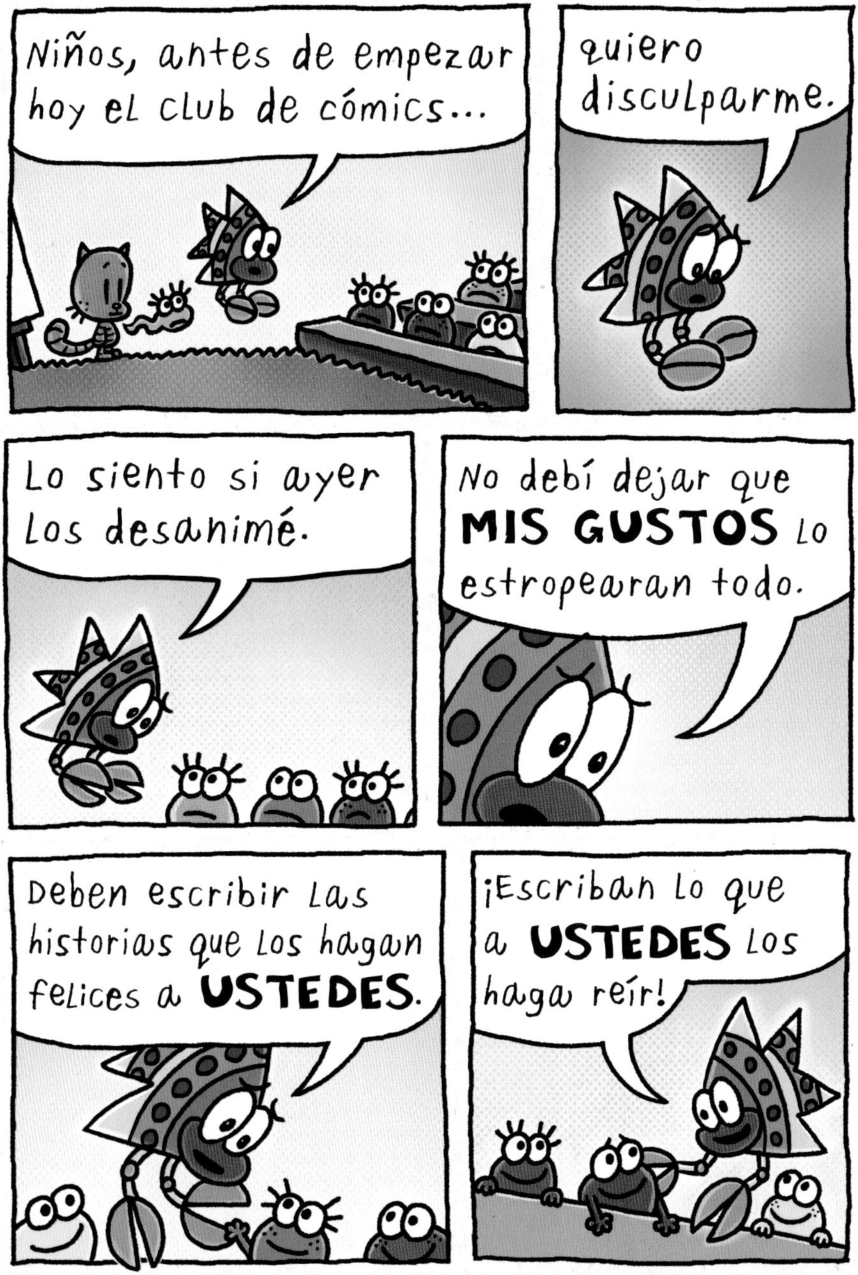
Niños, antes de empezar hoy el club de cómics...
quiero disculparme.
Lo siento si ayer los desanimé.
No debí dejar que **MIS GUSTOS** lo estropearan todo.
Deben escribir las historias que los hagan felices a **USTEDES**.
¡Escriban lo que a **USTEDES** los haga reír!

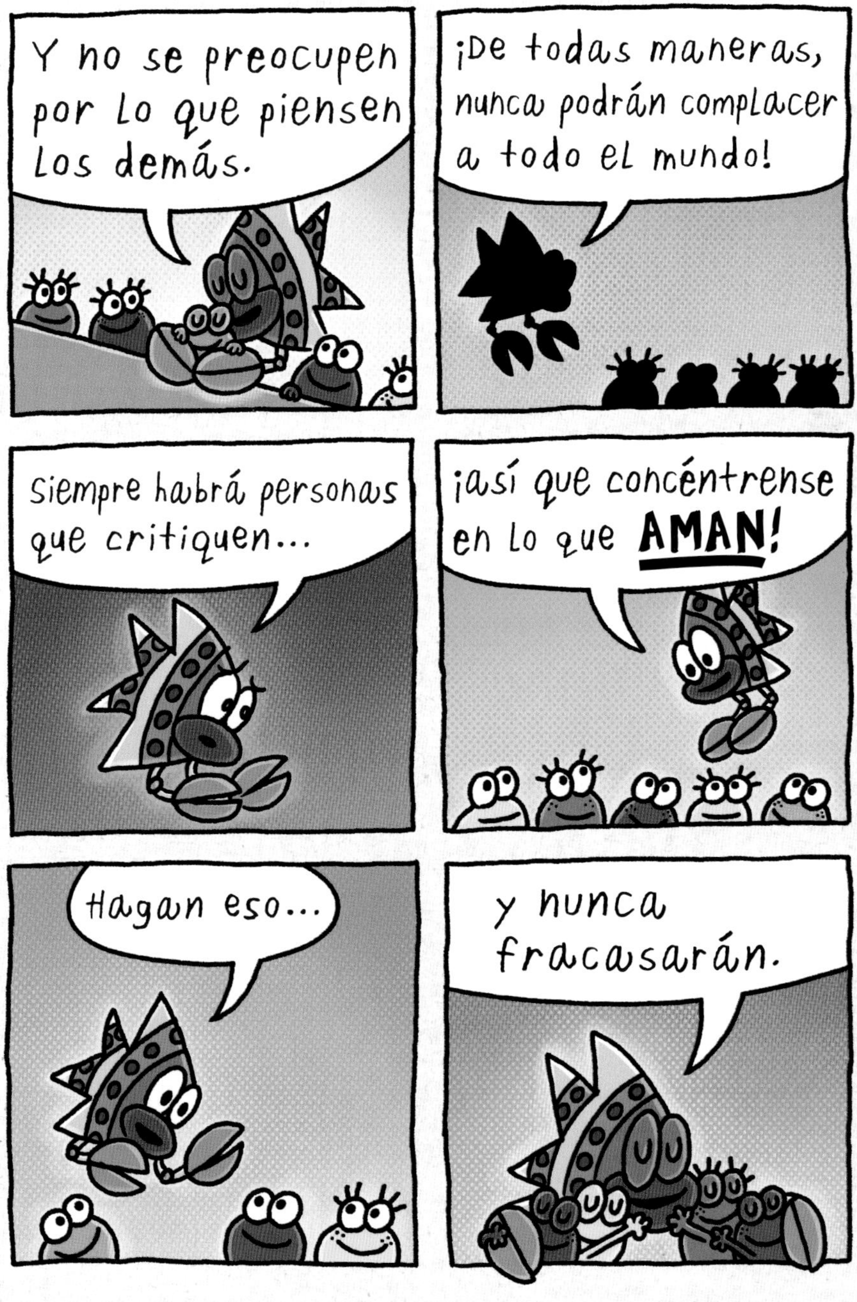
Y no se preocupen por lo que piensen los demás.
¡De todas maneras, nunca podrán complacer a todo el mundo!
Siempre habrá personas que critiquen...
¡así que concéntrense en lo que AMAN!
Hagan eso...
y nunca fracasarán.

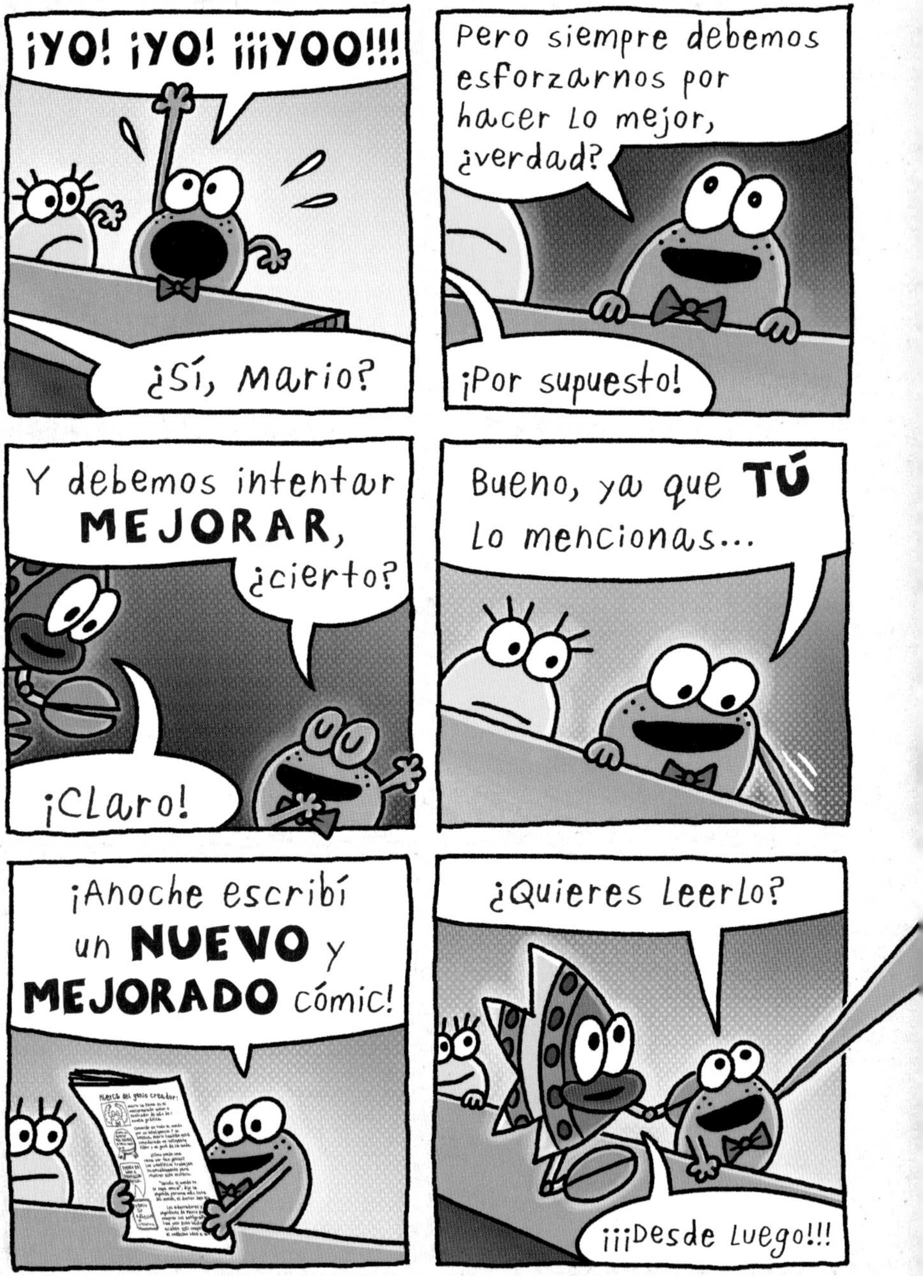
¡YO! ¡YO! ¡¡¡YOO!!!
¿Sí, Mario?
Pero siempre debemos esforzarnos por hacer lo mejor, ¿verdad?
¡Por supuesto!
Y debemos intentar MEJORAR, ¿cierto?
¡Claro!
Bueno, ya que TÚ lo mencionas...
¡Anoche escribí un NUEVO y MEJORADO cómic!
¿Quieres leerlo?
¡¡¡Desde luego!!!

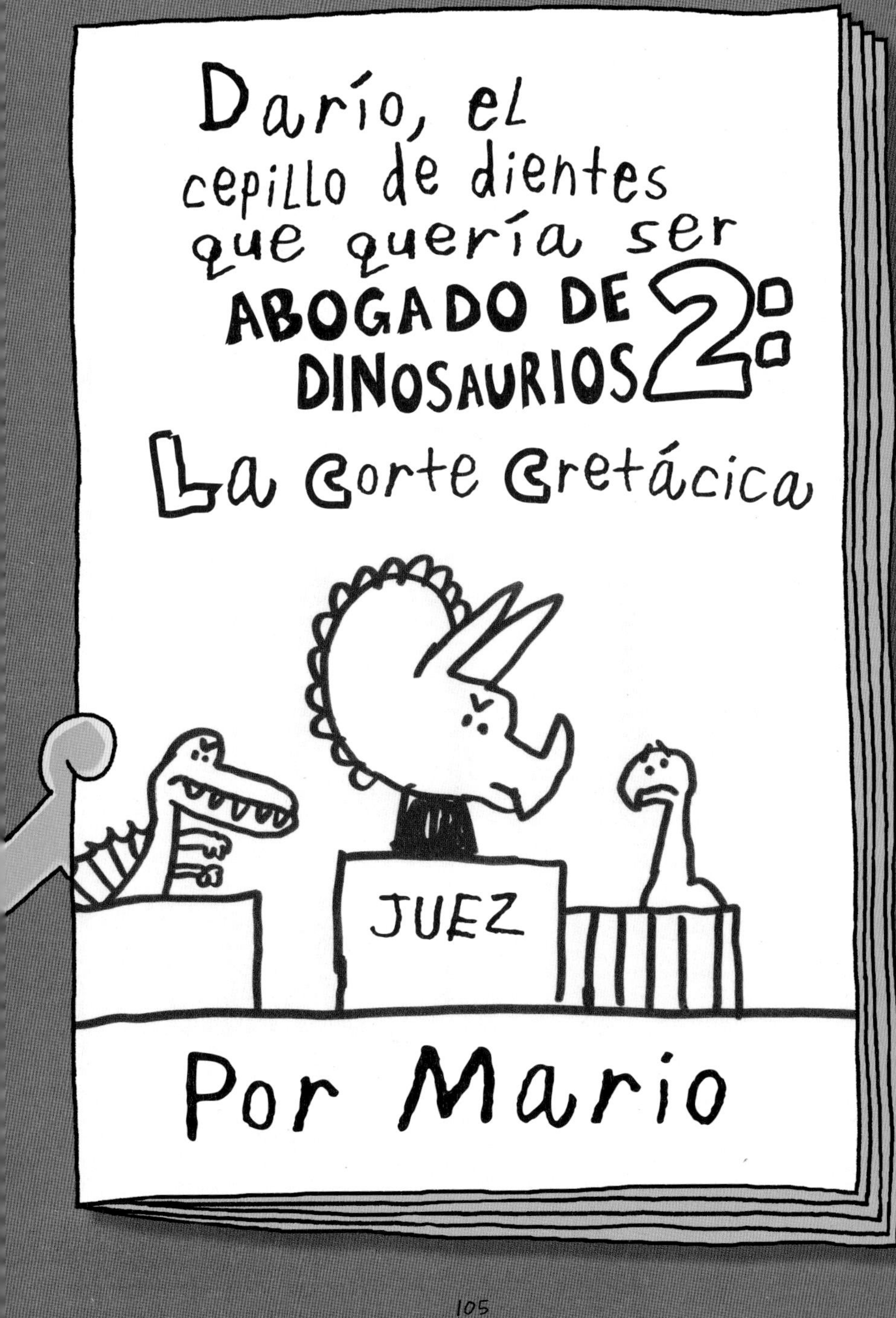
Darío, el
cepillo de dientes
que quería ser
ABOGADO DE DINOSAURIOS 2°:
La Corte Cretácica
JUEZ
Por Mario

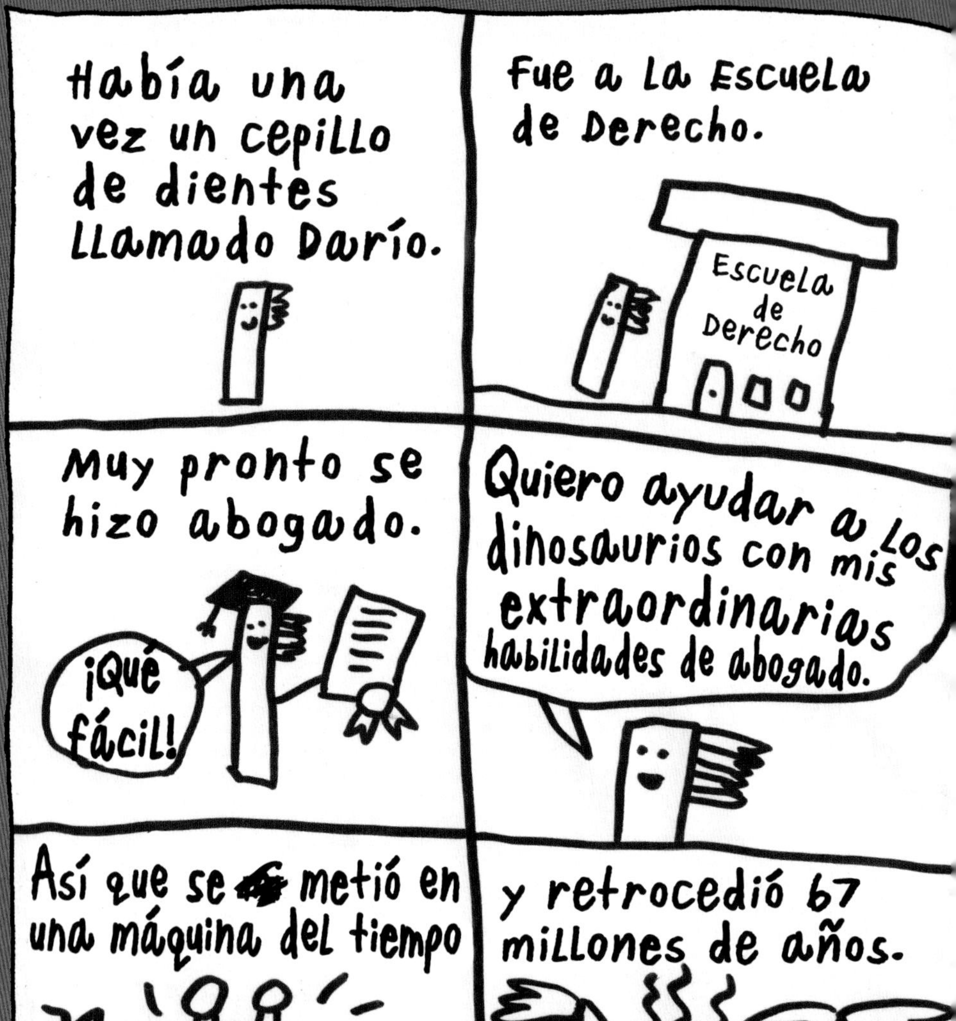
Había una vez un cepillo de dientes llamado Darío.
Fue a la Escuela de Derecho.
Escuela de Derecho
Muy pronto se hizo abogado.
¡Qué fácil!
Quiero ayudar a los dinosaurios con mis extraordinarias habilidades de abogado.
Así que se metió en una máquina del tiempo
y retrocedió 67 millones de años.

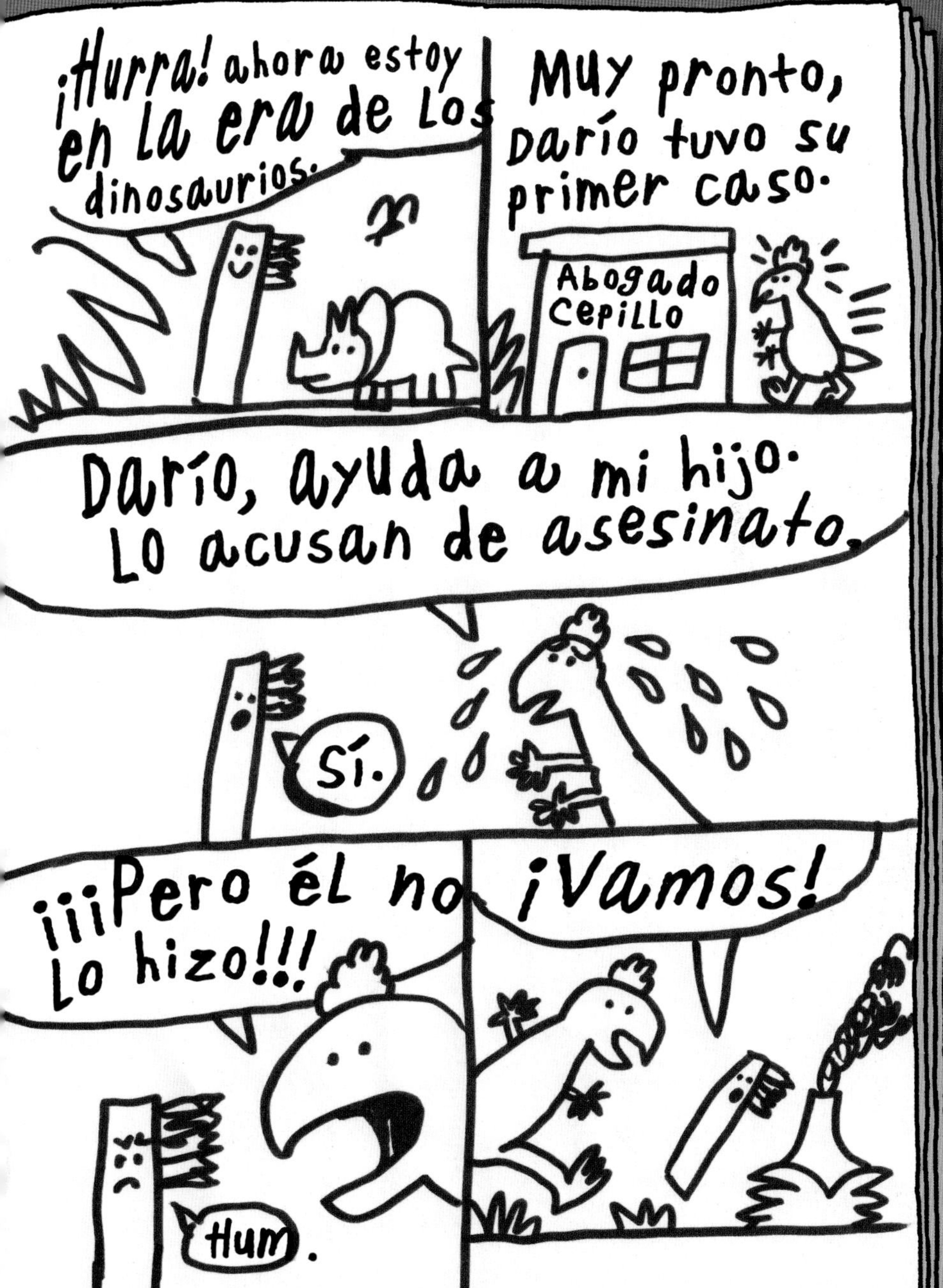
¡Hurra! ahora estoy en la era de los dinosaurios.
Muy pronto, Darío tuvo su primer caso.
Abogado Cepillo
Darío, ayuda a mi hijo. Lo acusan de asesinato.
Sí.
¡¡¡Pero él no lo hizo!!!
Hum.
¡Vamos!

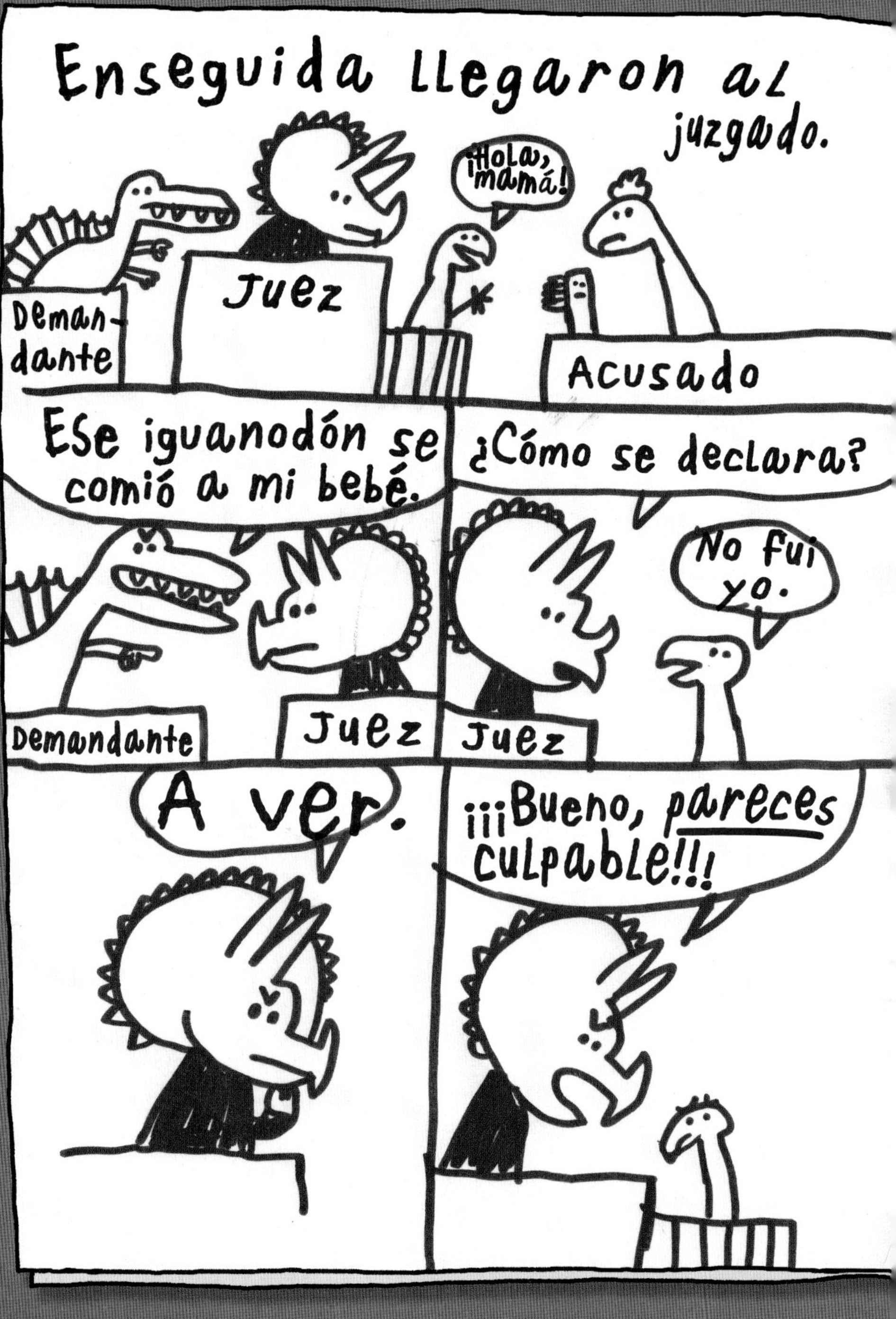

Enseguida llegaron al juzgado.
Demandante
Juez
¡Hola, mamá!
Acusado
Ese iguanodón se comió a mi bebé.
Demandante
Juez
¿Cómo se declara?
No fui yo.
Juez
A ver.
¡¡¡Bueno, pareces culpable!!!

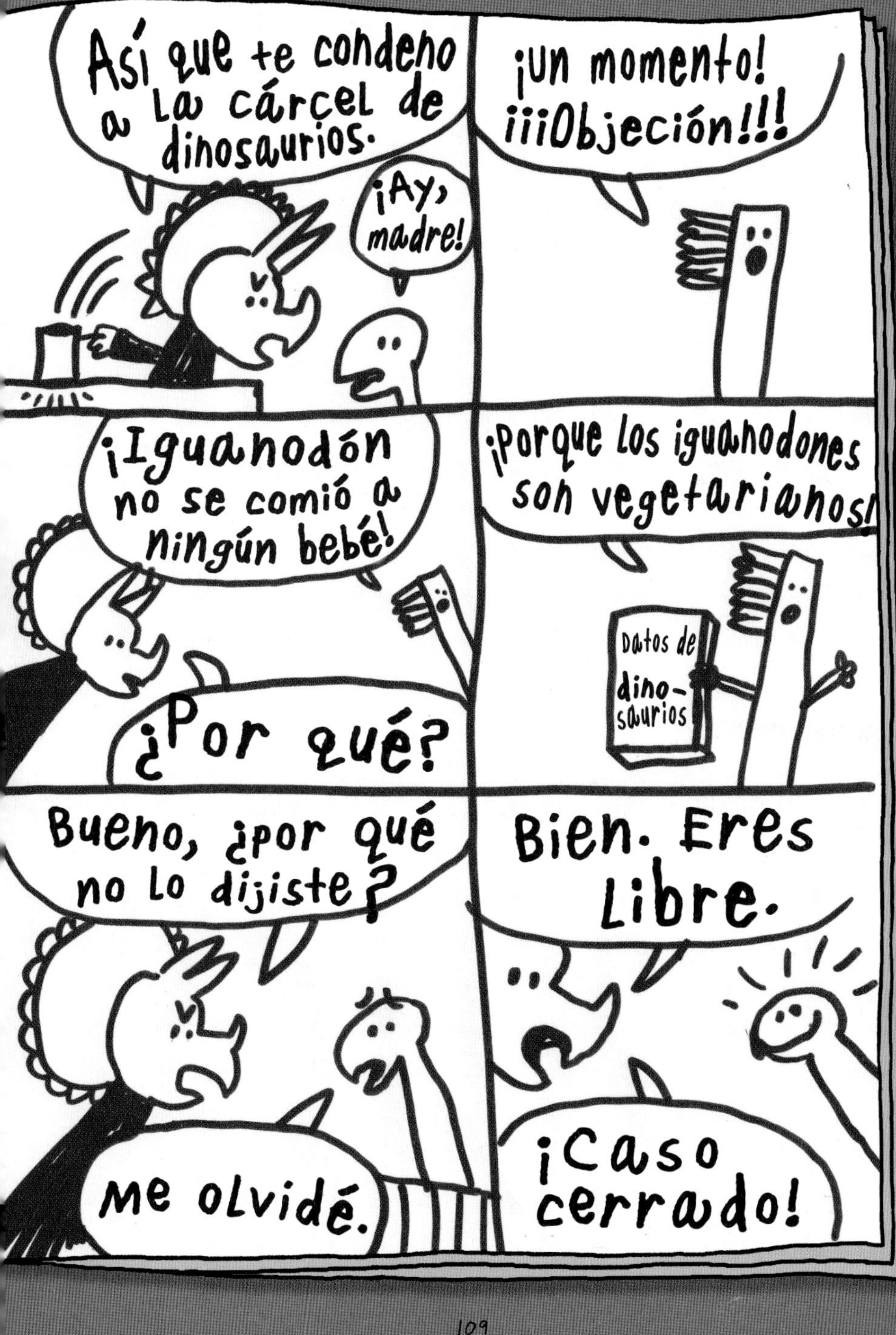
Así que te condeno a la cárcel de dinosaurios.
¡Ay, madre!
¡Un momento! ¡¡¡Objeción!!!
¡Iguanodón no se comió a ningún bebé!
¿Por qué?
¡Porque los iguanodones son vegetarianos!
Datos de dinosaurios
Bueno, ¿por qué no lo dijiste?
Me olvidé.
Bien. Eres libre.
¡Caso cerrado!

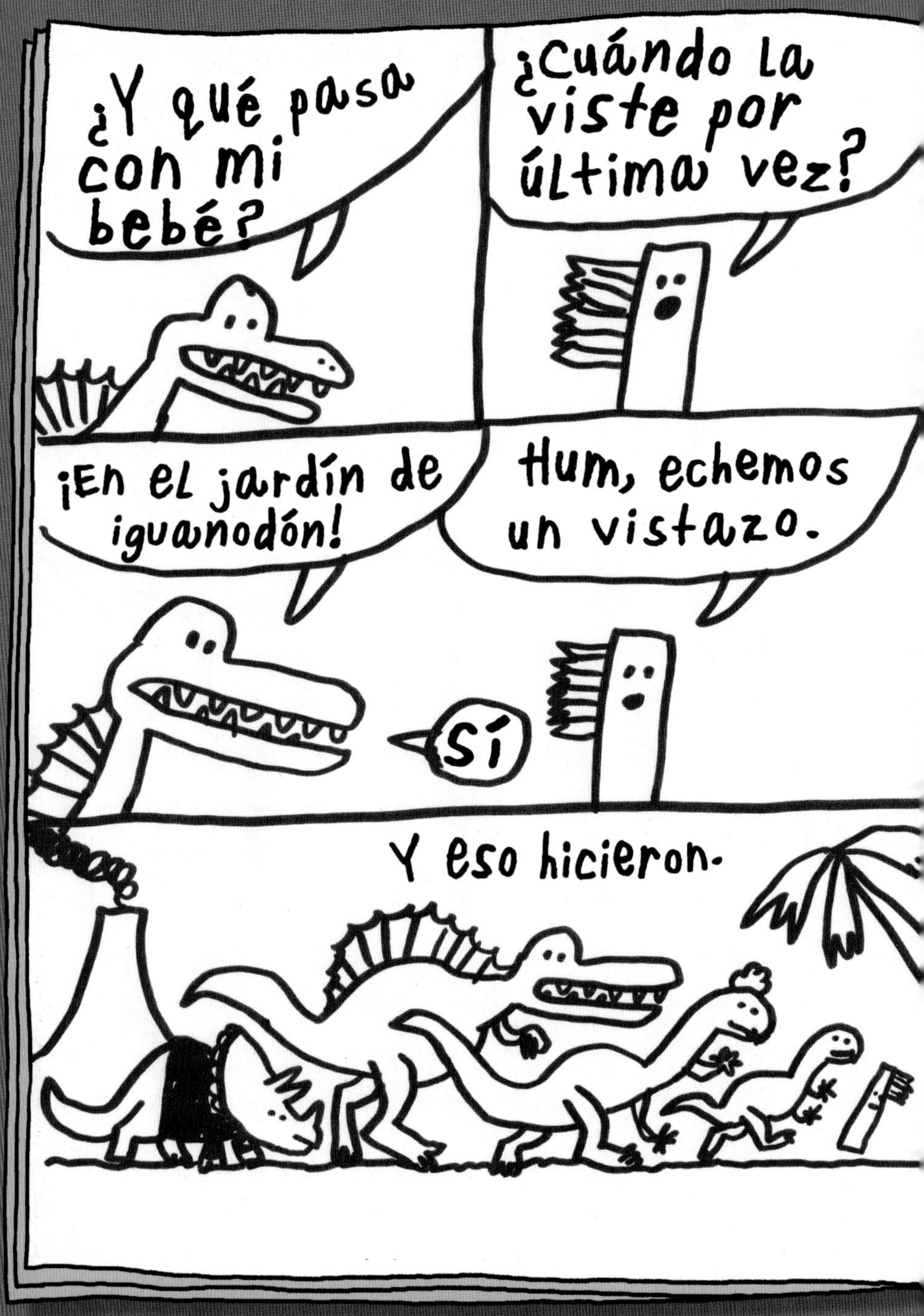
¿Y qué pasa con mi bebé?
¿Cuándo la viste por última vez?
¡En el jardín de iguanodón!
Hum, echemos un vistazo.
Sí
Y eso hicieron.

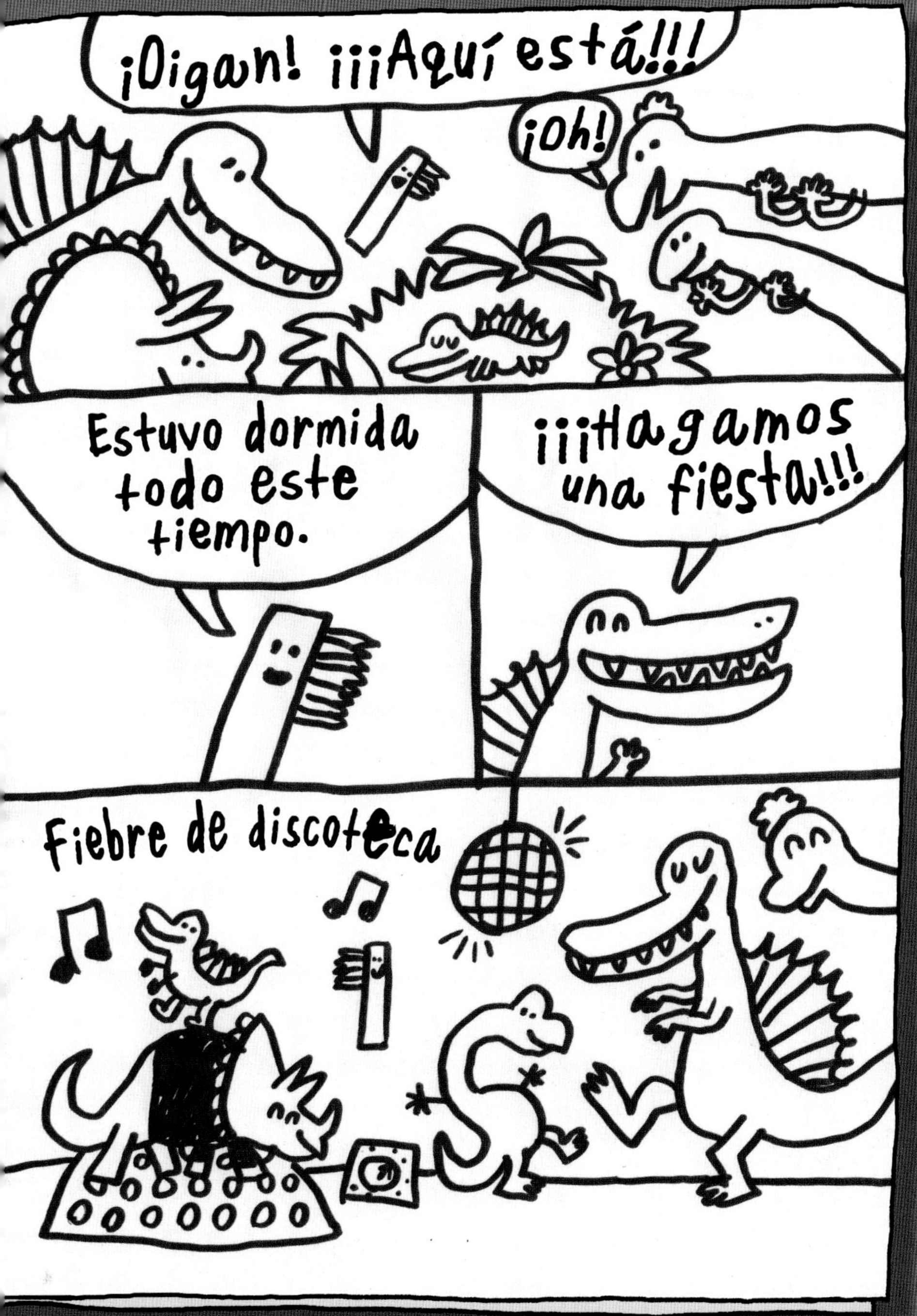
¡Digan! ¡¡¡Aquí está!!!
¡Oh!
Estuvo dormida todo este tiempo.
¡¡¡Hagamos una fiesta!!!
Fiebre de discoteca

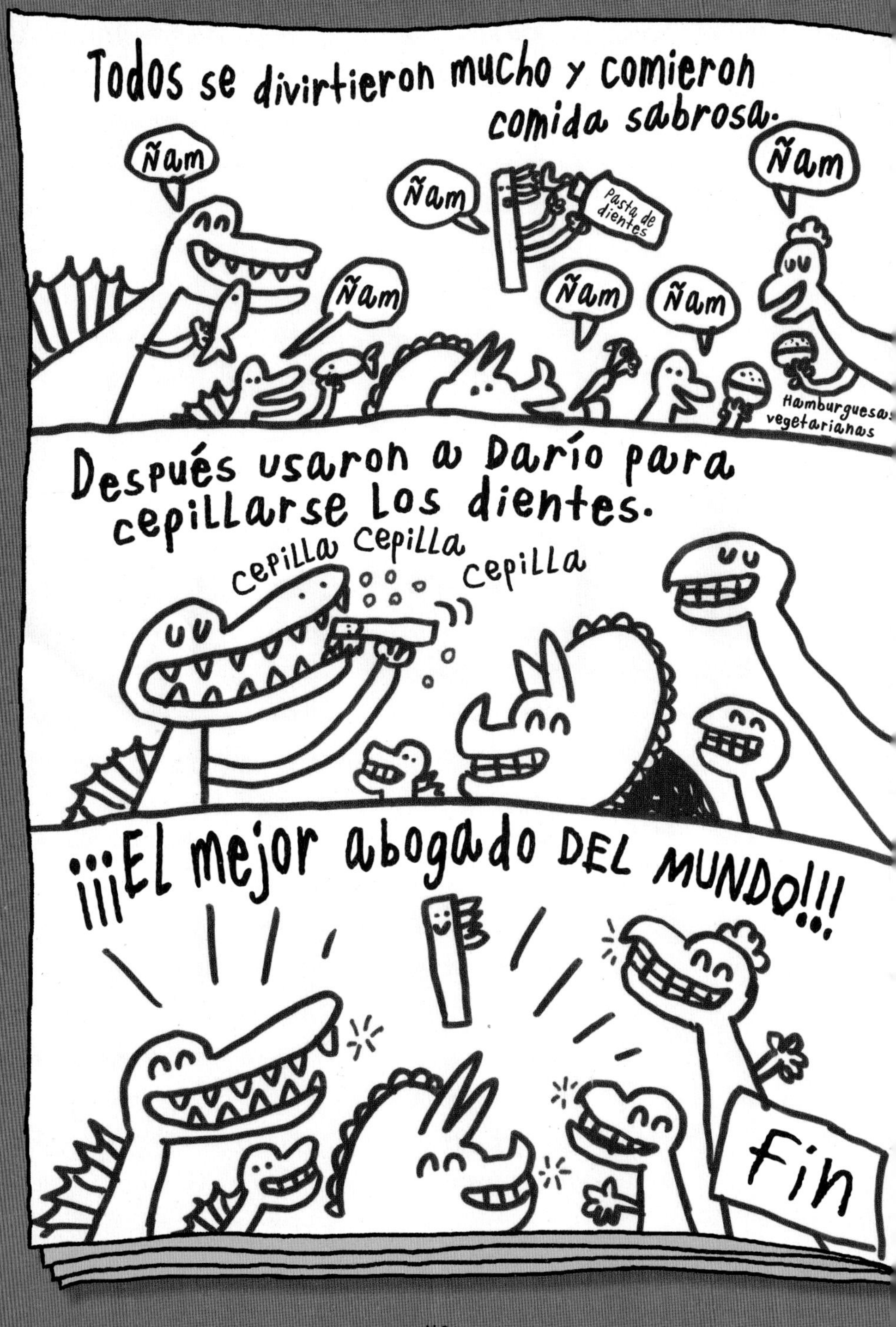

Todos se divirtieron mucho y comieron comida sabrosa.
Ñam
Ñam
Pasta de dientes
Ñam
Ñam
Ñam
Ñam
Ñam
Hamburguesas vegetarianas
Después usaron a Darío para cepillarse los dientes.
cepilla cepilla
cepilla
¡¡¡El mejor abogado DEL MUNDO!!!
Fin

DATOS DIVERTIDOS sobre los personajes

Los espinosáuridos
Vivían en la tierra y en el agua. Es posible que la vela dorsal les sirviera para calentarse de forma rápida o para atraer a una pareja.

Longitud: más de 50 pies ★ peso: más de 6 toneladas ★ carnívoro ★ periodo cretácico

Los tricerátops eran
vegetarianos y tenían 800 dientes. Su peor enemigo era el tiranosaurio rex.

Longitud: hasta 30 pies ★ peso: hasta 13 toneladas ★ periodo cretácico

Los iguanodones tenían
cinco dedos y podían ~~coger~~ agarrar cosas con las manos. En los pulgares tenían grandes garras. ¡¡¡Chévere!!!

★ tamaño: hasta 43 pies de largo peso: más de 8 toneladas ★ vegano ★ periodo cretácico

El cepillo dental fue inventado en 1977 por el doctor Guillermo Cepillo, quien eligió el nombre en honor a su hija "Dentalia". Se usa principalmente para la higiene oral y no se tiene noticias de que ejerza la abogacía.

Tamaño: hasta 10 pulgadas ★ peso: 6 onzas ★ Alimentación: placa dental ★ Desde la era de la música disco hasta la actualidad

Acerca del genio creador:

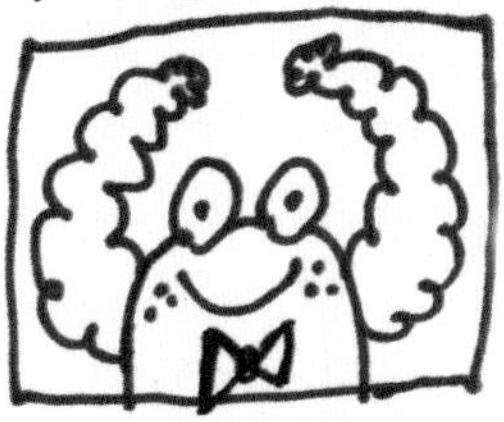

Mario la Rana es el multipremiado autor e ilustrador de más de 1 novela gráfica.

Conocido en todo el mundo por su inteligencia y su belleza, Mario también está considerado un influyente líder y un gurú de la moda.

¿Cómo puede una rana ser tan genial? Los científicos trabajan incansablemente para resolver este misterio.

"Quizás el mundo no lo sepa nunca", dijo la segunda persona más lista del mundo, el doctor Jen Hio.

Los admiradores y seguidores de Mario pueden comprar sus autógrafos por tan solo $1.00 hasta que se acaben. ¡¡¡Si compran diez, el undécimo sale a mitad de precio!!!

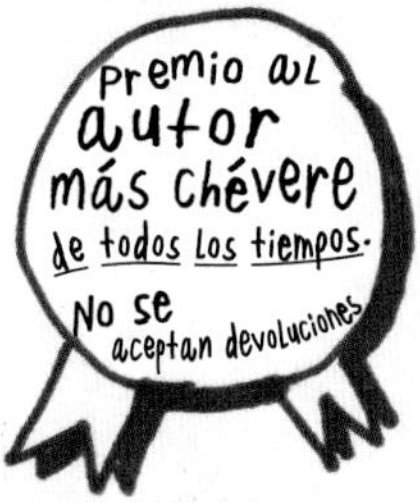
Premio al autor más chévere de todos los tiempos.
No se aceptan devoluciones

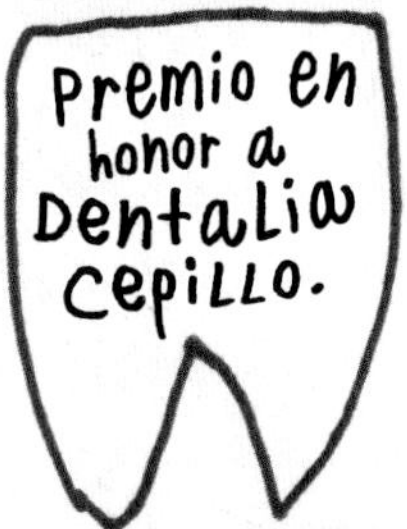
Premio en honor a Dentalia Cepillo.

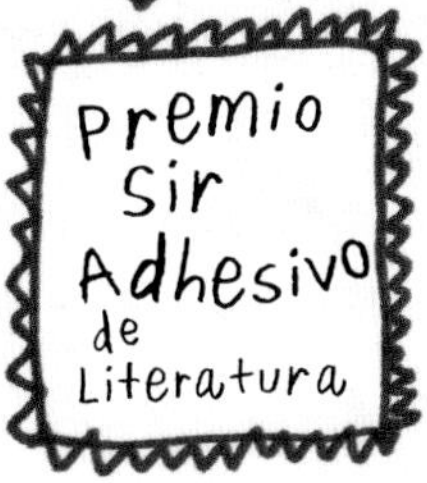
Premio Sir Adhesivo de Literatura

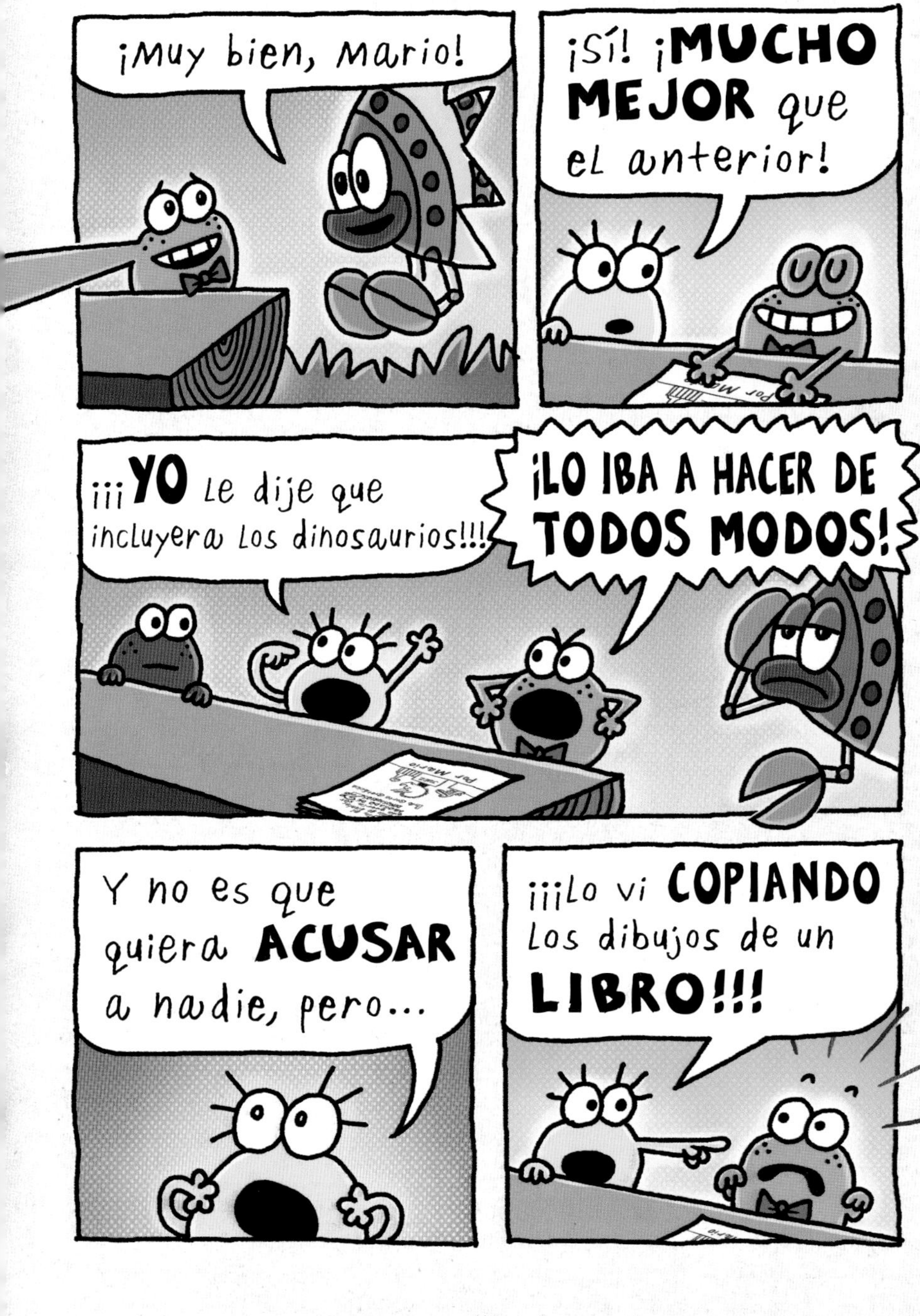
¡Muy bien, Mario!
¡Sí! ¡MUCHO MEJOR que el anterior!
Por Ma
¡¡¡YO le dije que incluyera los dinosaurios!!!
¡LO IBA A HACER DE TODOS MODOS!
Por Mario
Y no es que quiera ACUSAR a nadie, pero...
¡¡¡Lo vi COPIANDO los dibujos de un LIBRO!!!

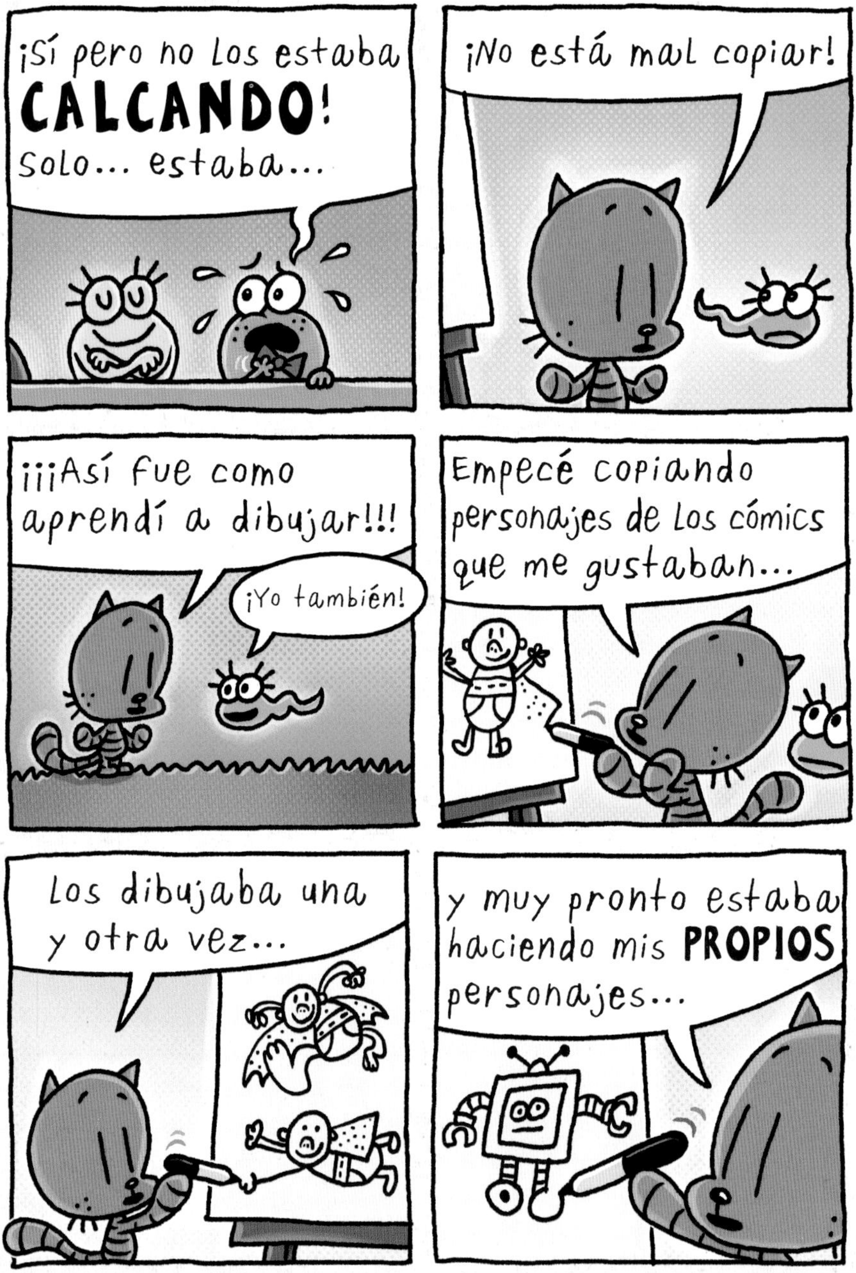
¡Sí pero no los estaba CALCANDO!
Solo... estaba...
¡No está mal copiar!
¡¡¡Así fue como aprendí a dibujar!!!
¡Yo también!
Empecé copiando personajes de los cómics que me gustaban...
Los dibujaba una y otra vez...
y muy pronto estaba haciendo mis PROPIOS personajes...

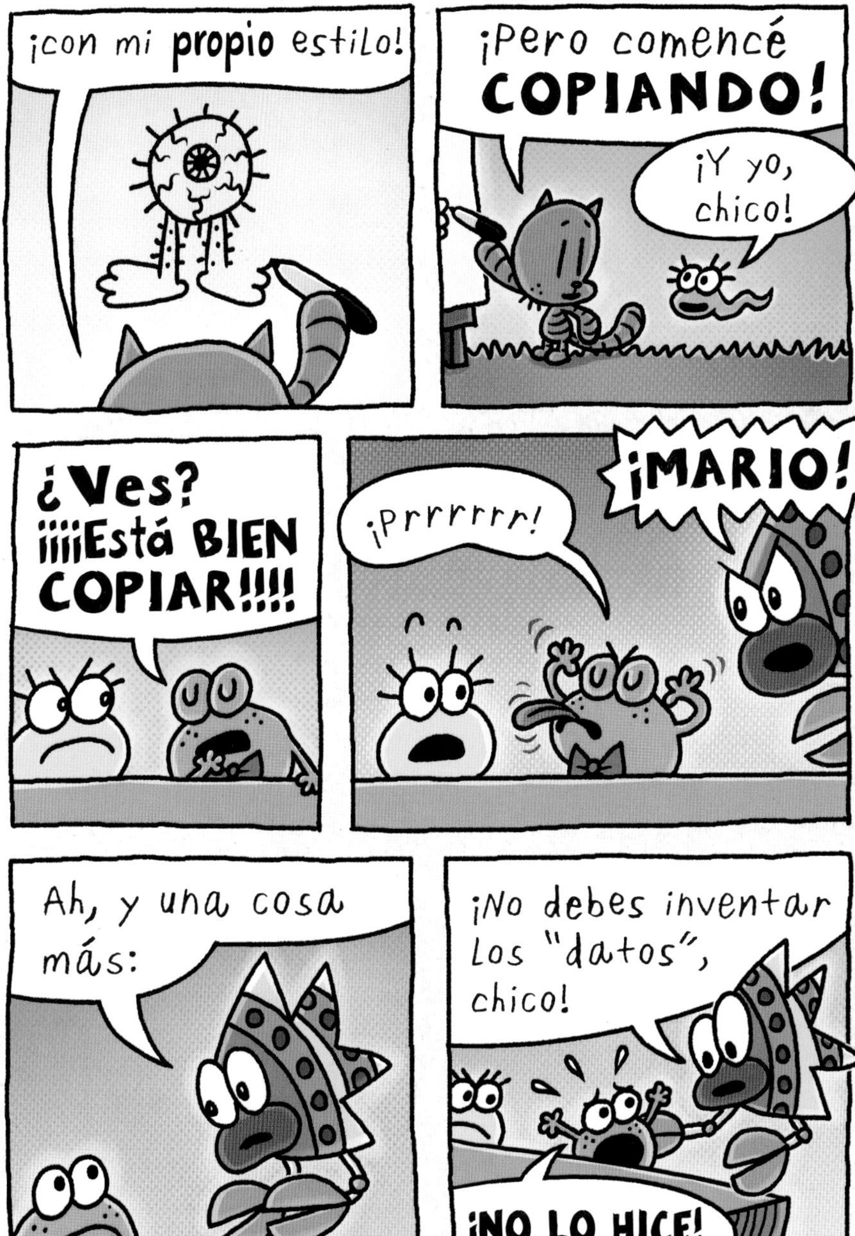
¡con mi **propio** estilo!
¡Pero comencé **COPIANDO!**
¡Y yo, chico!
¿Ves? ¡¡¡¡Está BIEN COPIAR!!!!
¡Prrrrrr!
¡MARIO!
Ah, y una cosa más:
¡No debes inventar los "datos", chico!
¡NO LO HICE!

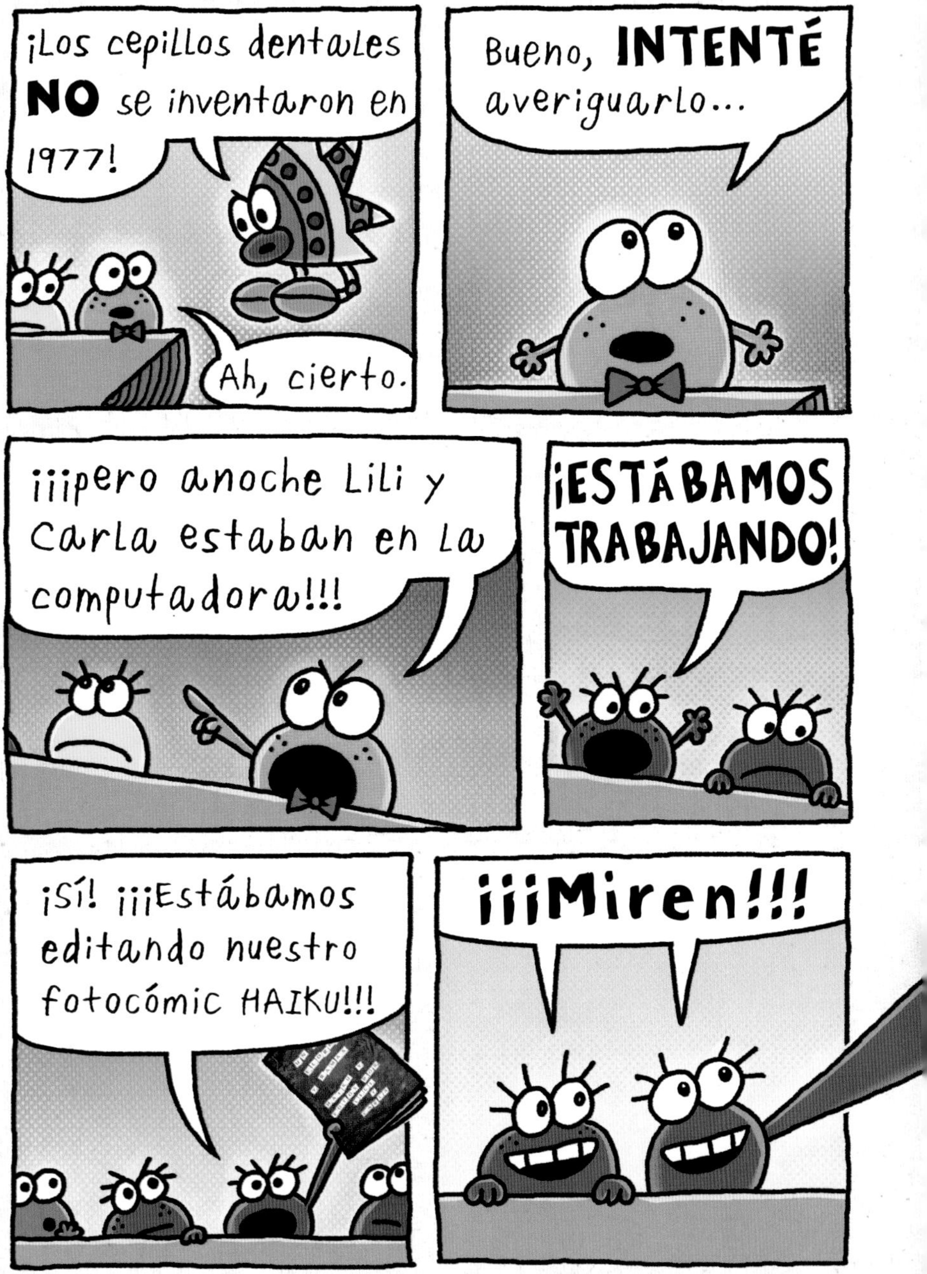
¡Los cepillos dentales NO se inventaron en 1977!
Ah, cierto.
Bueno, INTENTÉ averiguarlo...
¡¡¡pero anoche Lili y Carla estaban en la computadora!!!
¡ESTÁBAMOS TRABAJANDO!
¡SÍ! ¡¡¡Estábamos editando nuestro fotocómic HAIKU!!!
¡¡¡Miren!!!

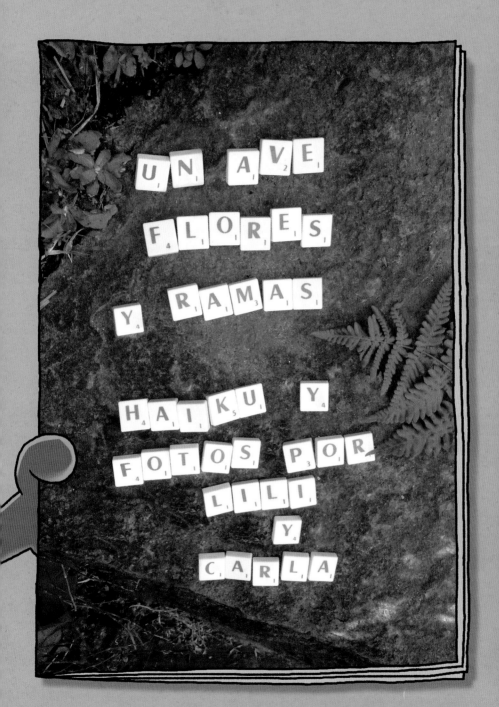

UN AVE

FLORES

Y RAMAS,

HAIKU Y

FOTOS POR

LILI

Y

CARLA

119

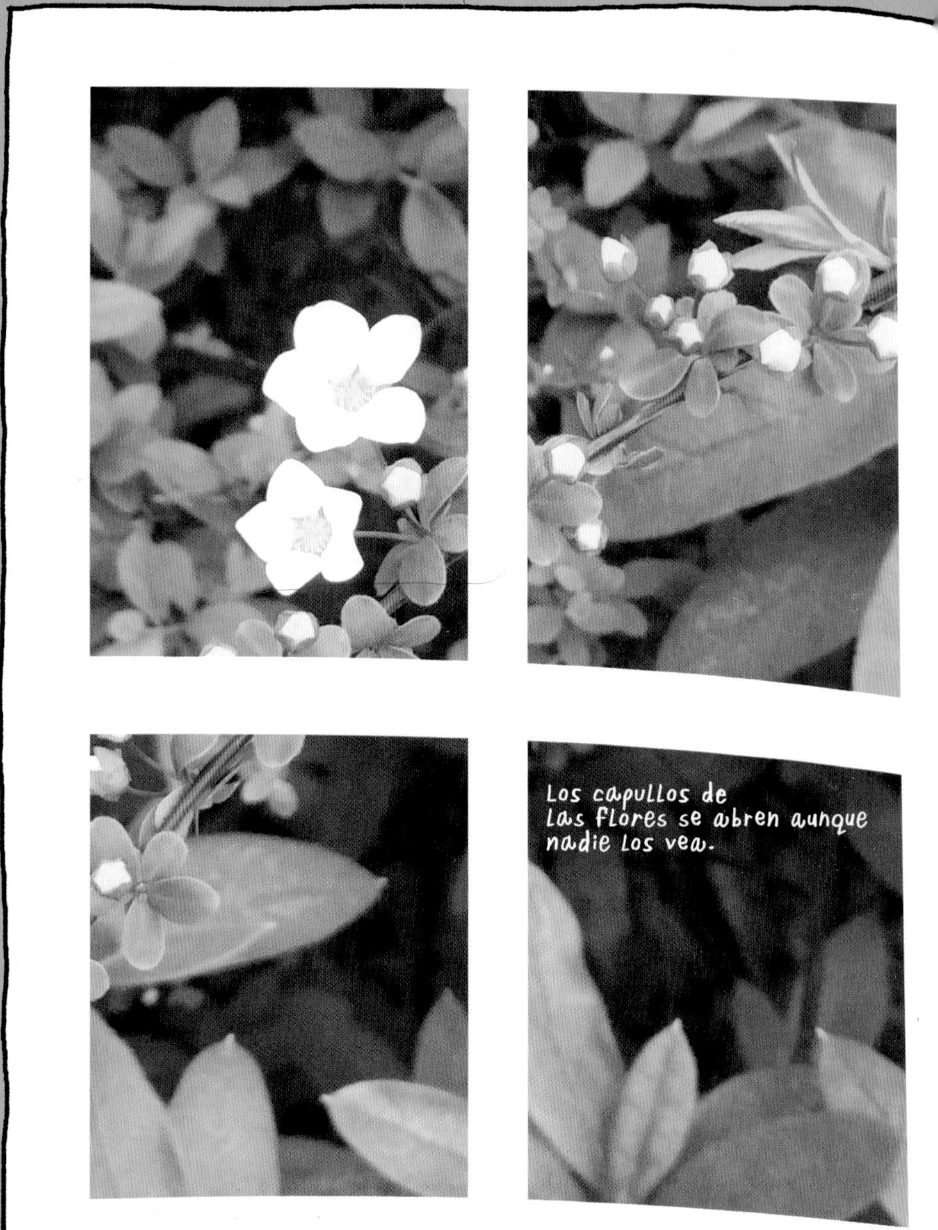
Los capullos de
las flores se abren aunque
nadie los vea.

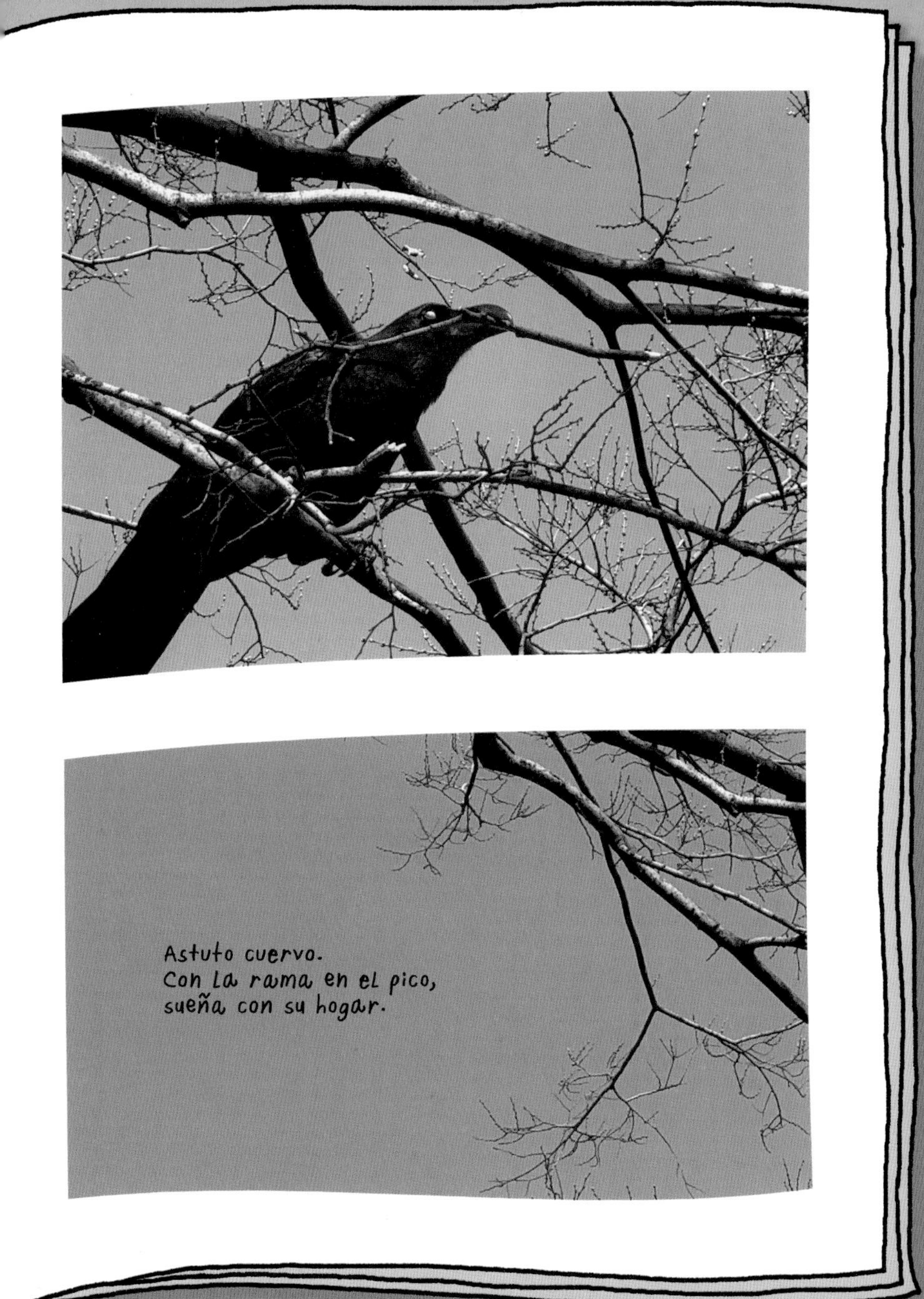
Astuto cuervo.
Con la rama en el pico,
sueña con su hogar.

Desde muy lejos,
las ramas contra el cielo,
parecen rayos.

Pero, de cerca,
las ramas dejan claro
su gran potencial.

Fíjate muy bien,
y verás maravillas
que se revelan.

Observa atento,
para notar lo oculto
entre las sombras.

¿Qué preferimos?
¿Escondernos o brillar?
Ambos no se dan.

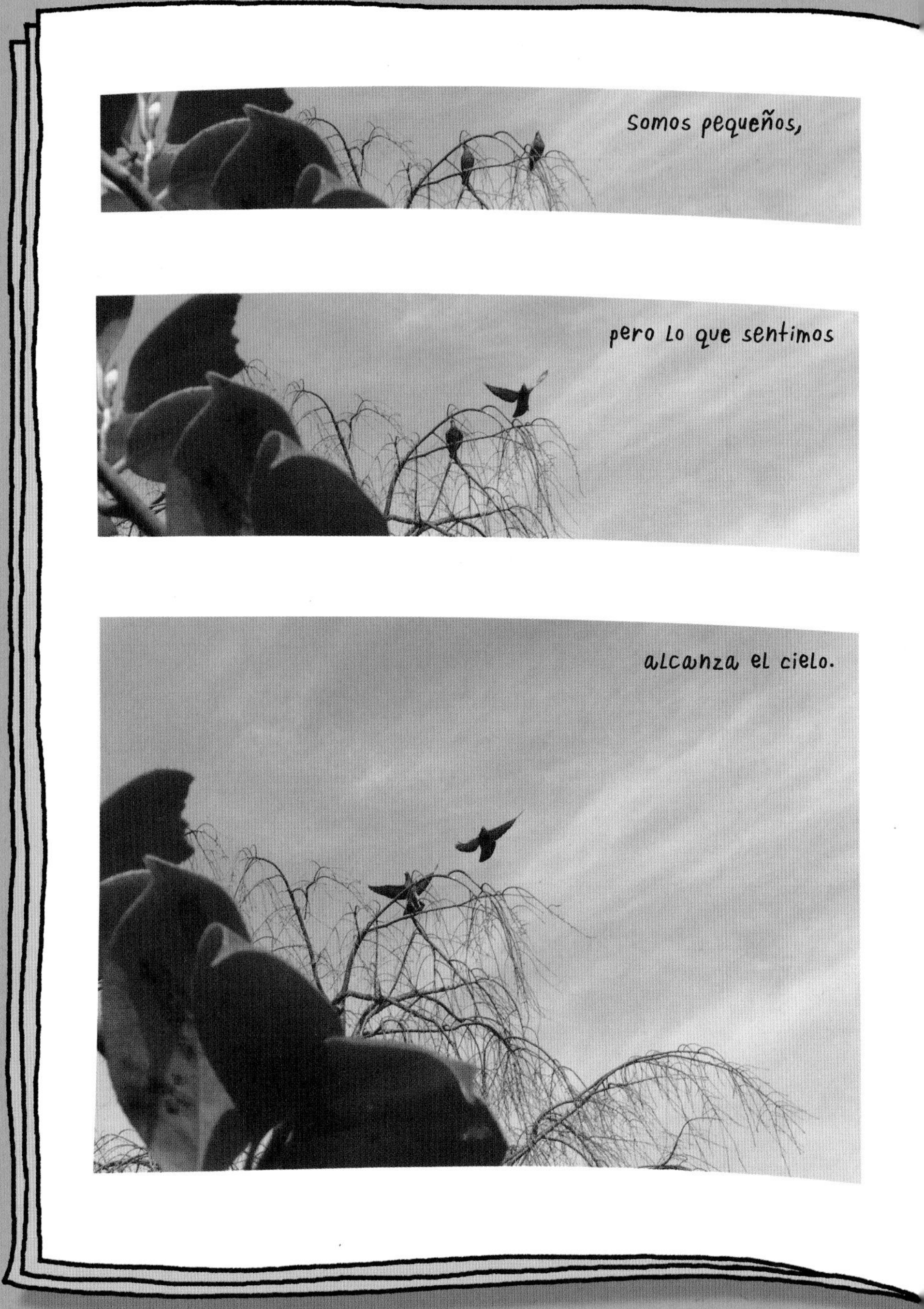
somos pequeños,
pero lo que sentimos
alcanza el cielo.

Acerca del haiku

por Lili y Carla

Los haikus tienen
diecisiete sílabas.
Vienen de Japón.

Tienen tres líneas.
Cinco sílabas, luego,
siete y cinco más.

Narran historias
de verdad y belleza,
sencillas y hondas.

Aunque dominar
el haiku es muy difícil,
los niños triunfan.

Acerca de la poetisa y la fotó- grafa:

Carla y Lili
son artistas, hermanas
y muy amigas.

Carla prefiere
soñar con las palabras
y leer libros.

Lili sueña con
dinosaurios y come
las crepas dulces.

¡Les quedó **MARAVILLOSO,** chicas!

¡¡¡Gracias, papi!!!

¡¡¡Vamos a hacer un **NUEVO** fotocómic este fin de semana!!!

¡¡¡Chévere!!! ¡Chicas, son **GENIALES!**

¡Gracias! ¡Lo sabemos!

¿Alguien más tiene un cómic que quiera compartir?

No.

Nah.

Todavía no.

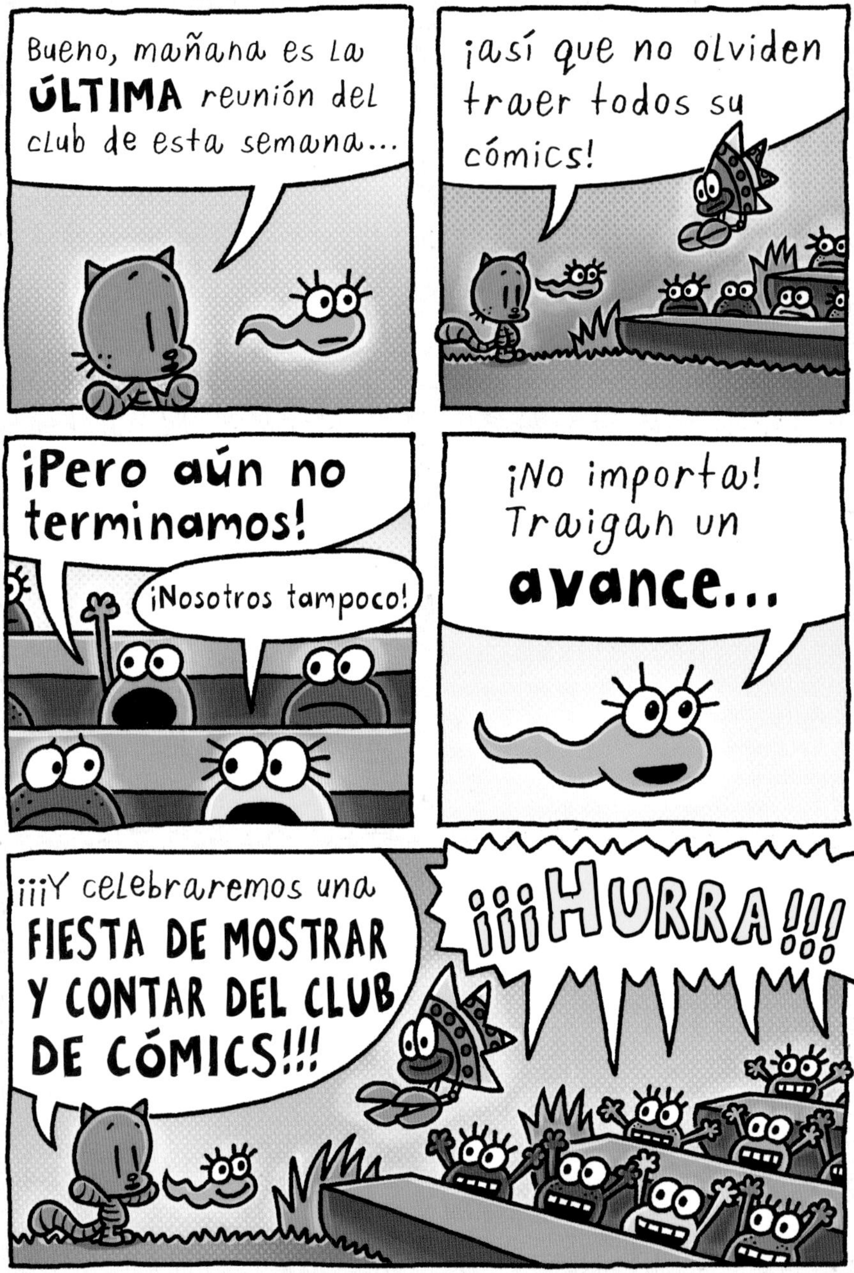
Bueno, mañana es la ÚLTIMA reunión del club de esta semana...
¡así que no olviden traer todos su cómics!
¡Pero aún no terminamos!
¡Nosotros tampoco!
¡No importa! Traigan un avance...
¡¡¡Y celebraremos una FIESTA DE MOSTRAR Y CONTAR DEL CLUB DE CÓMICS!!!
¡¡¡HURRA!!!

CAPÍTULO 7

UNA IDEA NOVEDOSA

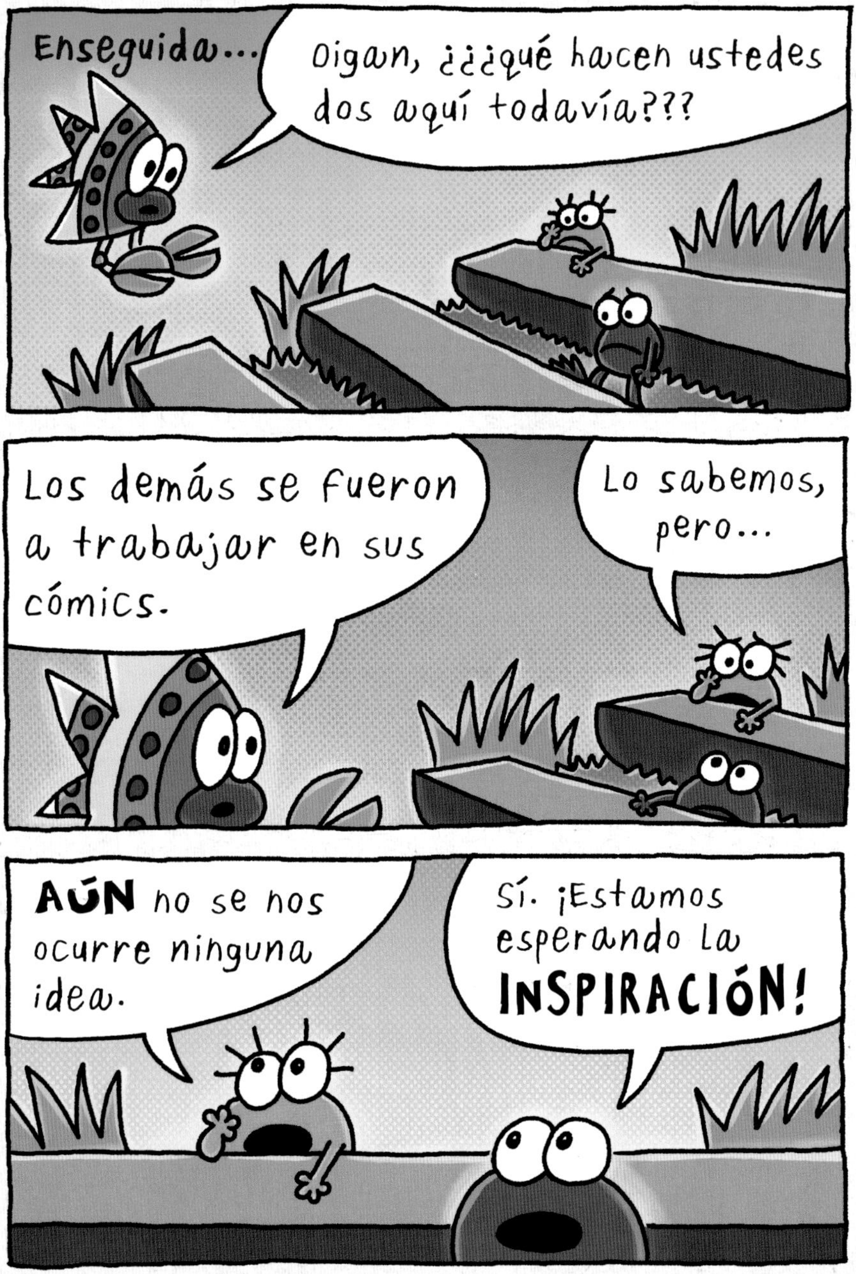
Enseguida...
Oigan, ¿¿¿qué hacen ustedes dos aquí todavía???
Los demás se fueron a trabajar en sus cómics.
Lo sabemos, pero...
AÚN no se nos ocurre ninguna idea.
Sí. ¡Estamos esperando la INSPIRACIÓN!

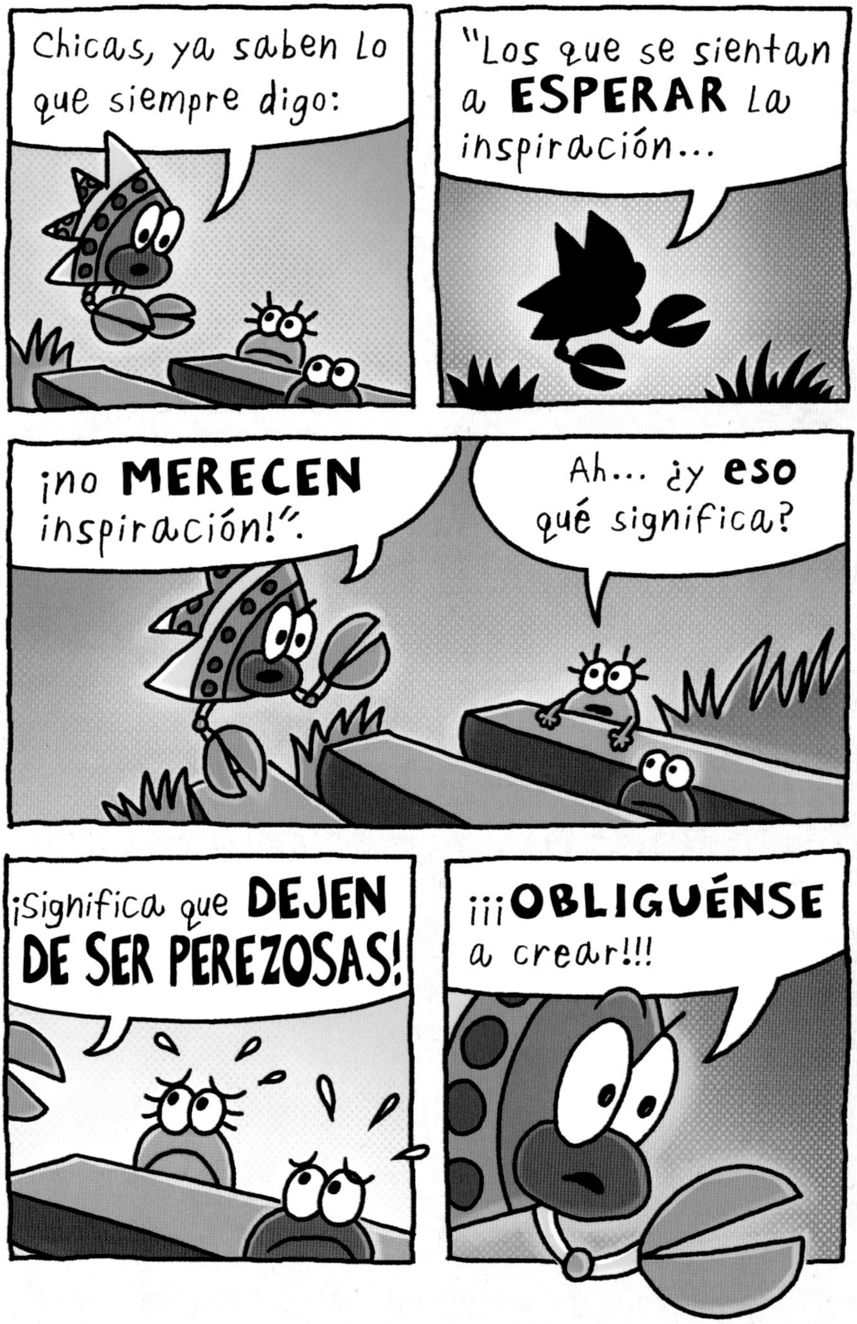
Chicas, ya saben lo que siempre digo:
"Los que se sientan a ESPERAR la inspiración...
¡no MERECEN inspiración!".
Ah... ¿y eso qué significa?
¡Significa que DEJEN DE SER PEREZOSAS!
¡¡¡OBLIGUÉNSE a crear!!!

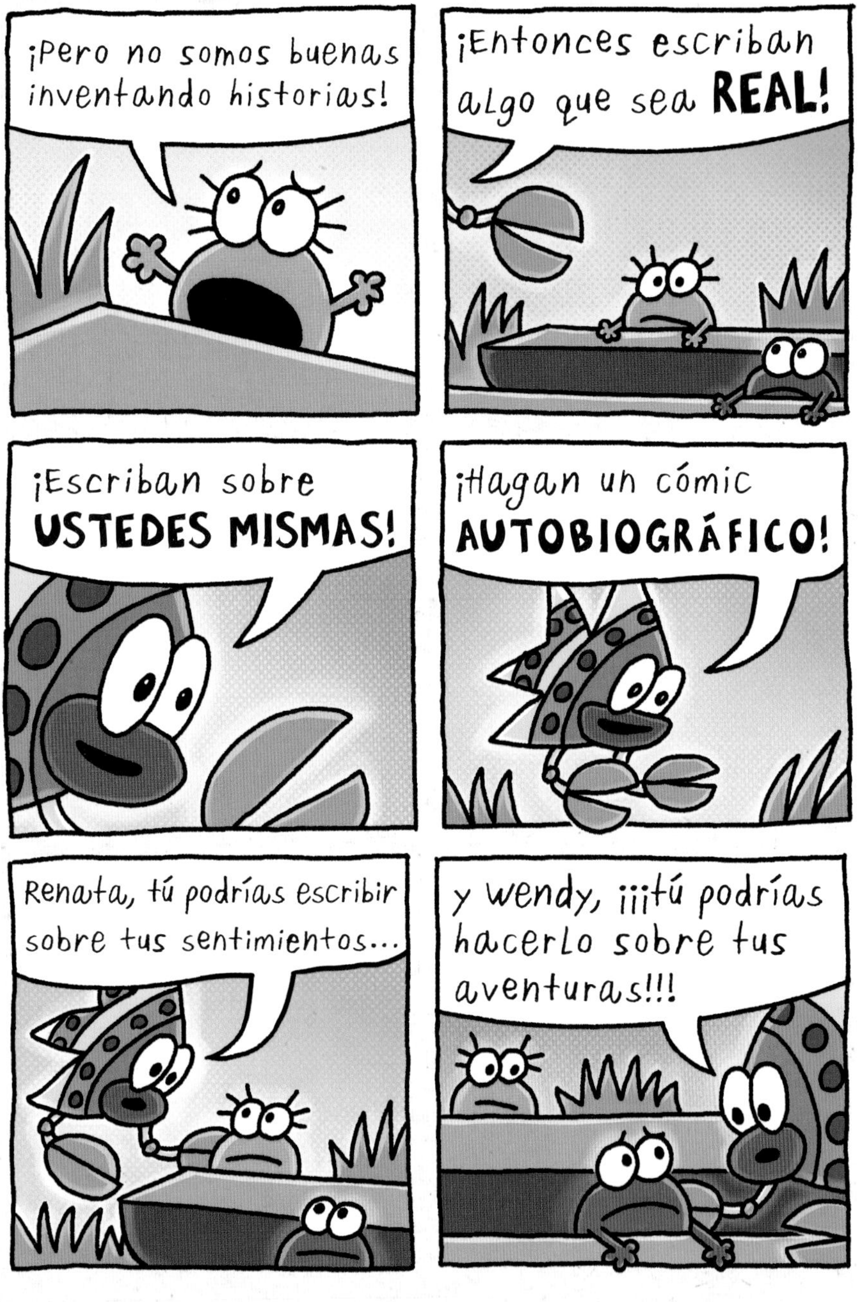
¡Pero no somos buenas inventando historias!
¡Entonces escriban algo que sea **REAL**!
¡Escriban sobre **USTEDES MISMAS**!
¡Hagan un cómic **AUTOBIOGRÁFICO**!
Renata, tú podrías escribir sobre tus sentimientos...
Y Wendy, ¡¡¡tú podrías hacerlo sobre tus aventuras!!!

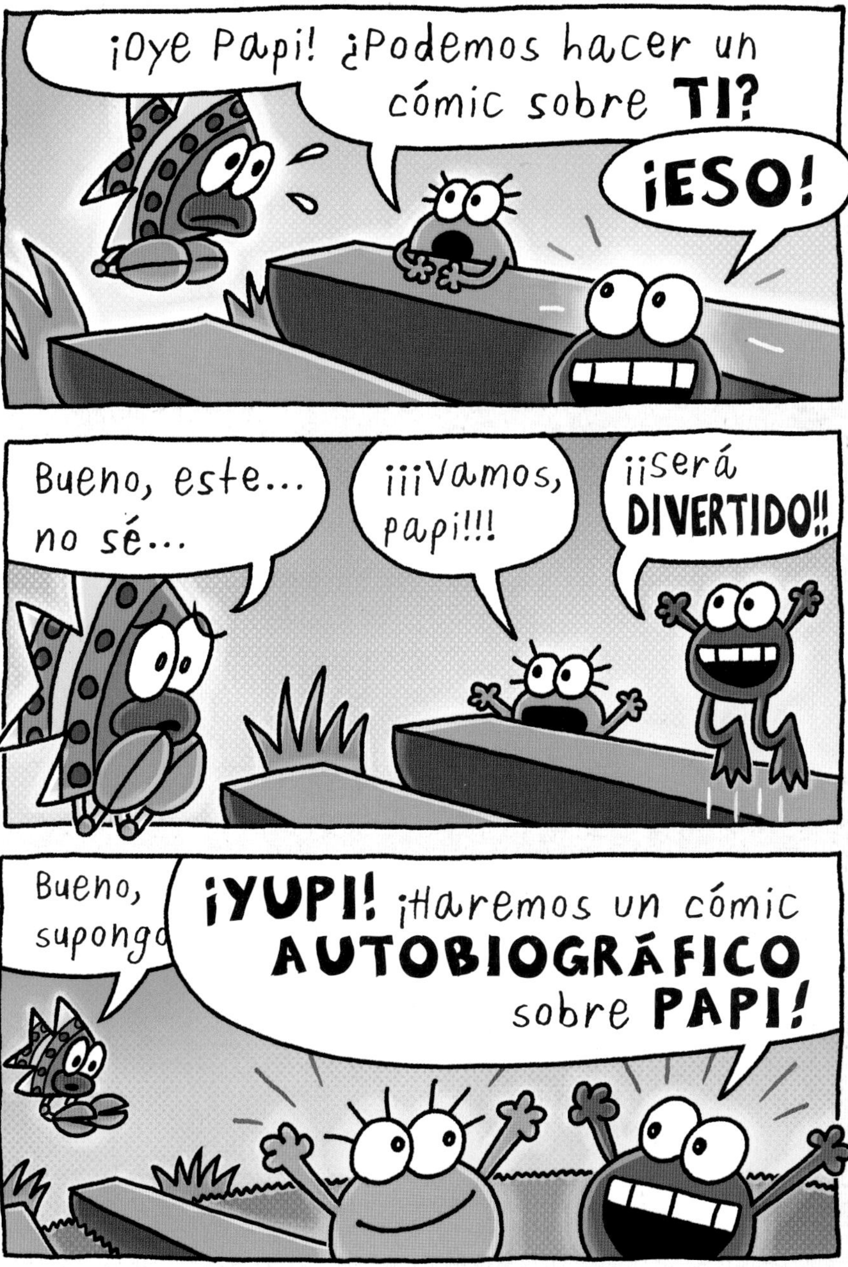
¡Oye Papi! ¿Podemos hacer un cómic sobre TI?
¡ESO!
Bueno, este... no sé...
¡¡¡Vamos, papi!!!
¡¡Será DIVERTIDO!!
Bueno, supongo
¡YUPI! ¡Haremos un cómic AUTOBIOGRÁFICO sobre PAPI!

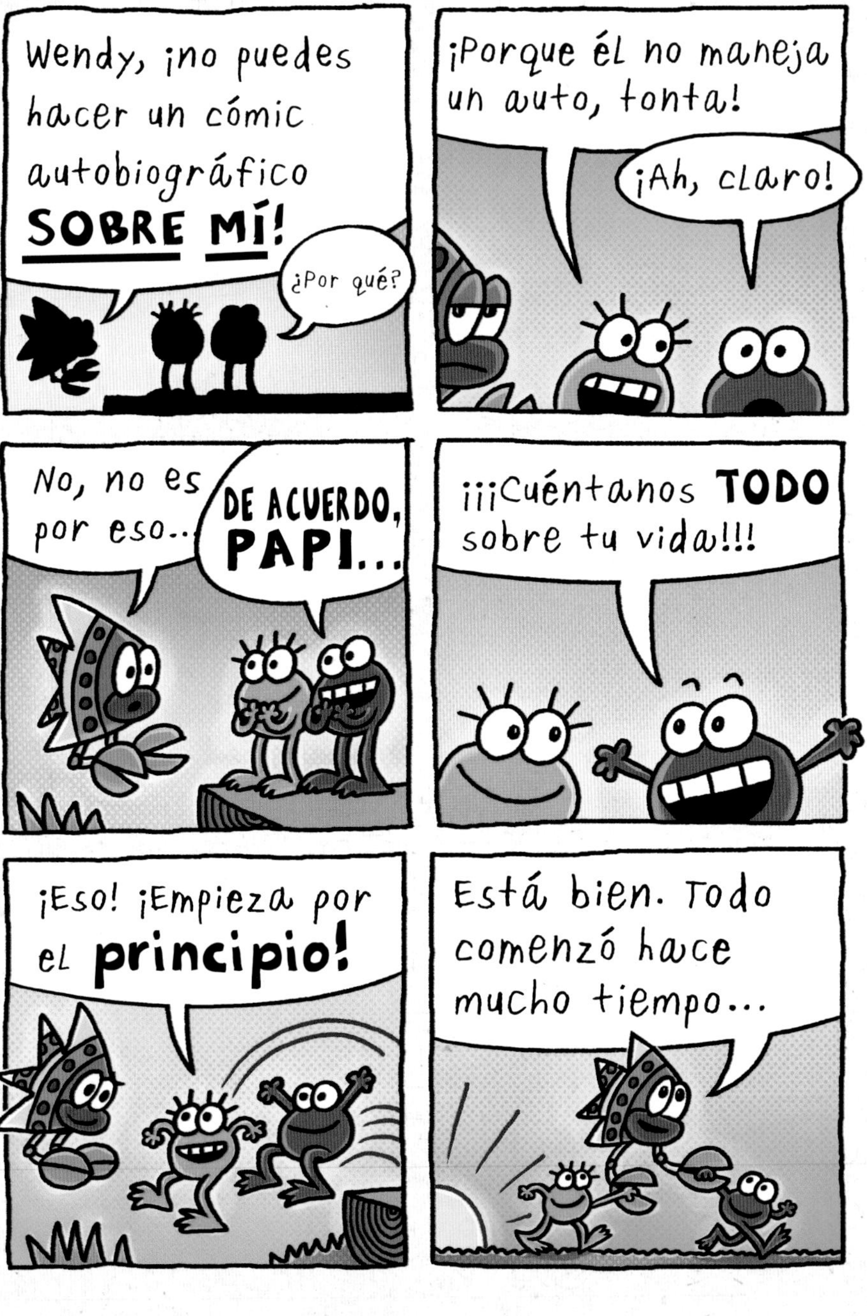

Wendy, ¡no puedes hacer un cómic autobiográfico SOBRE MÍ!
¿Por qué?
¡Porque él no maneja un auto, tonta!
¡Ah, claro!
No, no es por eso...
DE ACUERDO, PAPI...
¡¡¡Cuéntanos TODO sobre tu vida!!!
¡Eso! ¡Empieza por el principio!
Está bien. Todo comenzó hace mucho tiempo...

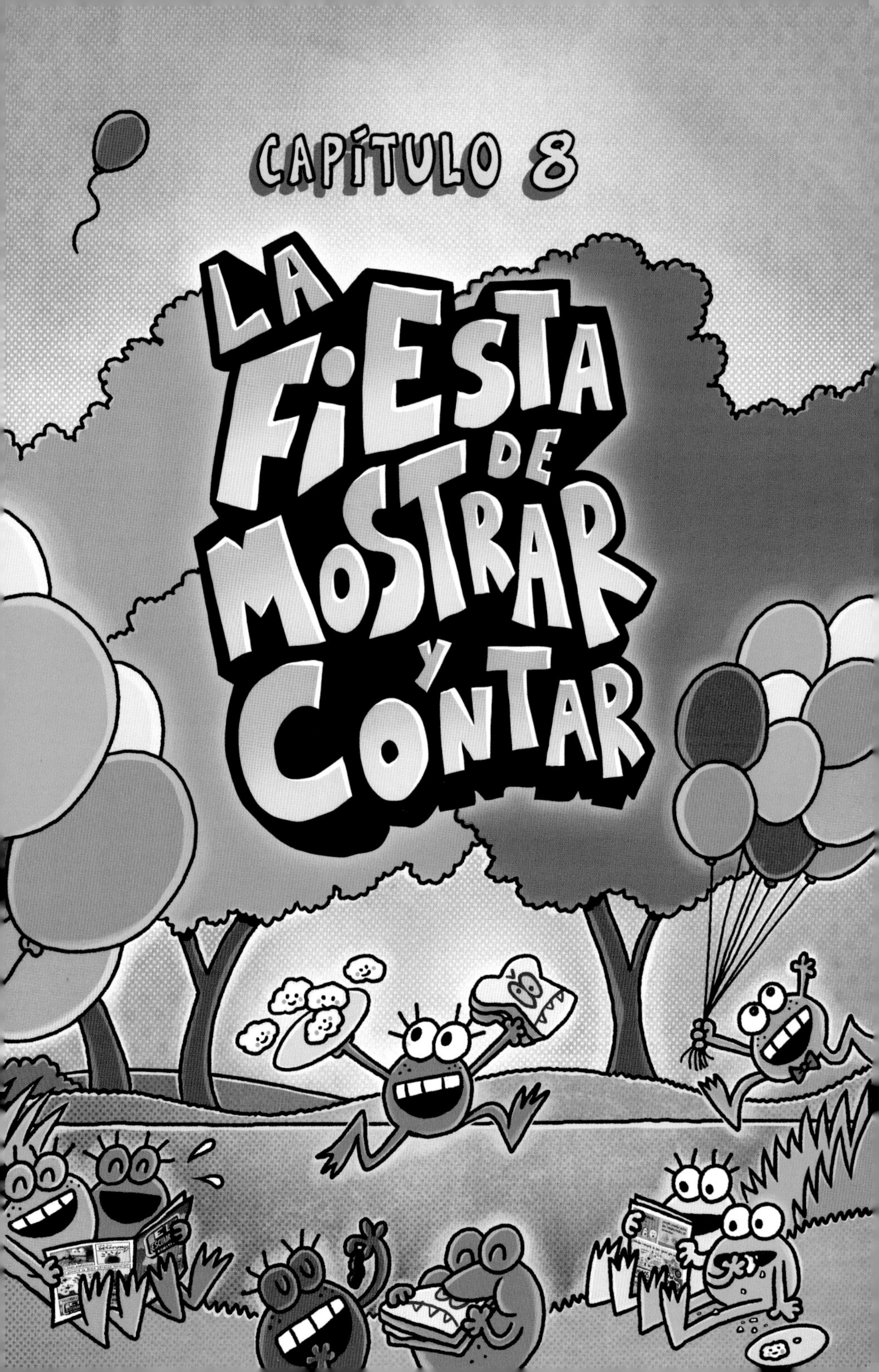
CAPÍTULO 8
LA FIESTA DE MOSTRAR Y CONTAR

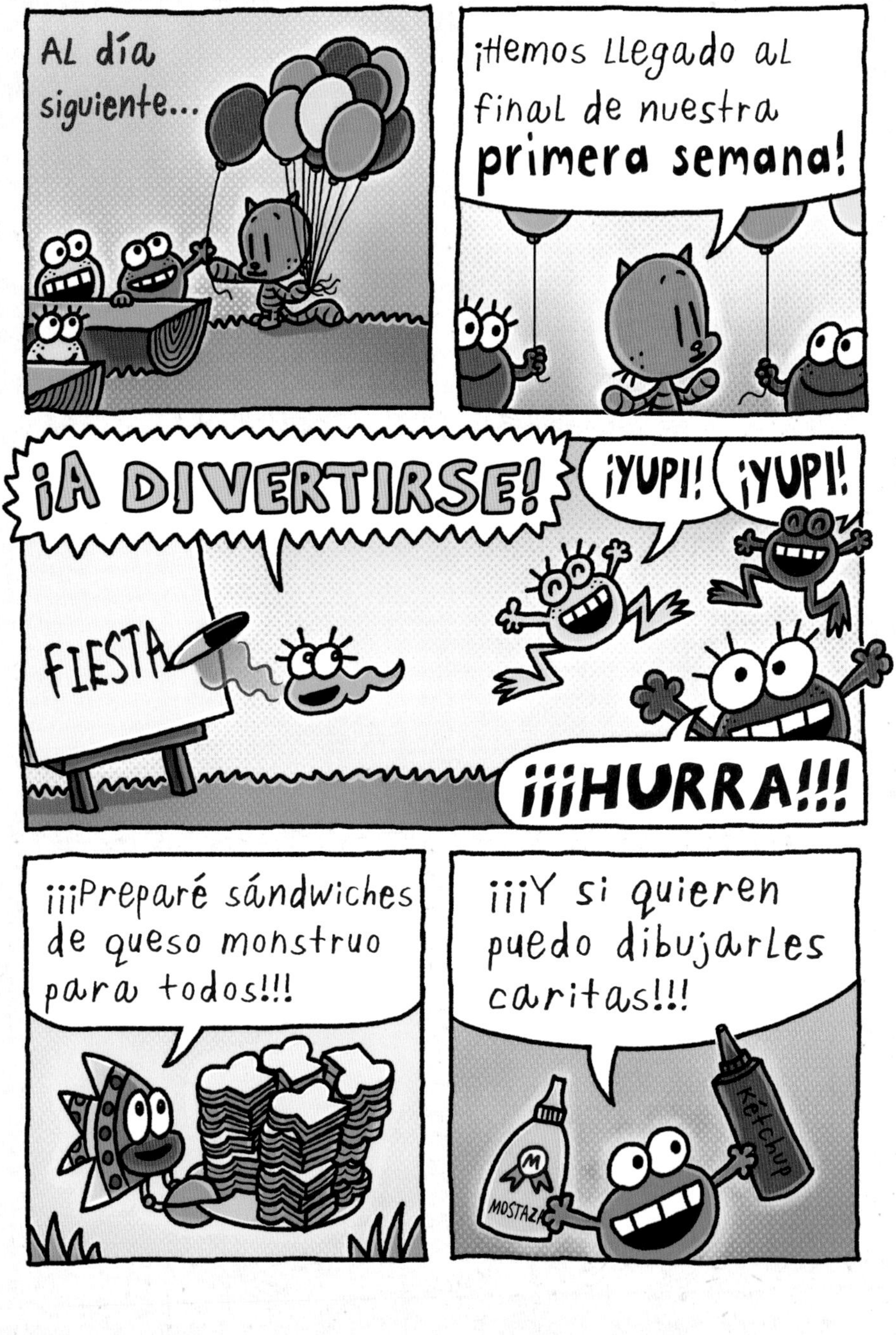
AL día siguiente...
¡Hemos llegado al final de nuestra primera semana!
¡A DIVERTIRSE!
FIESTA
¡YUPI!
¡YUPI!
¡¡¡HURRA!!!
¡¡¡Preparé sándwiches de queso monstruo para todos!!!
¡¡¡Y si quieren puedo dibujarles caritas!!!
MOSTAZA
KÉTCHUP

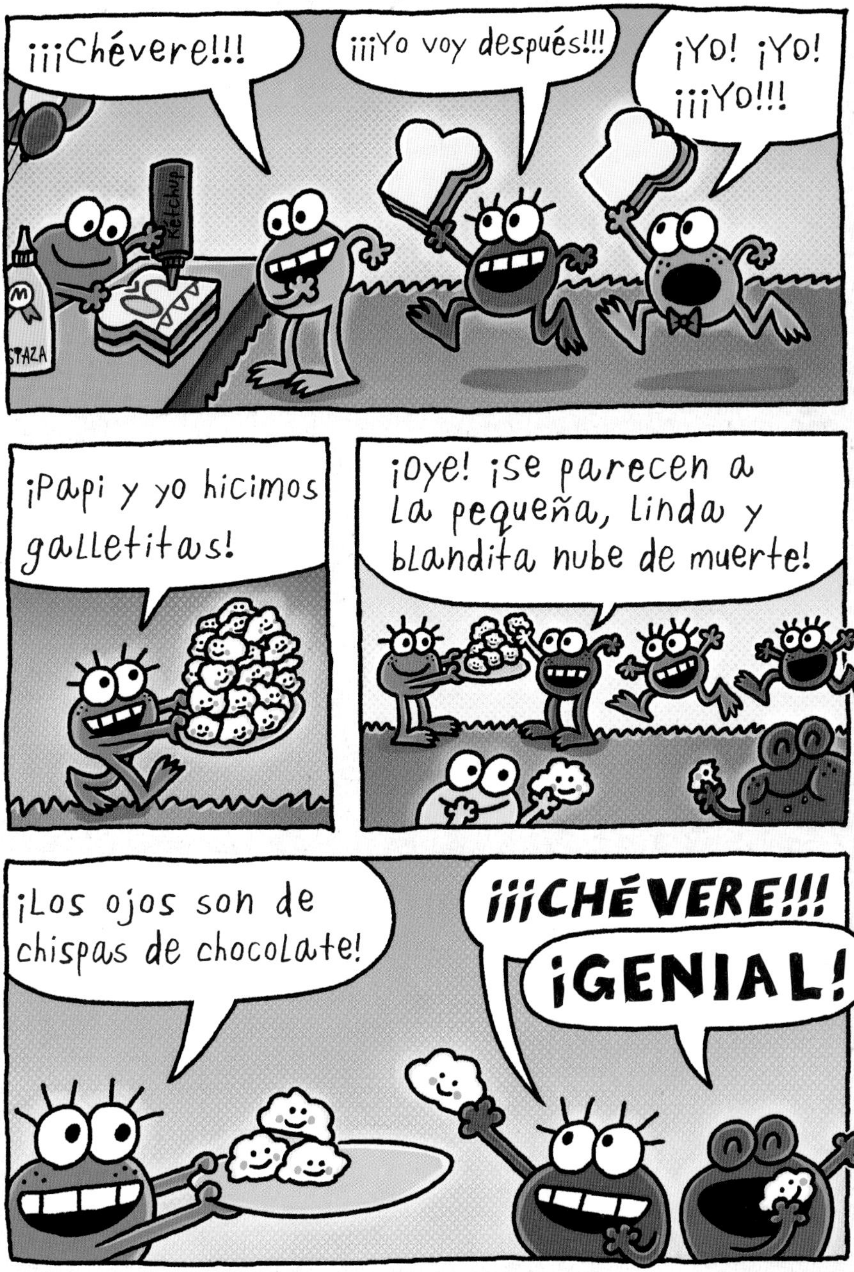
¡¡¡Chévere!!!
¡¡¡Yo voy después!!!
¡YO! ¡YO! ¡¡¡YO!!!
Ketchup
STAZA
¡Papi y yo hicimos galletitas!
¡Oye! ¡Se parecen a la pequeña, linda y blandita nube de muerte!
¡Los ojos son de chispas de chocolate!
¡¡¡CHÉVERE!!!
¡GENIAL!

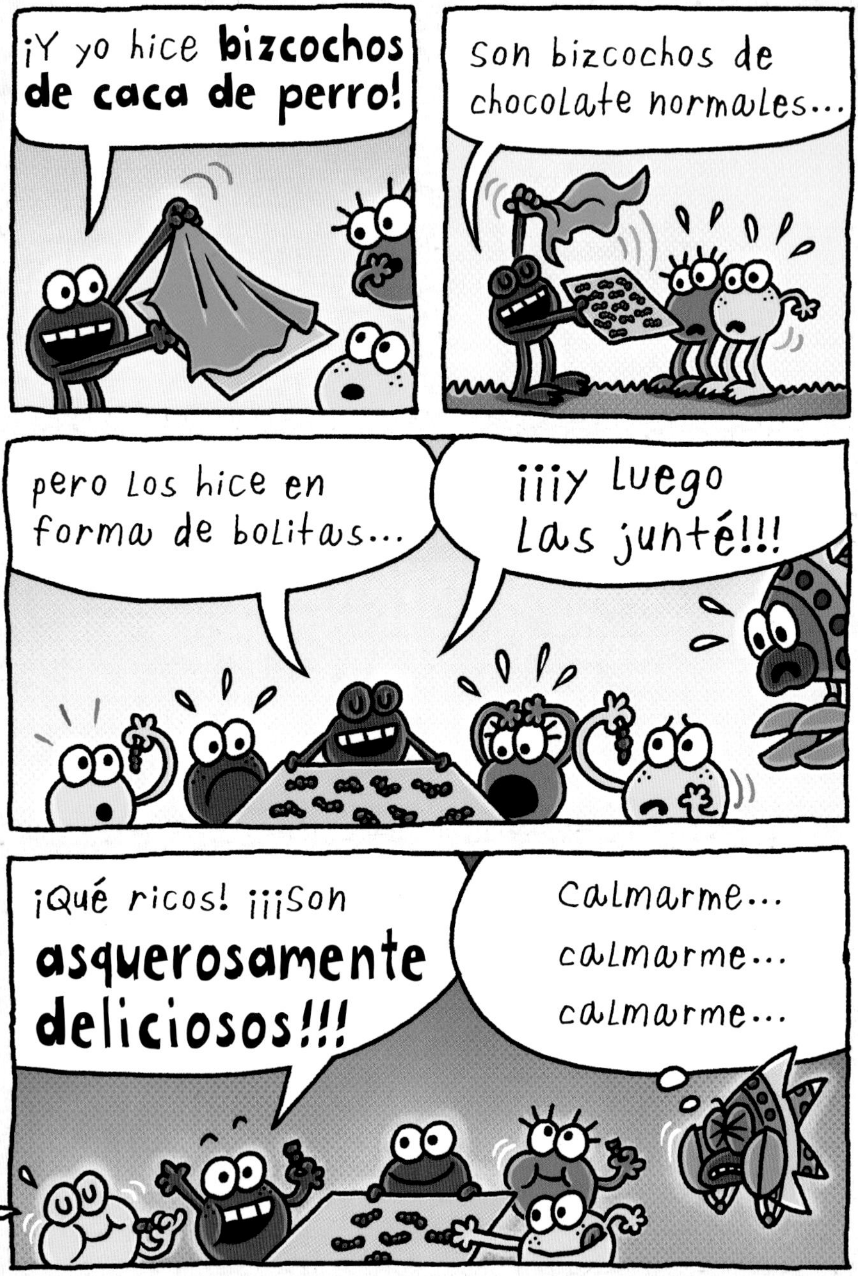
¡Y yo hice **bizcochos de caca de perro!**
Son bizcochos de chocolate normales...
pero los hice en forma de bolitas...
¡¡¡Y luego las junté!!!
¡Qué ricos! ¡¡¡Son **asquerosamente deliciosos!!!**
calmarme... calmarme... calmarme...

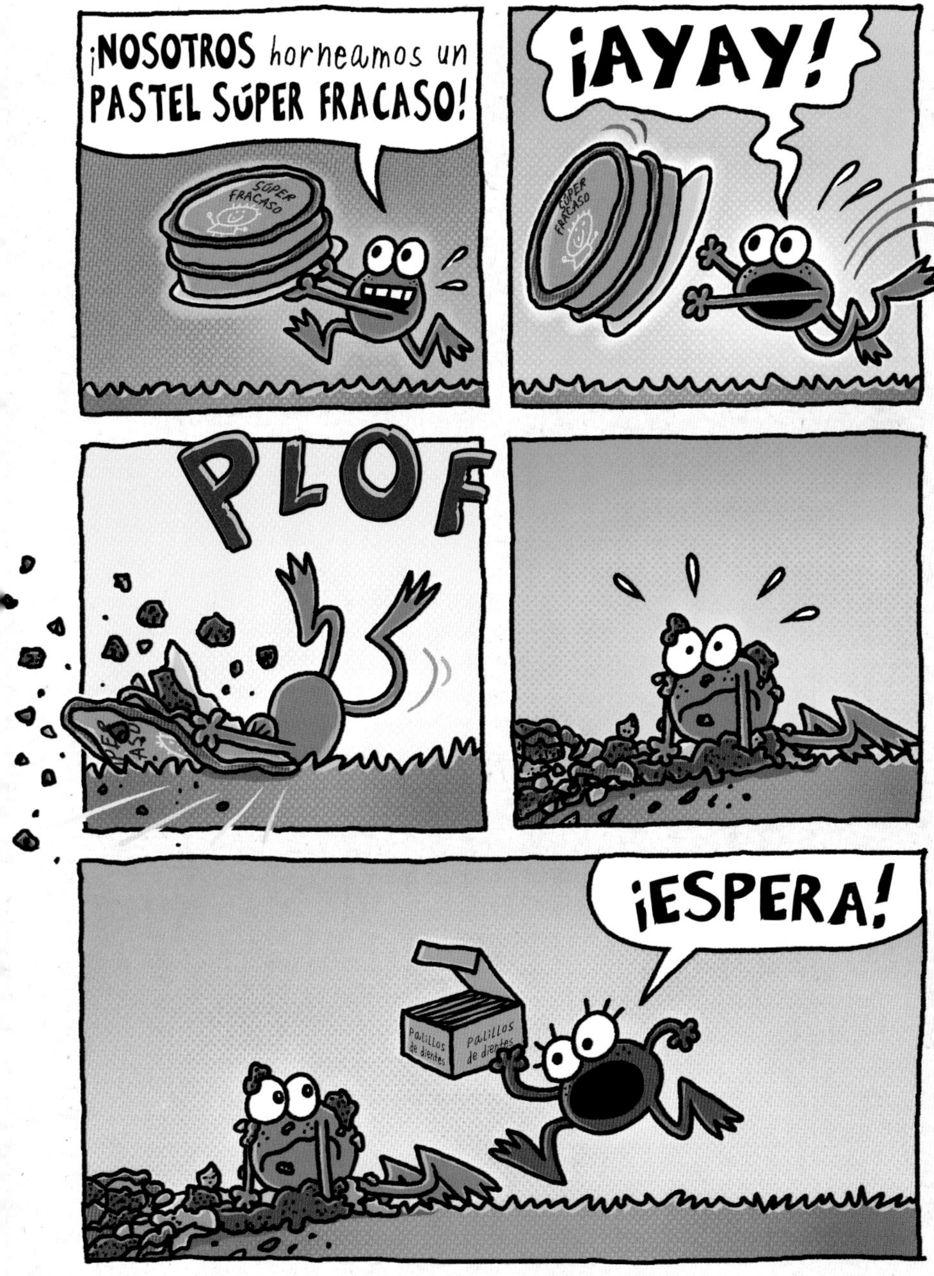
¡NOSOTROS horneamos un PASTEL SÚPER FRACASO!
SÚPER FRACASO
¡AYAY!
SÚPER FRACASO
PLOF
¡ESPERA!
Palillos de dientes
Palillos de dientes

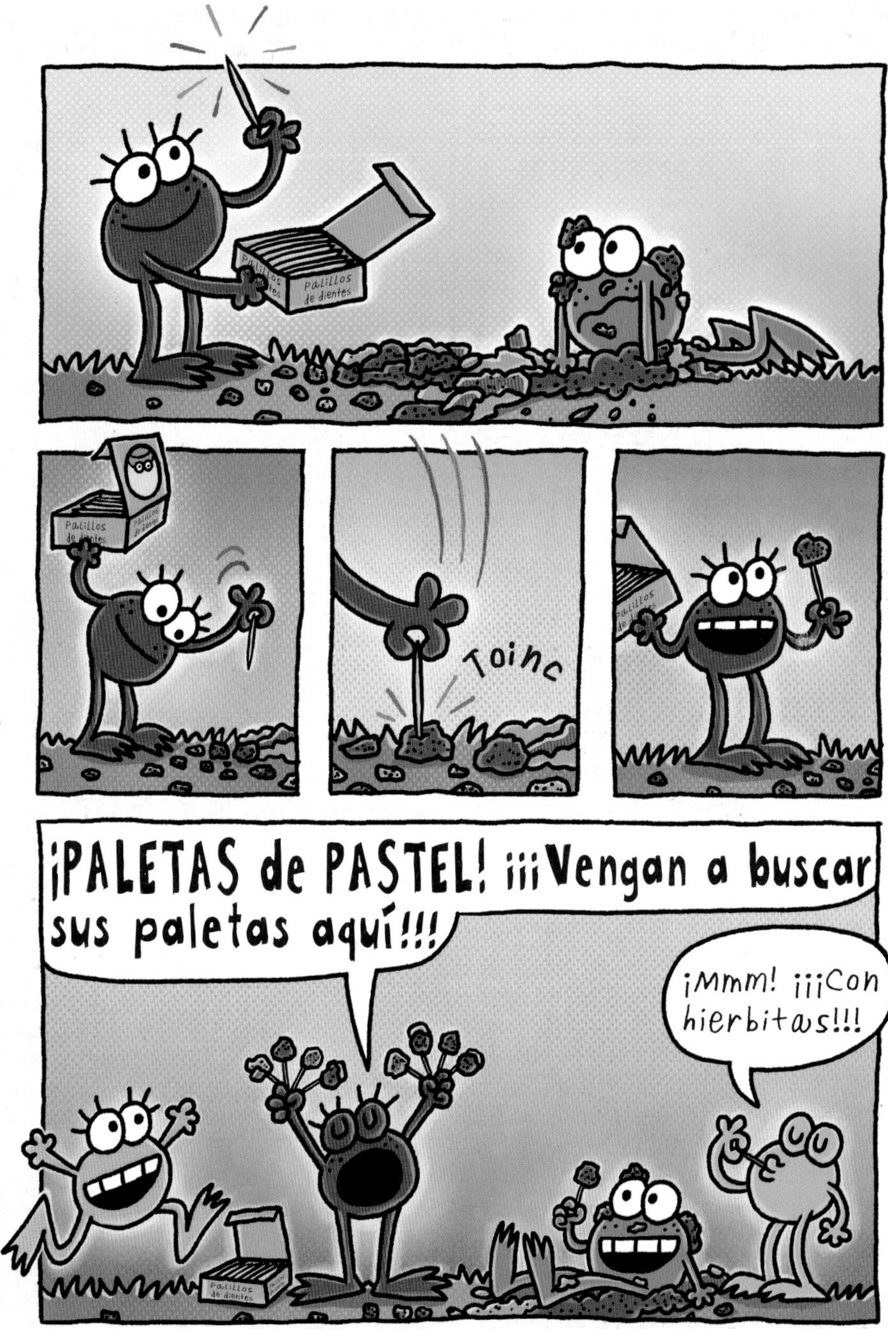
Palillos de dientes
Toinc
¡PALETAS de PASTEL! ¡¡¡Vengan a buscar sus paletas aquí!!!
¡Mmm! ¡¡¡Con hierbitas!!!
Palillos de dientes

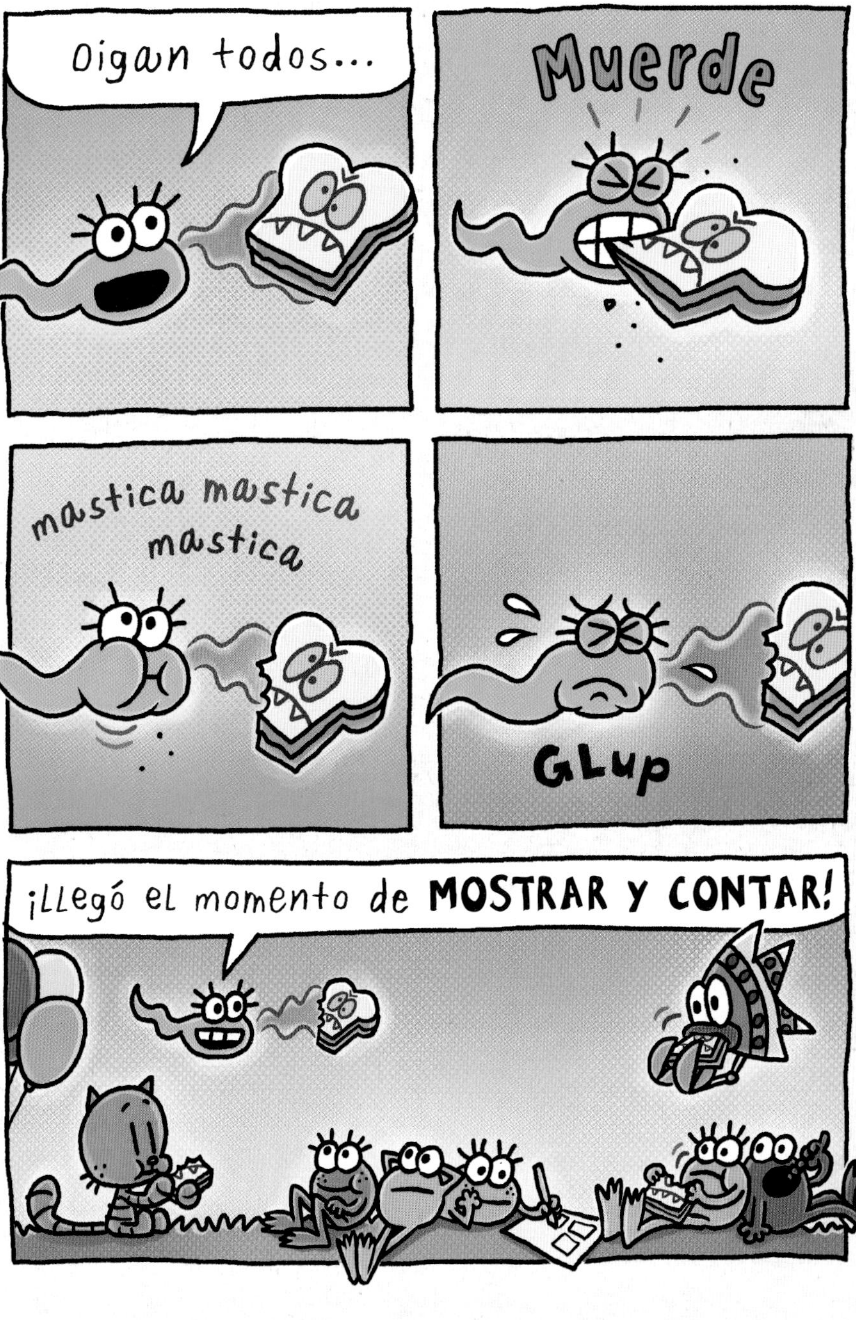
Oigan todos...
Muerde
mastica mastica
mastica
GLup
¡LLegó el momento de MOSTRAR Y CONTAR!

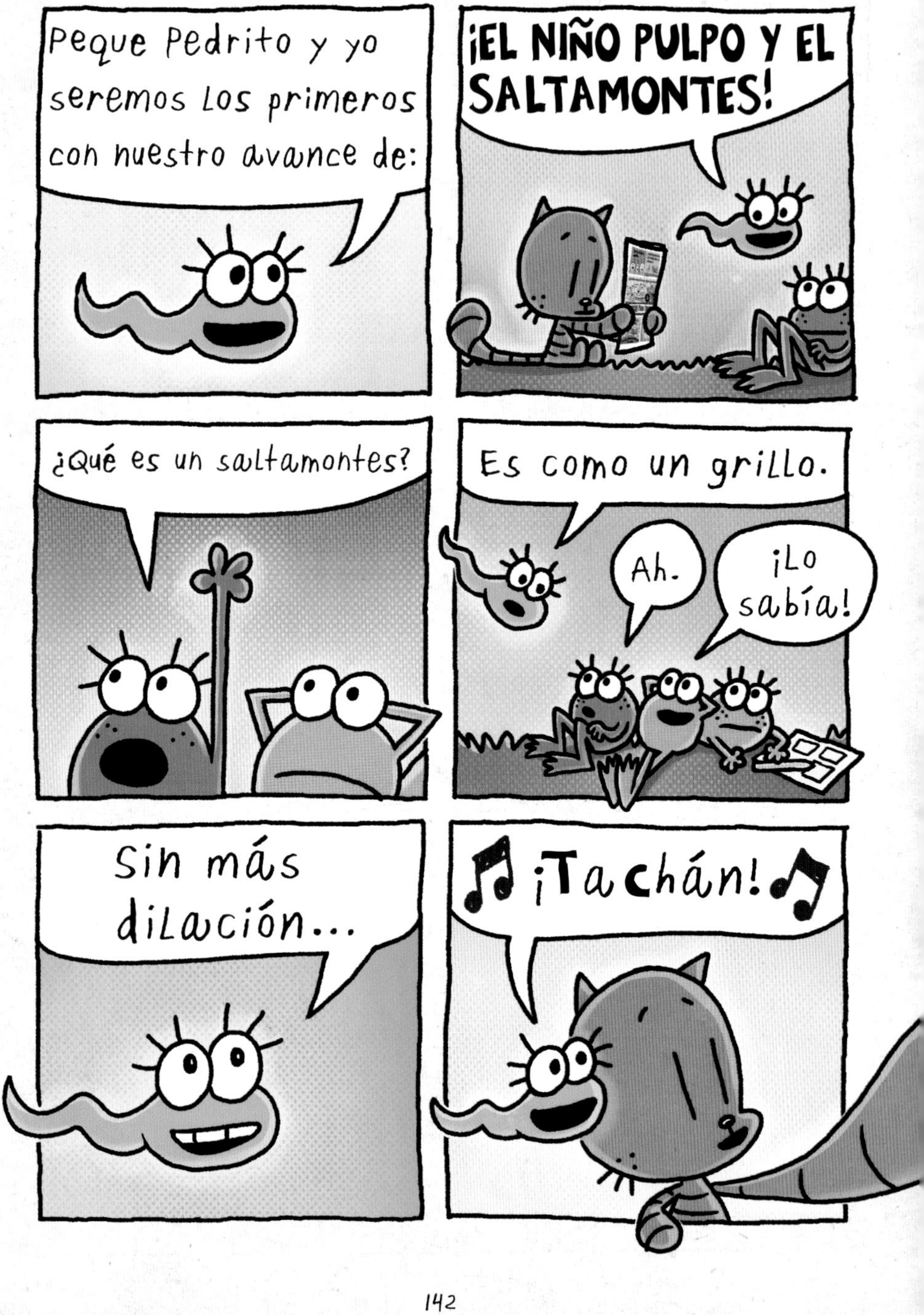
Peque Pedrito y yo seremos los primeros con nuestro avance de:
¡EL NIÑO PULPO Y EL SALTAMONTES!
¿Qué es un saltamontes?
Es como un grillo.
Ah.
¡Lo sabía!
Sin más dilación...
¡Tachán!

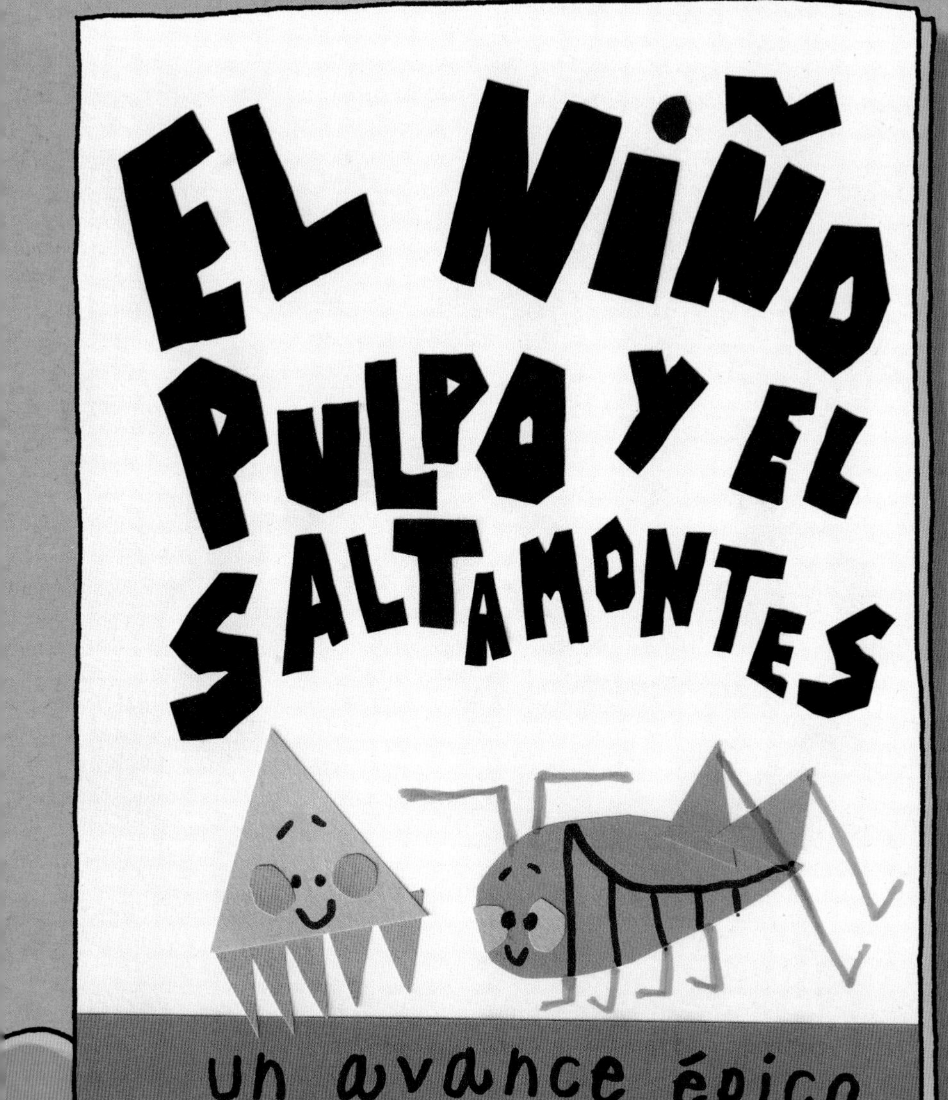
EL NIÑO PULPO Y EL SALTAMONTES
un avance épico
por Moni y Peque Pedrito

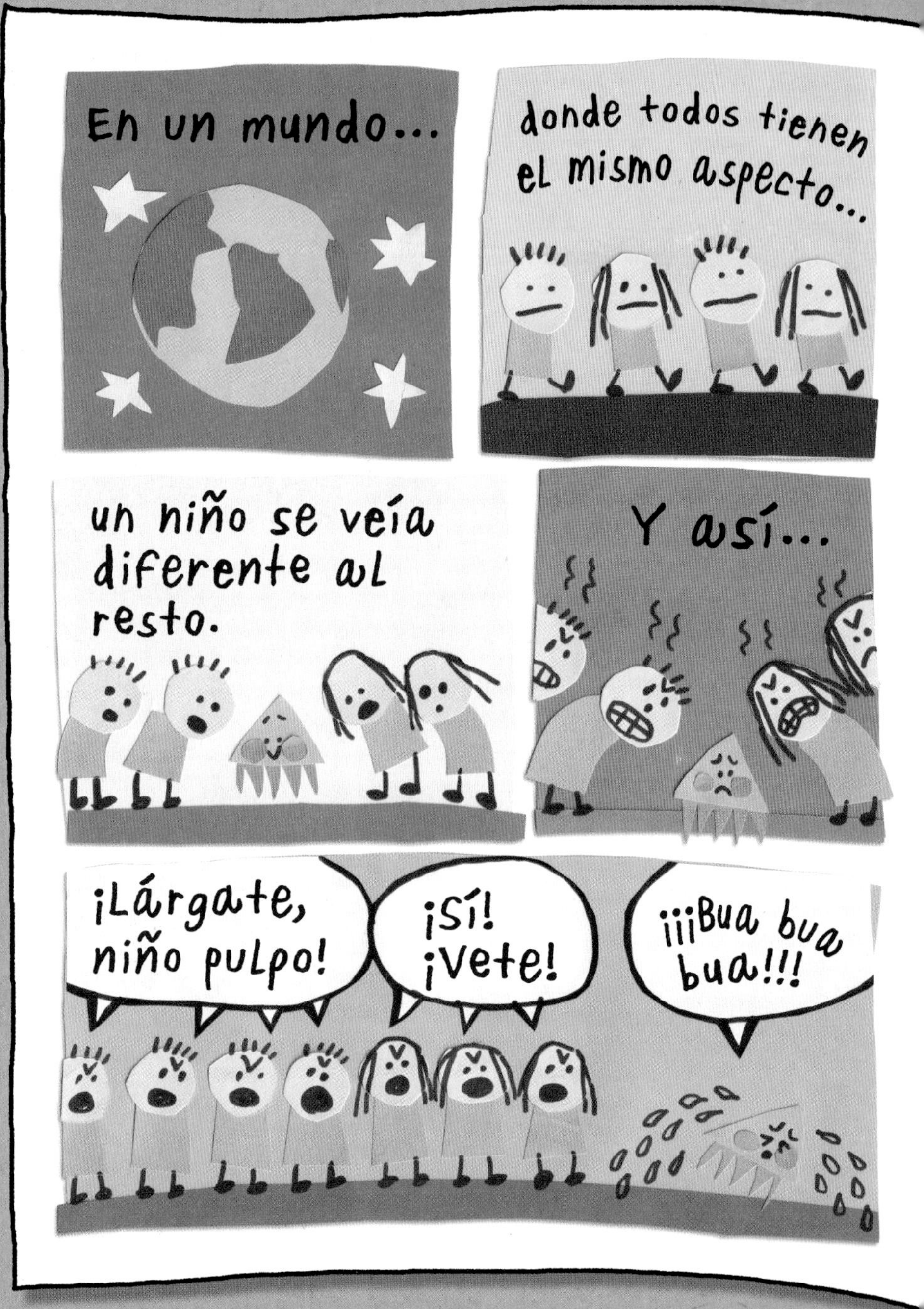

En un mundo...
donde todos tienen el mismo aspecto...
un niño se veía diferente al resto.
Y así...
¡Lárgate, niño pulpo!
¡Sí! ¡Vete!
¡¡¡Bua bua bua!!!

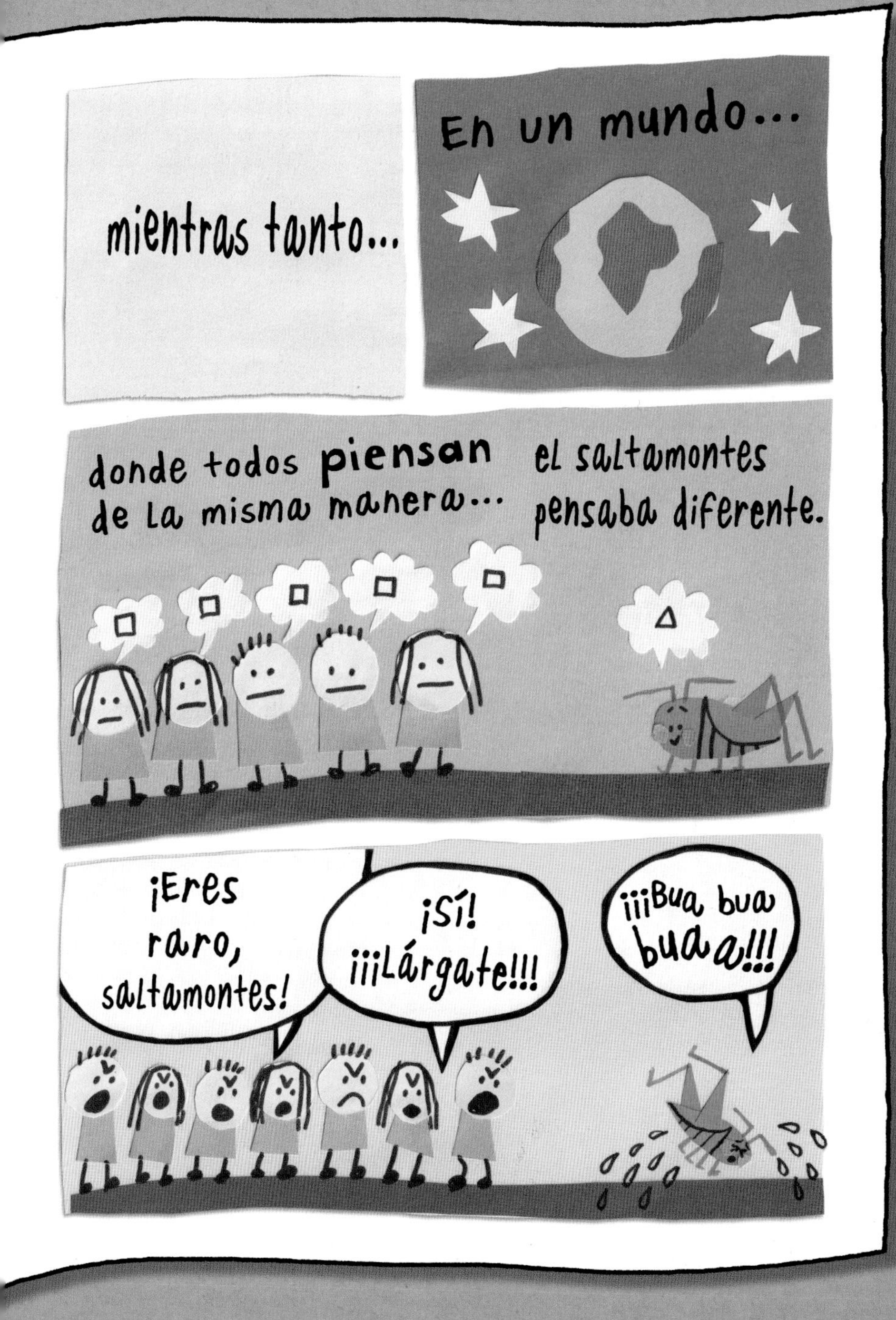
mientras tanto...
En un mundo...
donde todos **piensan** de la misma manera...
el saltamontes pensaba diferente.
¡Eres raro, saltamontes!
¡Sí! ¡¡¡Lárgate!!!
¡¡¡Bua bua buaa!!!

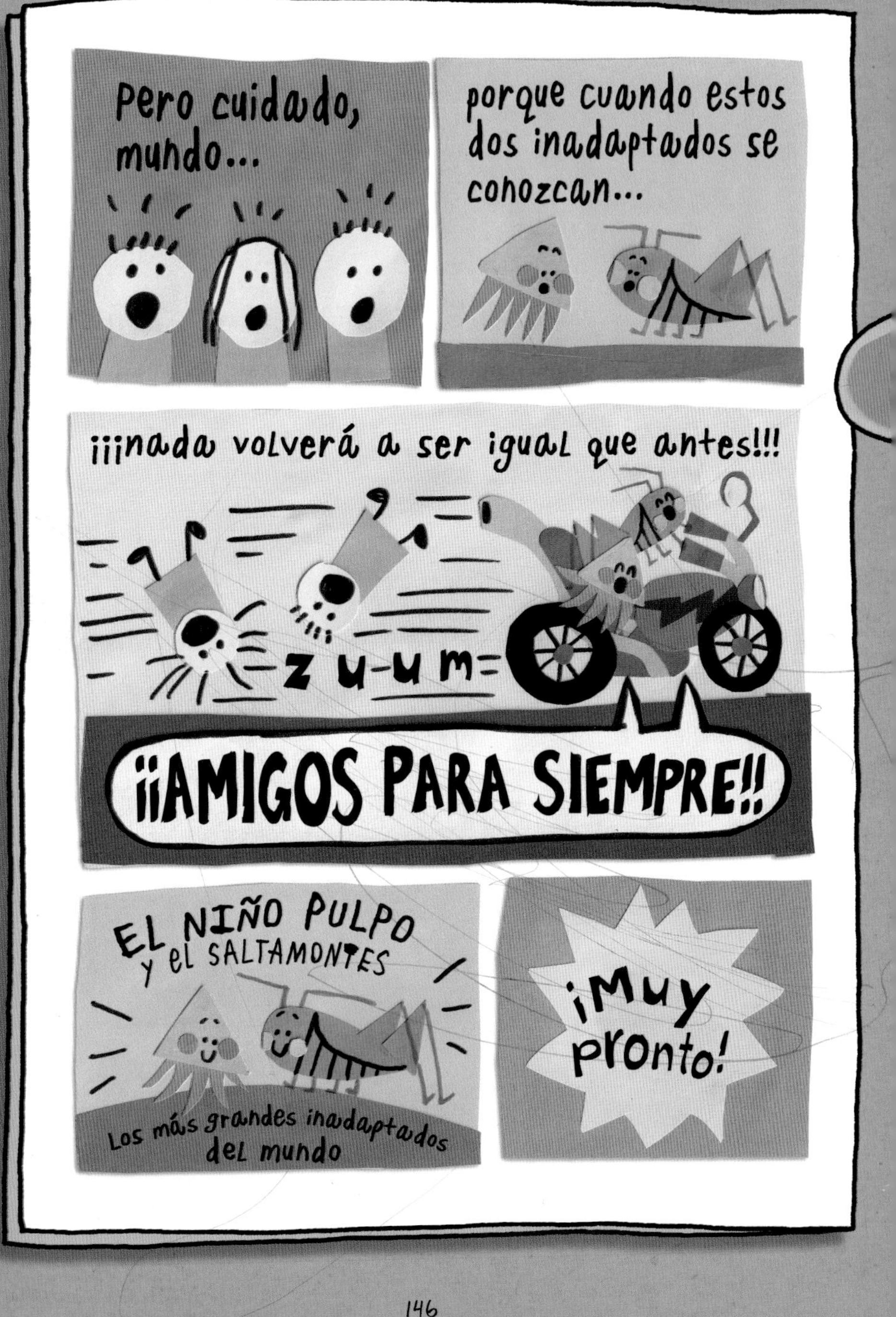
Pero cuidado, mundo...
porque cuando estos dos inadaptados se conozcan...
¡¡¡nada volverá a ser igual que antes!!!
ZUUM
¡¡AMIGOS PARA SIEMPRE!!
EL NIÑO PULPO y el SALTAMONTES
Los más grandes inadaptados del mundo
¡Muy pronto!

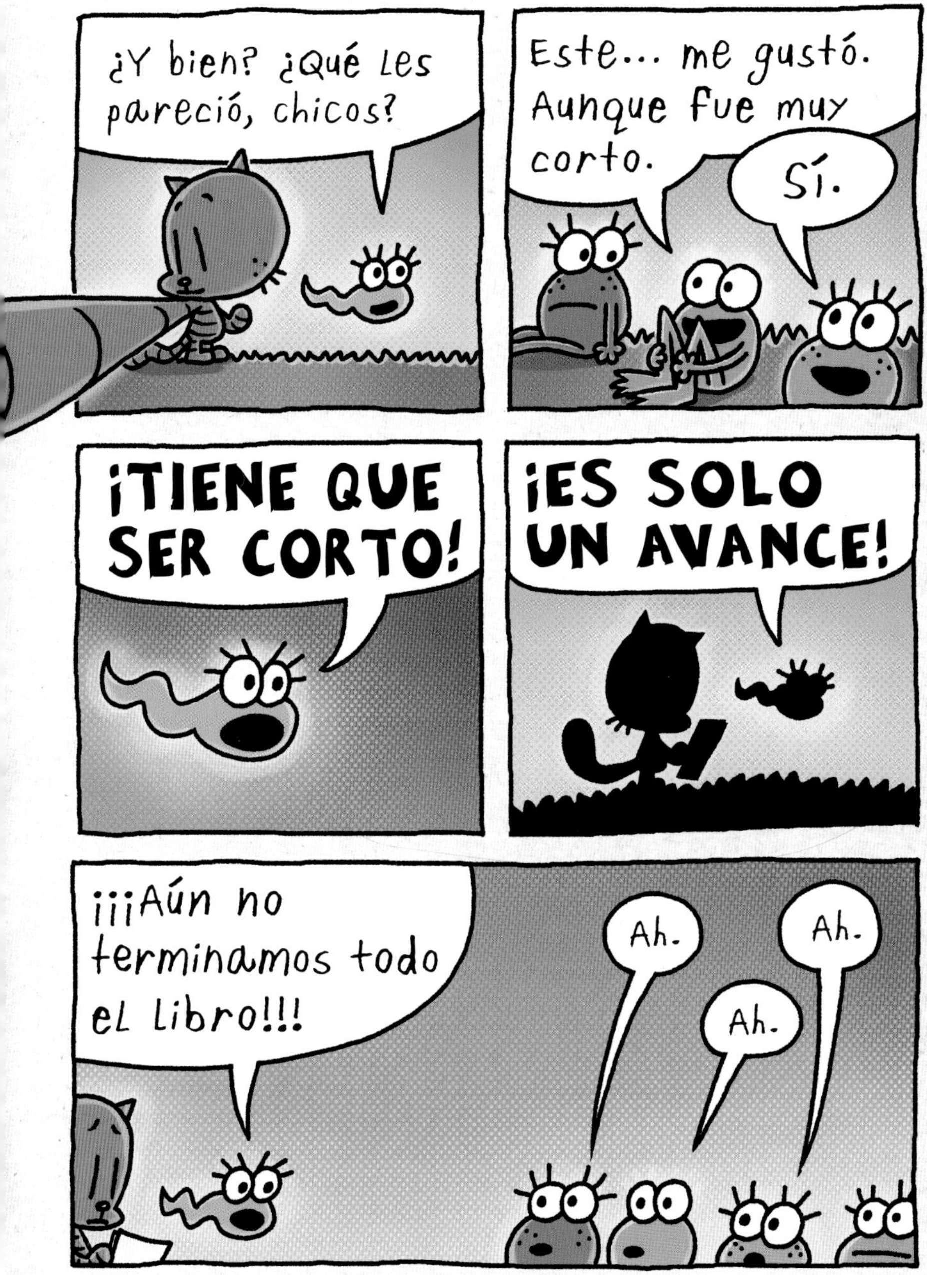
¿Y bien? ¿Qué les pareció, chicos?
Este... me gustó. Aunque fue muy corto.
Sí.
¡TIENE QUE SER CORTO!
¡ES SOLO UN AVANCE!
¡¡¡Aún no terminamos todo el libro!!!
Ah.
Ah.
Ah.

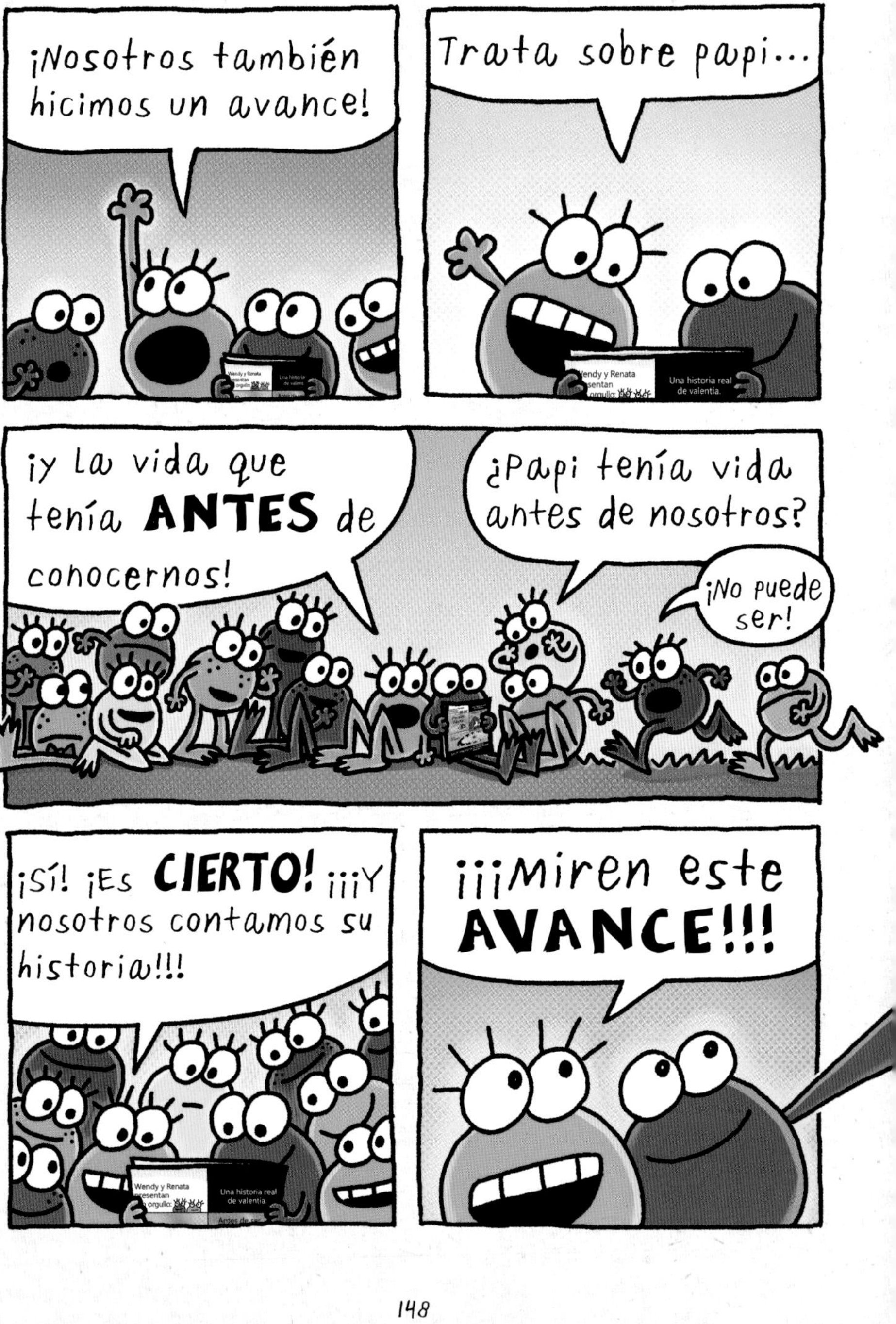
¡Nosotros también hicimos un avance!
Trata sobre papi...
Una historia real de valentía.
¡Y la vida que tenía **ANTES** de conocernos!
¿Papi tenía vida antes de nosotros?
¡No puede ser!
¡Sí! ¡Es **CIERTO!** ¡¡¡Y nosotros contamos su historia!!!
Una historia real de valentía.
¡¡¡Miren este **AVANCE!!!**

Peque
Aleta

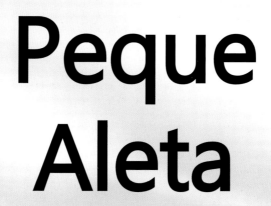

Un mini avance de
Wendy y Renata

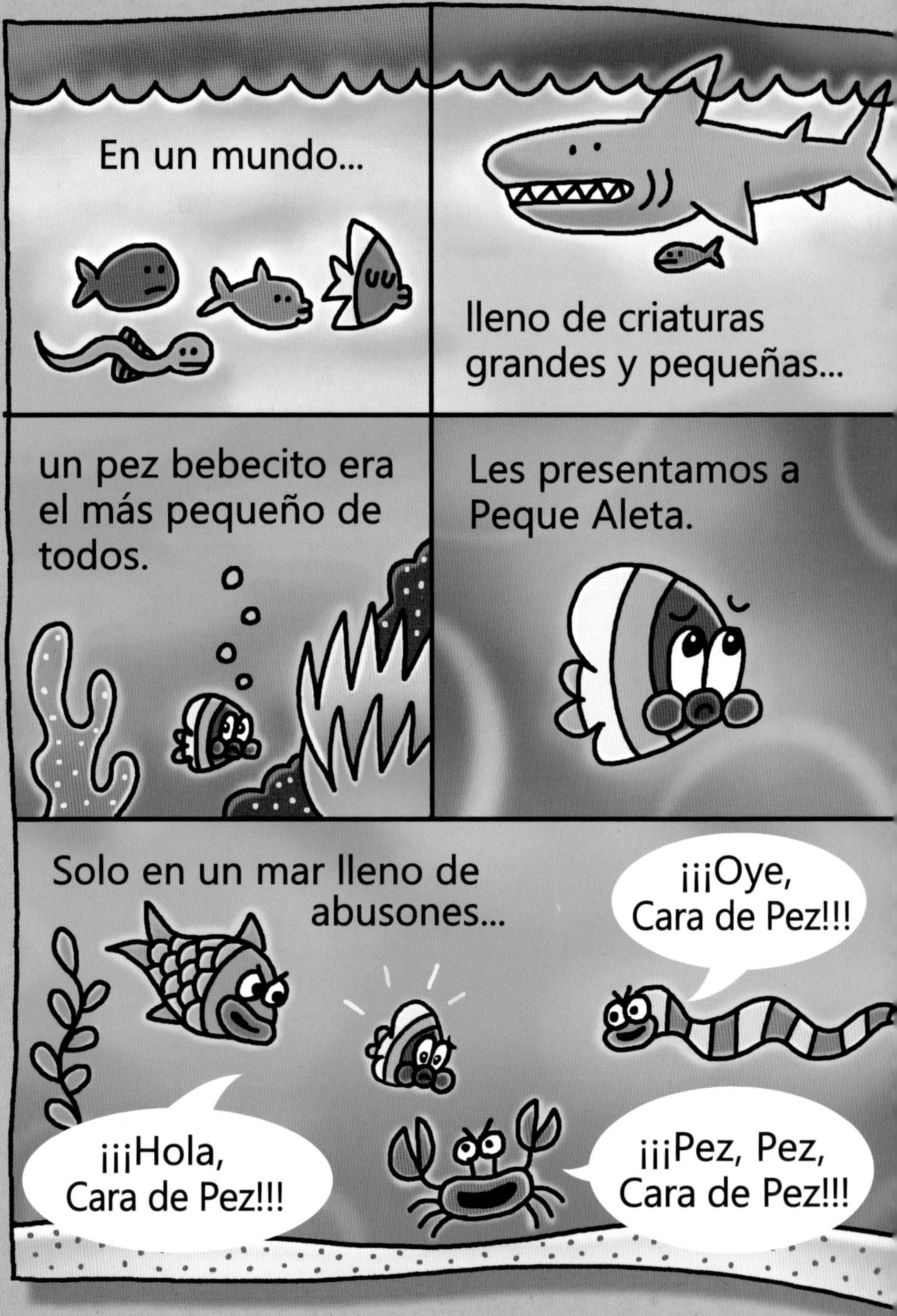
En un mundo...
lleno de criaturas grandes y pequeñas...
un pez bebecito era el más pequeño de todos.
Les presentamos a Peque Aleta.
Solo en un mar lleno de abusones...
¡¡¡Oye, Cara de Pez!!!
¡¡¡Hola, Cara de Pez!!!
¡¡¡Pez, Pez, Cara de Pez!!!

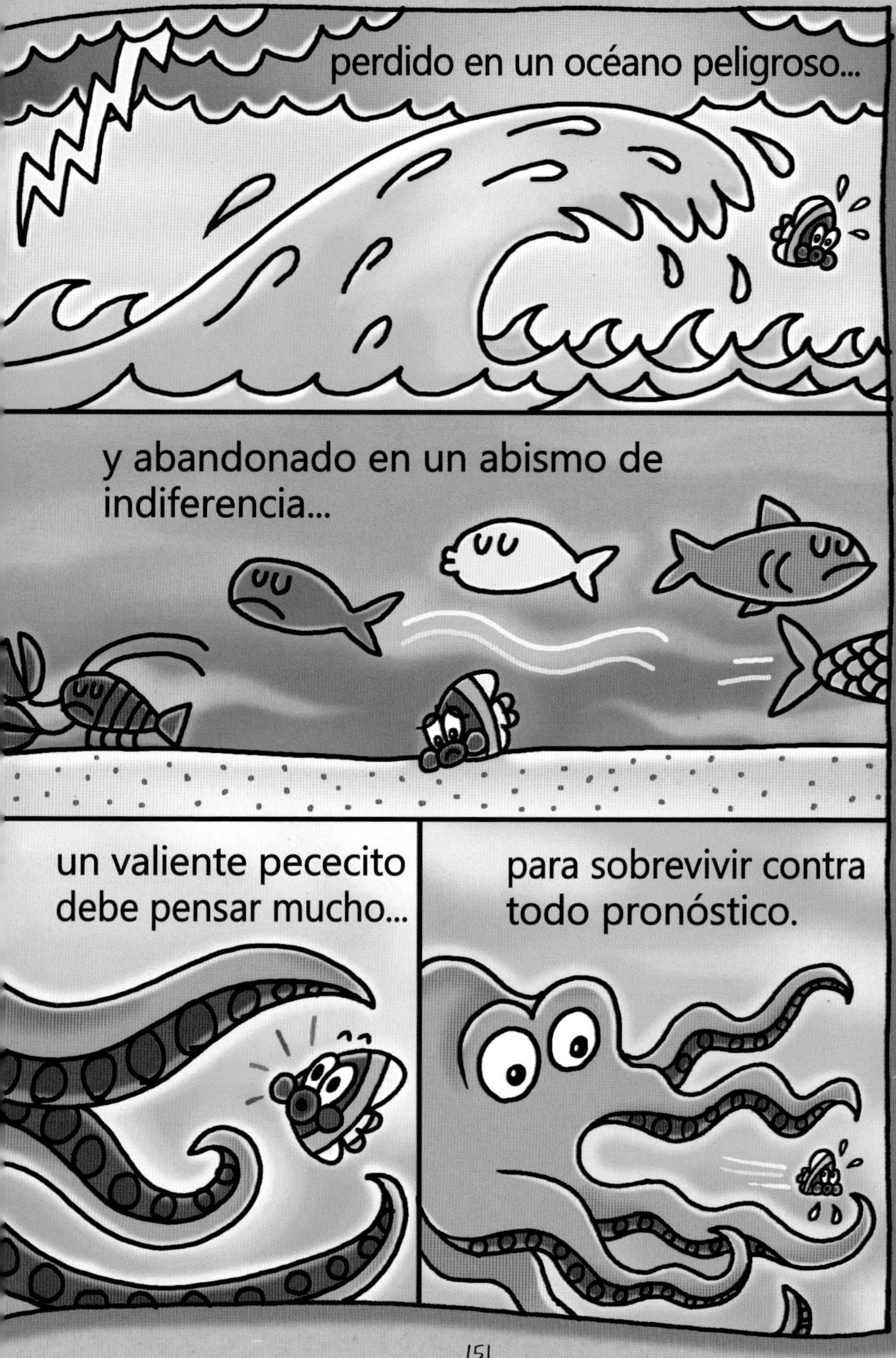
perdido en un océano peligroso...
y abandonado en un abismo de indiferencia...
un valiente pececito debe pensar mucho...
para sobrevivir contra todo pronóstico.

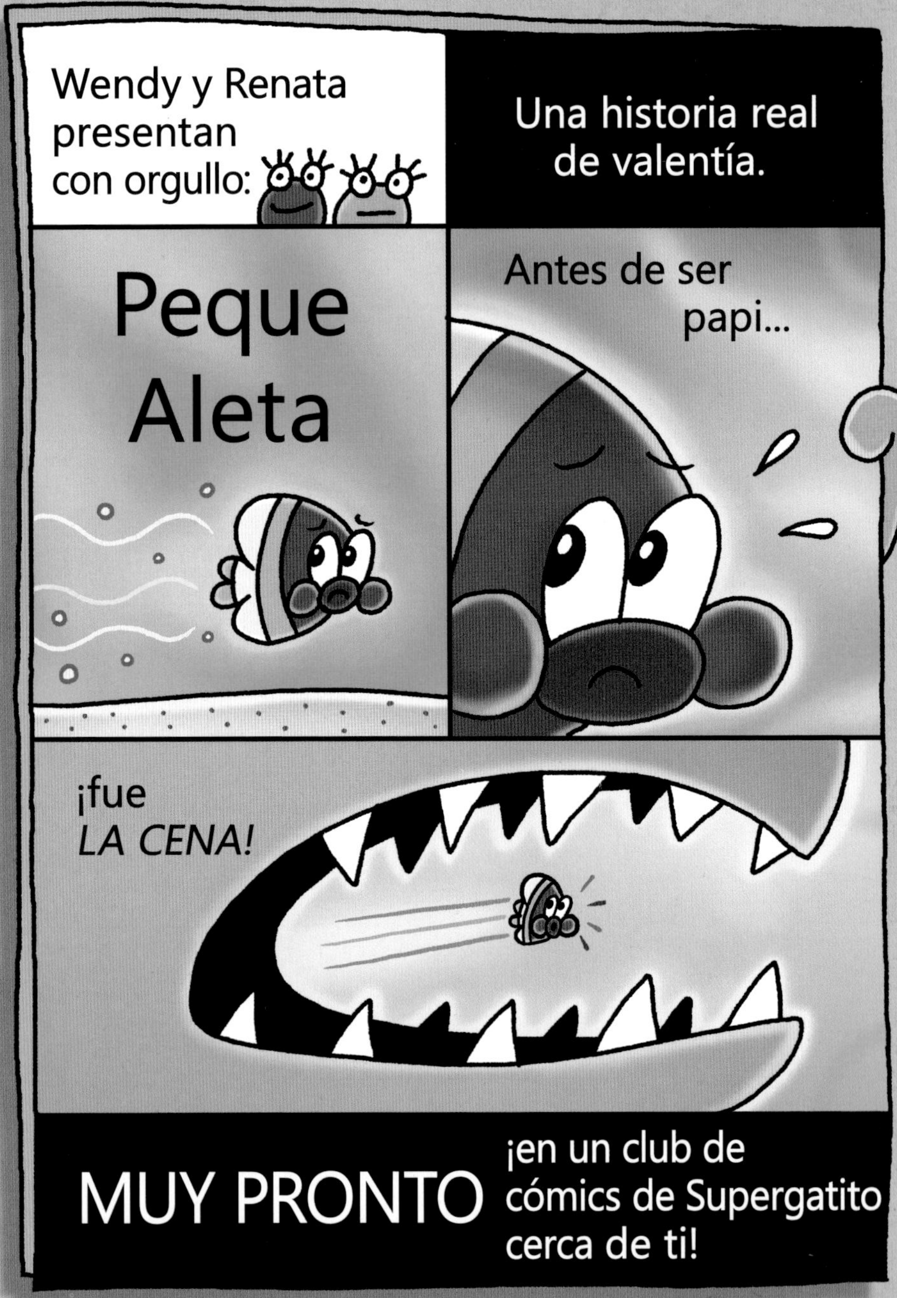
Wendy y Renata presentan con orgullo:
Una historia real de valentía.
Peque Aleta
Antes de ser papi...
¡fue *LA CENA!*
MUY PRONTO
¡en un club de cómics de Supergatito cerca de ti!

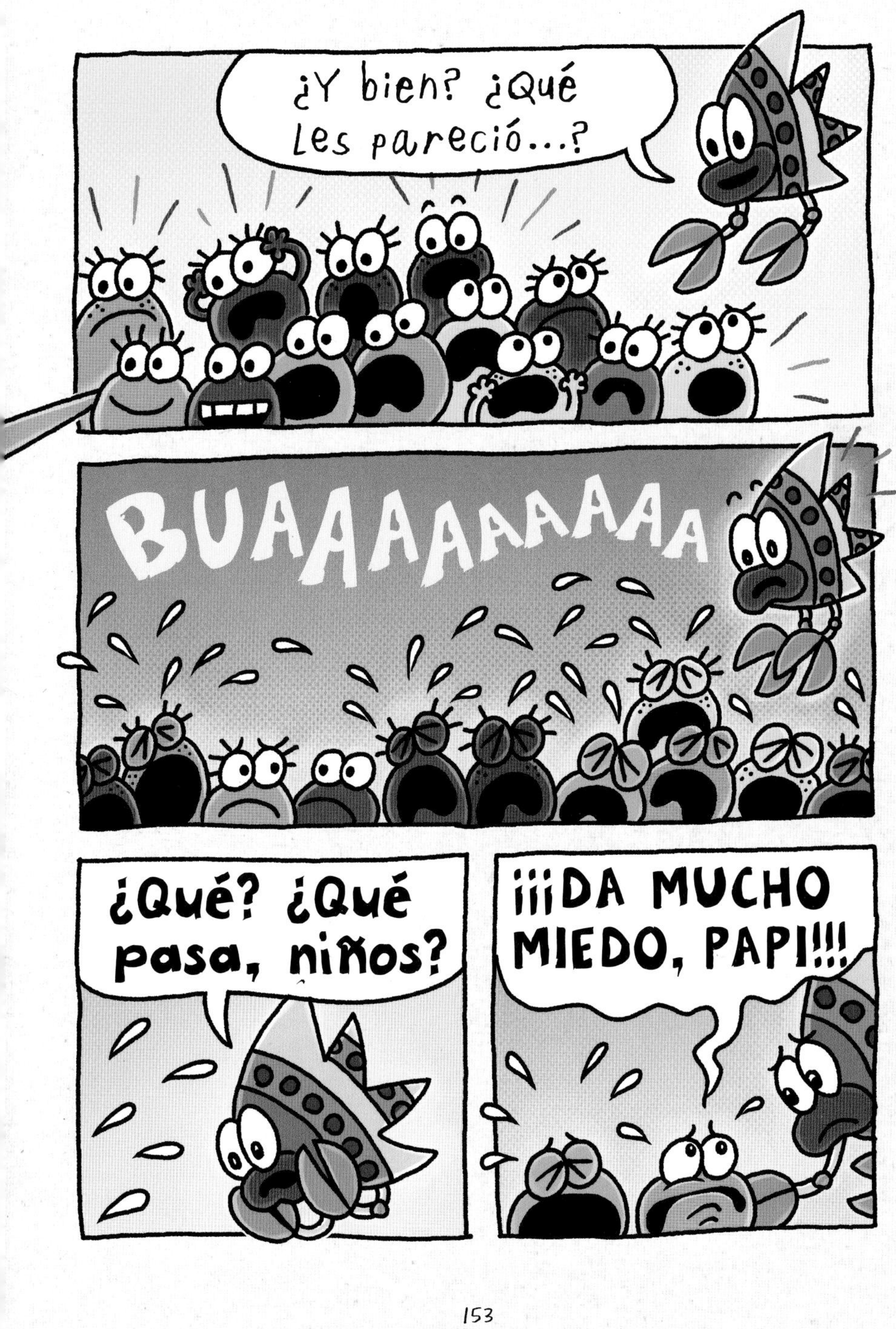
¿Y bien? ¿Qué les pareció...?
BUAAAAAAAAA
¿Qué? ¿Qué pasa, niños?
¡¡¡DA MUCHO MIEDO, PAPI!!!

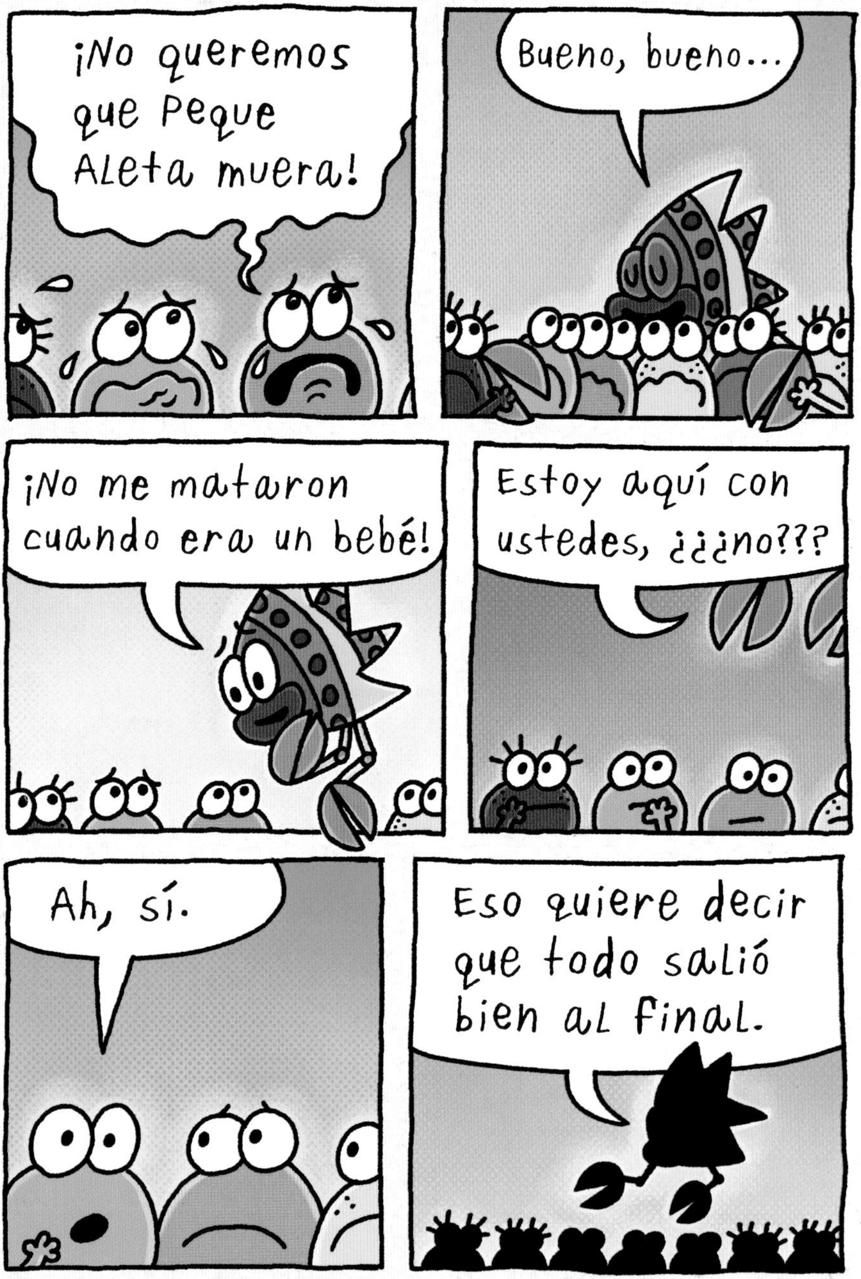
¡No queremos que Peque Aleta muera!
Bueno, bueno...
¡No me mataron cuando era un bebé!
Estoy aquí con ustedes, ¿¿¿no???
Ah, sí.
Eso quiere decir que todo salió bien al final.

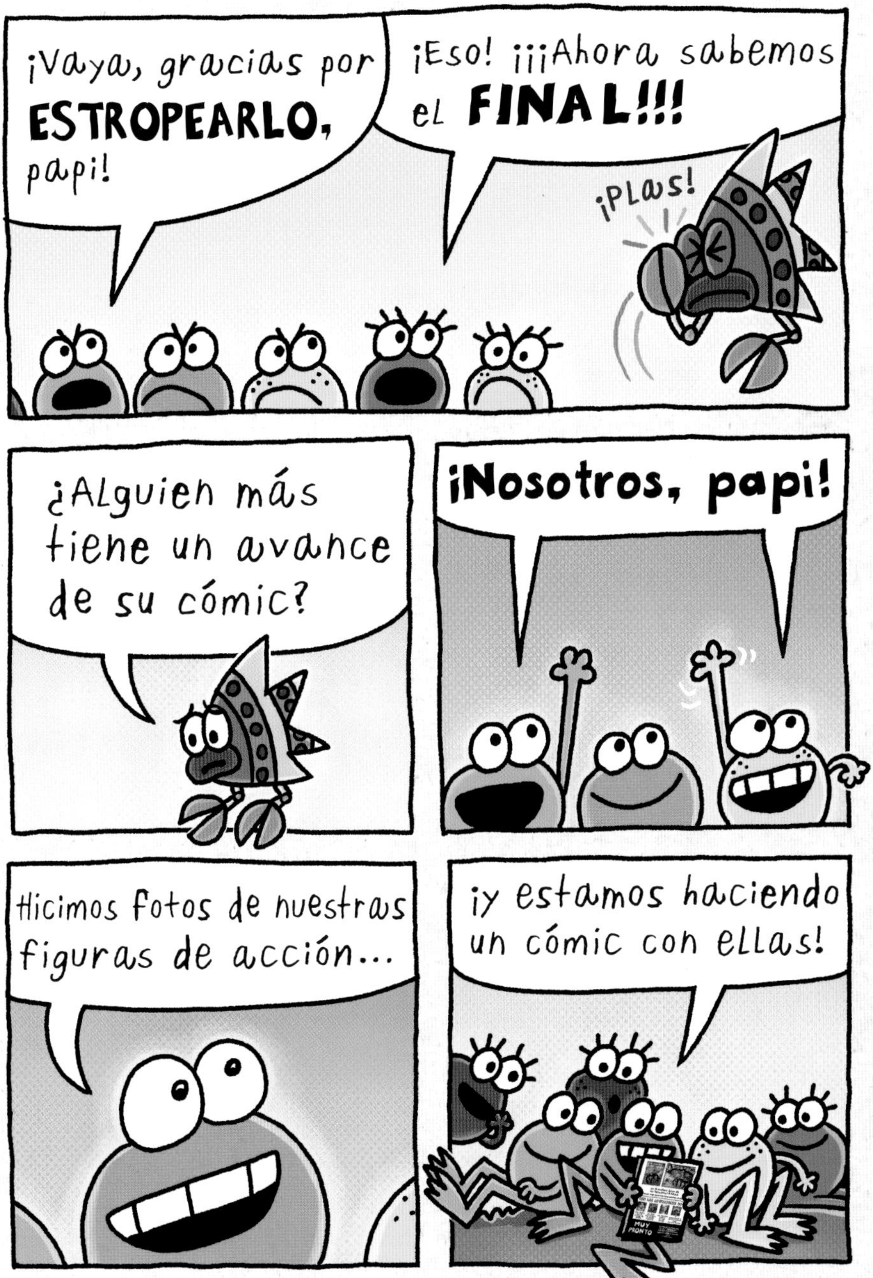
¡Vaya, gracias por ESTROPEARLO, papi!
¡Eso! ¡¡¡Ahora sabemos el FINAL!!!
¡PLAS!
¿Alguien más tiene un avance de su cómic?
¡Nosotros, papi!
Hicimos fotos de nuestras figuras de acción...
¡Y estamos haciendo un cómic con ellas!

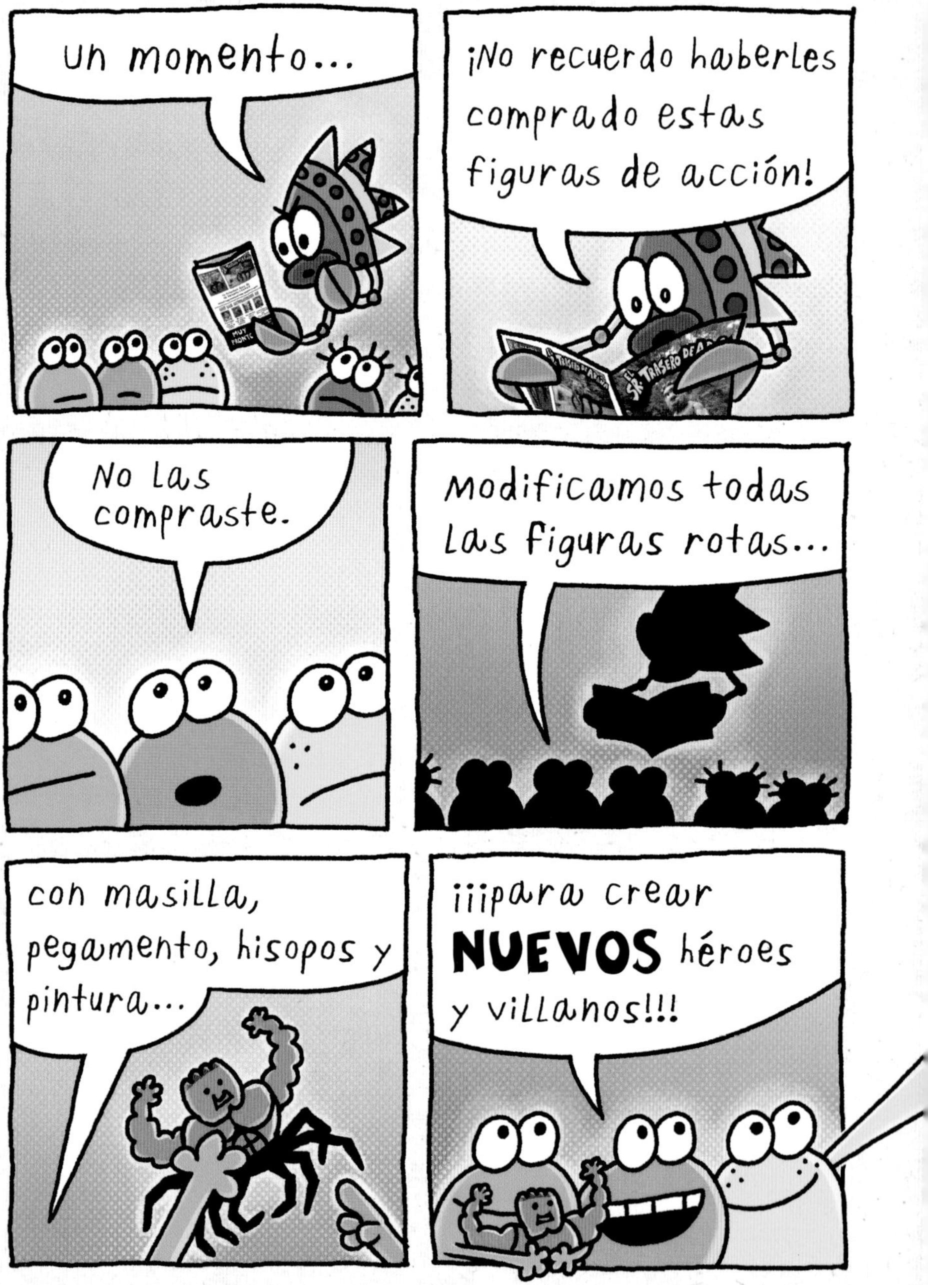
un momento...
¡No recuerdo haberles comprado estas figuras de acción!
MUY PRONTO
SR. TRASERO DE ARDILLA
No las compraste.
Modificamos todas las figuras rotas...
con masilla, pegamento, hisopos y pintura...
¡¡¡para crear NUEVOS héroes y villanos!!!

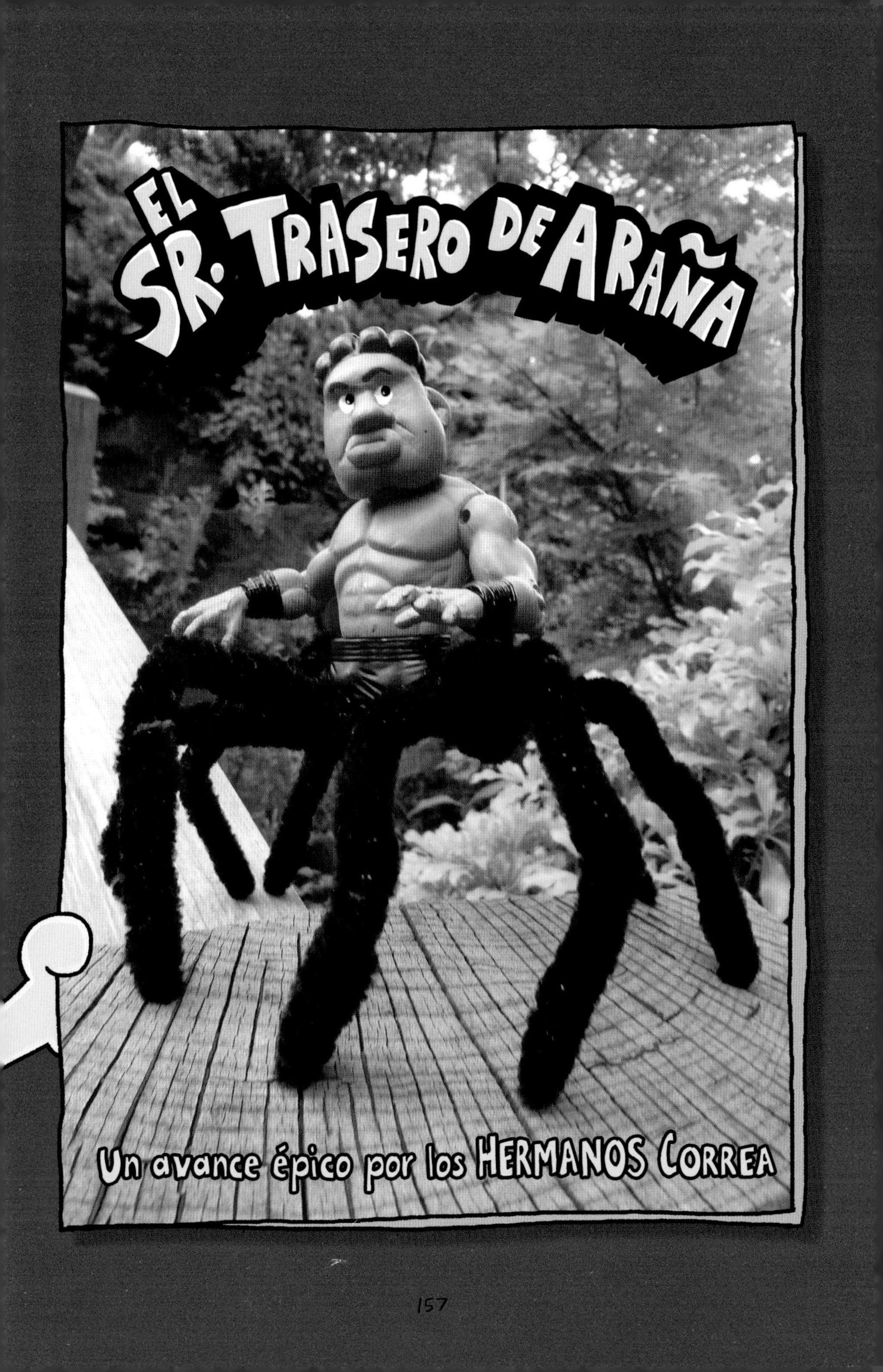
EL SR. TRASERO DE ARAÑA
Un avance épico por los HERMANOS CORREA

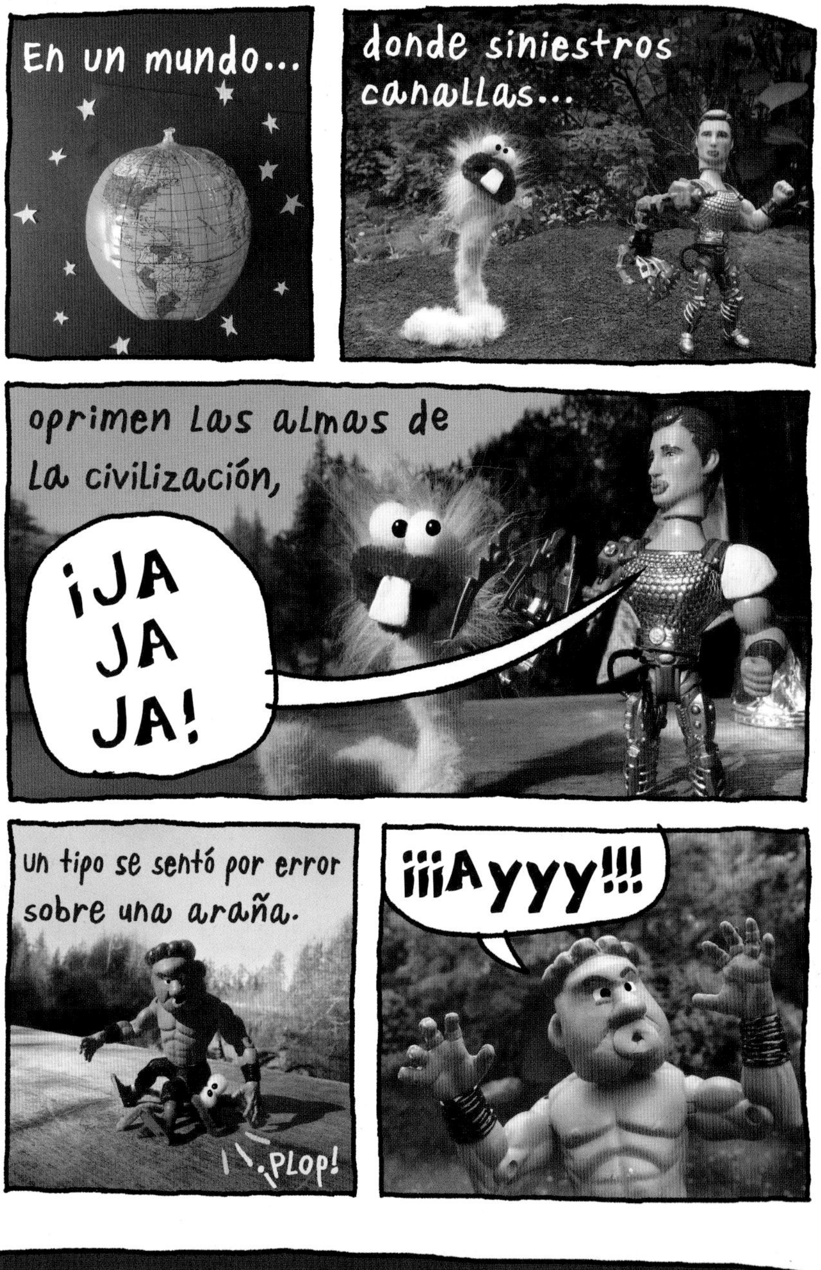
En un mundo...
donde siniestros canallas...
oprimen las almas de la civilización,
¡JA JA JA!
un tipo se sentó por error sobre una araña.
¡PLOP!
¡¡¡Ayyy!!!

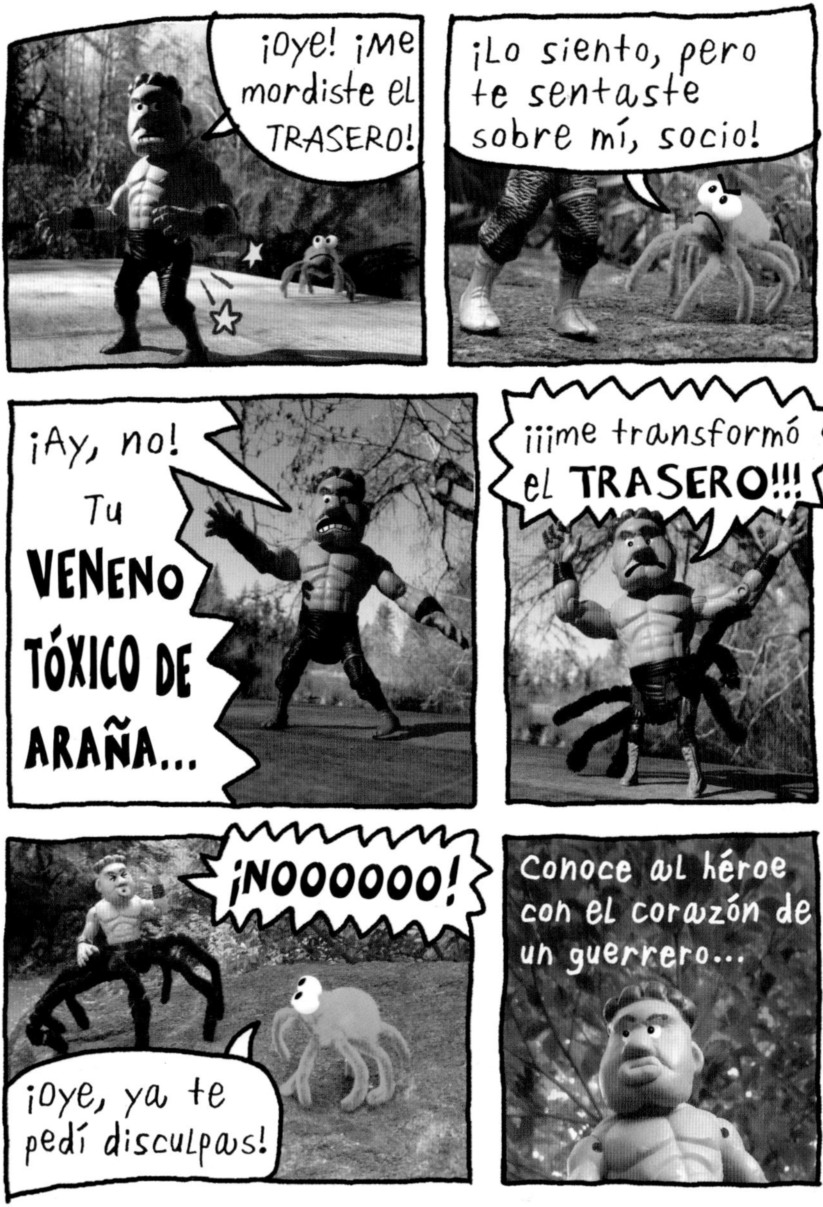
¡Oye! ¡Me mordiste el TRASERO!
¡Lo siento, pero te sentaste sobre mí, socio!
¡Ay, no! Tu VENENO TÓXICO DE ARAÑA...
¡¡¡me transformó el TRASERO!!!
¡NOOOOOO!
¡Oye, ya te pedí disculpas!
Conoce al héroe con el corazón de un guerrero...

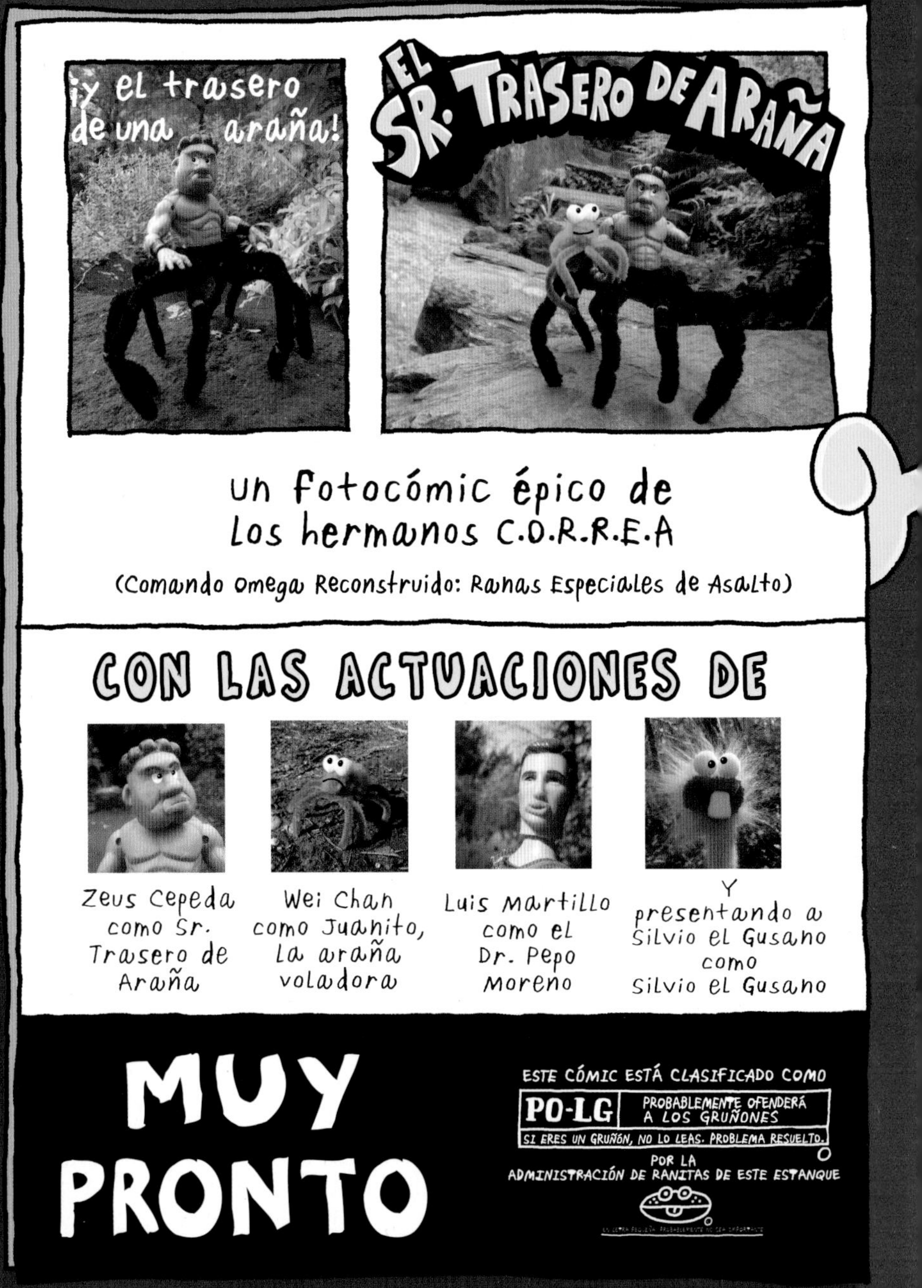
¡Y el trasero de una araña!
EL SR. TRASERO DE ARAÑA
Un fotocómic épico de los hermanos C.O.R.R.E.A
(Comando Omega Reconstruido: Ranas Especiales de Asalto)
CON LAS ACTUACIONES DE
Zeus Cepeda como Sr. Trasero de Araña
Wei Chan como Juanito, la araña voladora
Luis Martillo como el Dr. Pepo Moreno
Y presentando a Silvio el Gusano como Silvio el Gusano
MUY PRONTO
ESTE CÓMIC ESTÁ CLASIFICADO COMO
PO-LG
PROBABLEMENTE OFENDERÁ A LOS GRUÑONES
SI ERES UN GRUÑÓN, NO LO LEAS. PROBLEMA RESUELTO.
POR LA ADMINISTRACIÓN DE RANITAS DE ESTE ESTANQUE

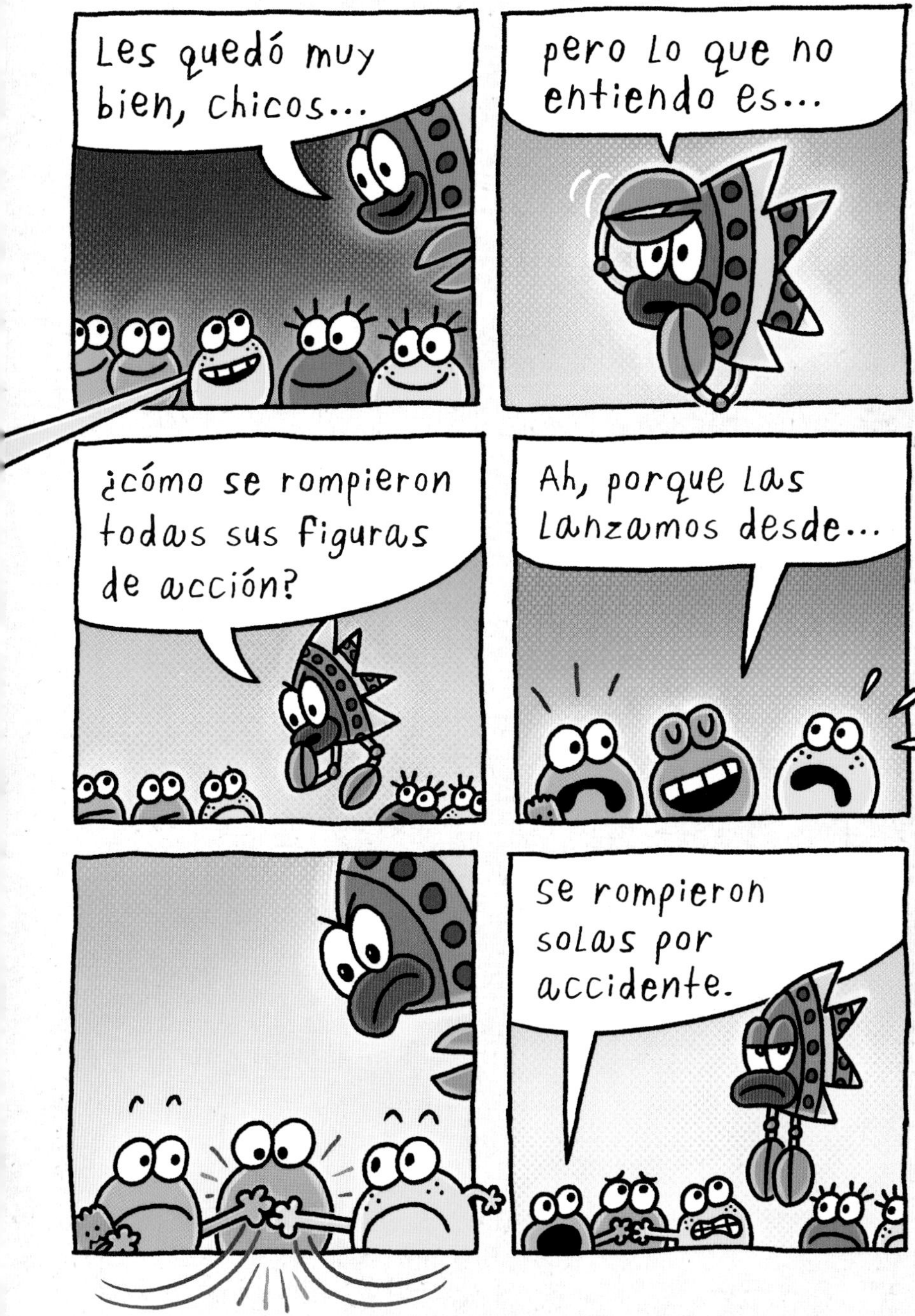
Les quedó muy bien, chicos...
pero lo que no entiendo es...
¿cómo se rompieron todas sus figuras de acción?
Ah, porque las lanzamos desde...
se rompieron solas por accidente.

Muy bien, ¿alguien más quiere compartir un avance de su cómic?

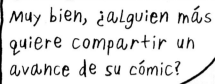

¡Nosotras, papi!

¡Estamos haciendo un cómic con arcilla, cartulina y eso!

Yo escribí la historia...

¡y nosotras hicimos las ilustraciones!

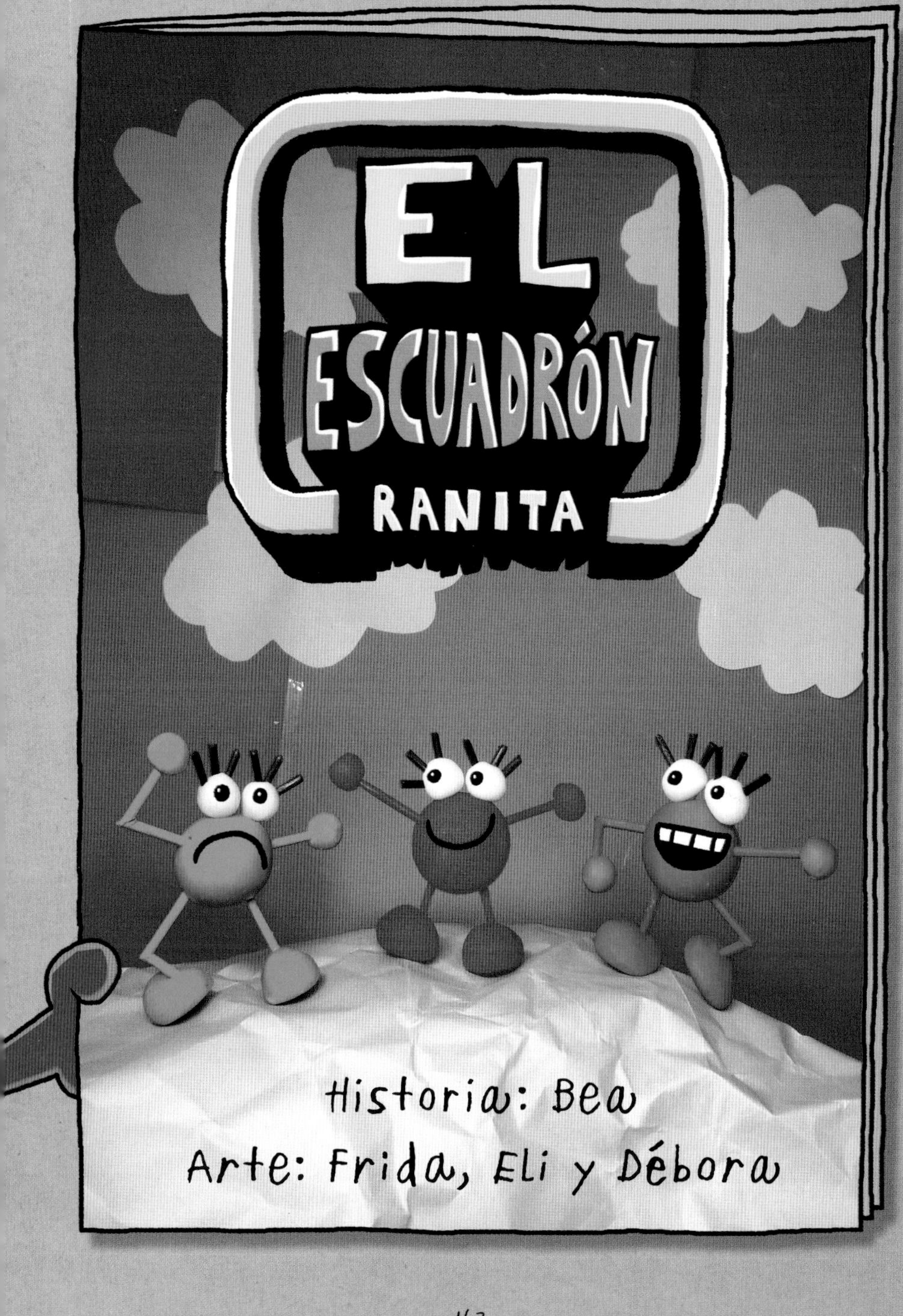
EL ESCUADRÓN RANITA
Historia: Bea
Arte: Frida, Eli y Débora

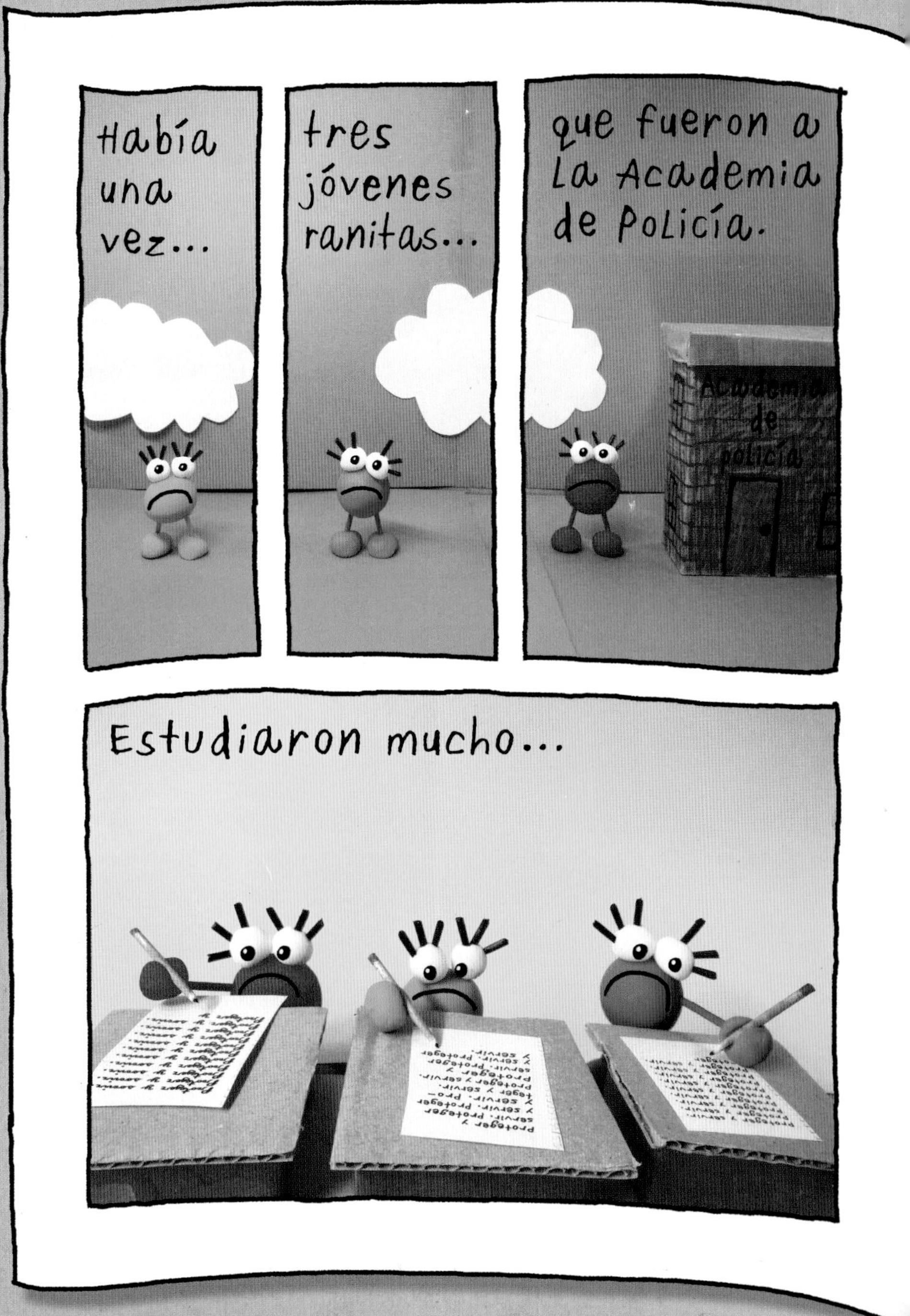
Había una vez...
tres jóvenes ranitas...
que fueron a la Academia de Policía.
de
policía
Estudiaron mucho...

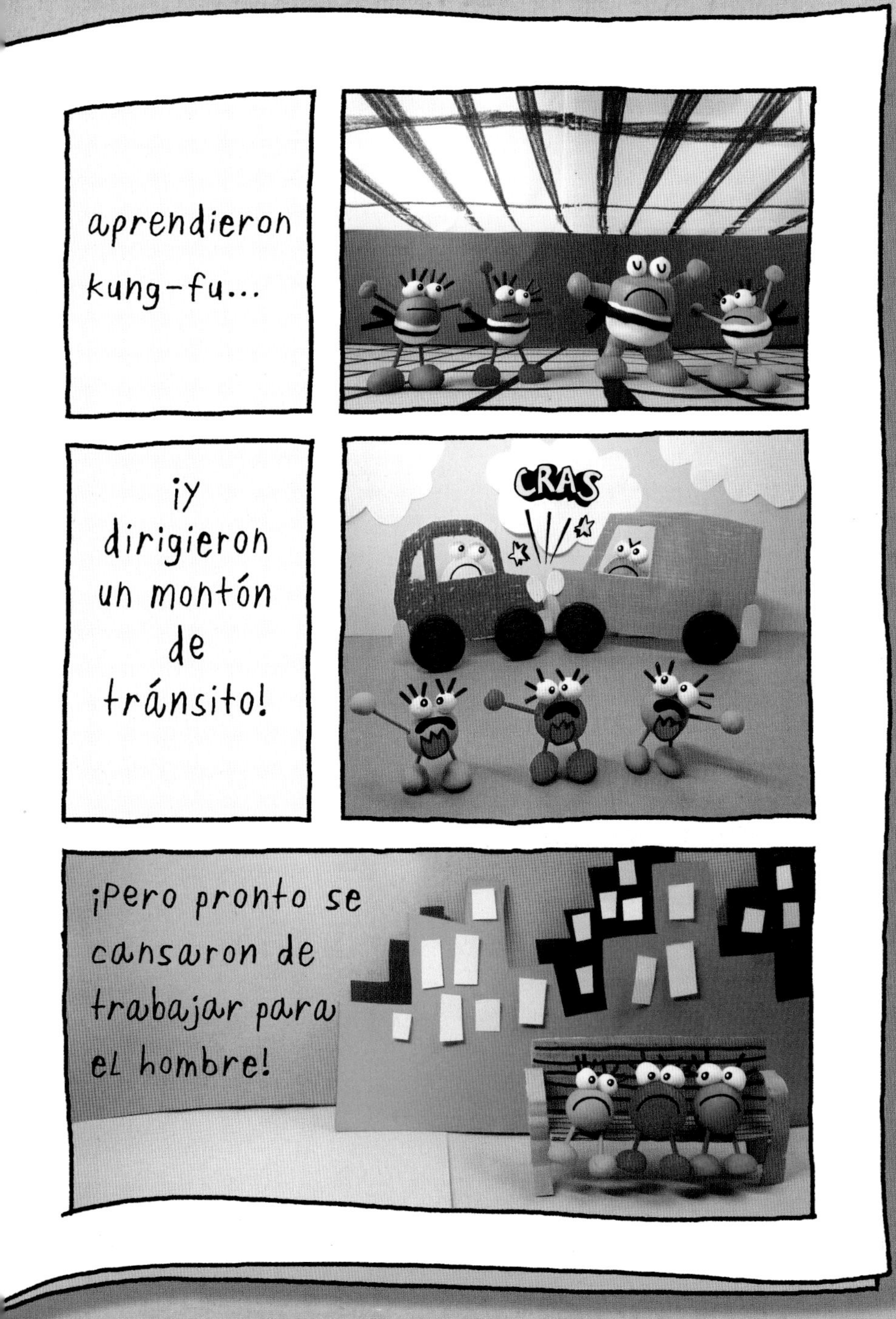
aprendieron kung-fu...
CRAS
¡y dirigieron un montón de tránsito!
¡Pero pronto se cansaron de trabajar para el hombre!

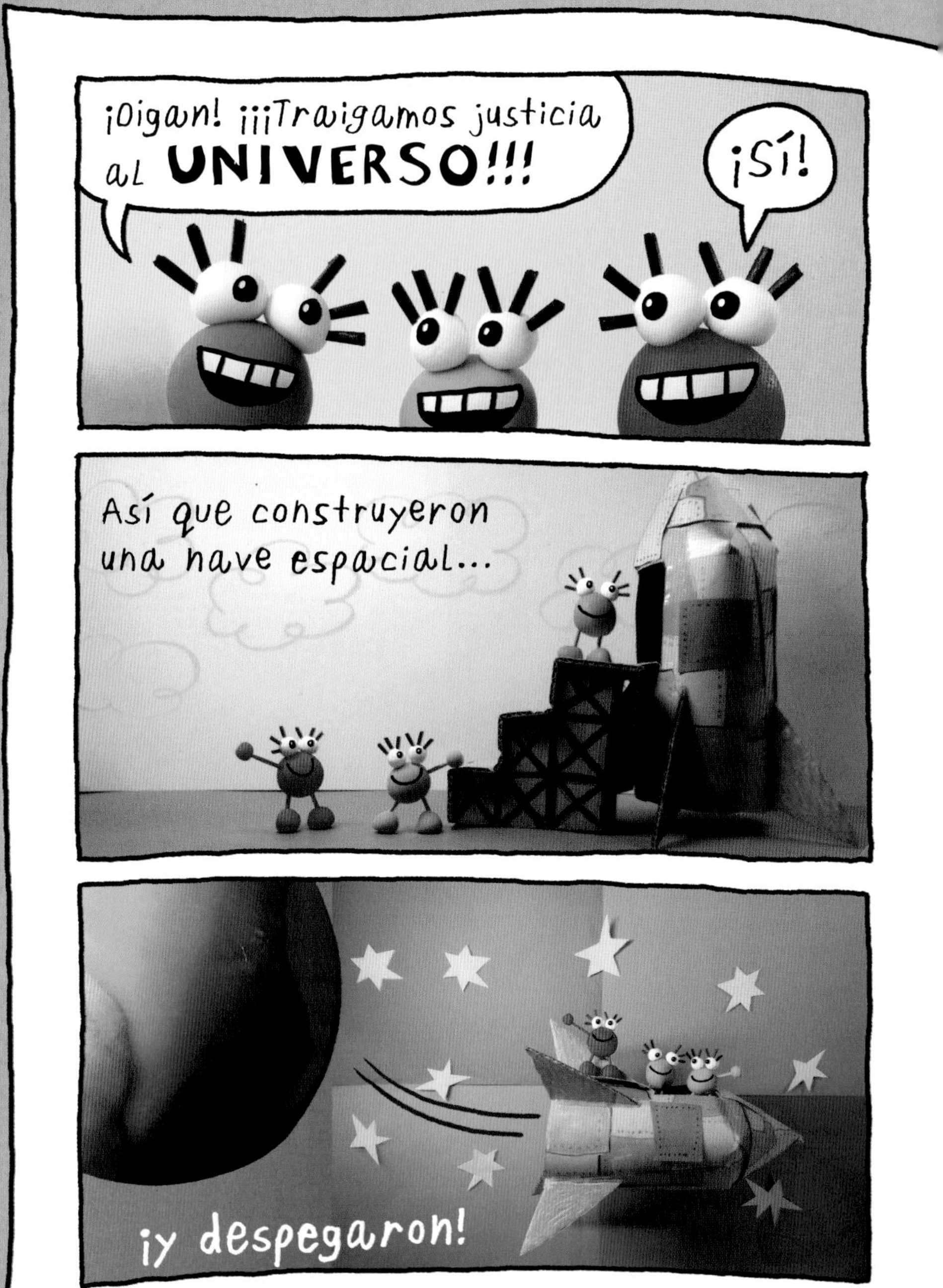
¡Oigan! ¡¡¡Traigamos justicia al UNIVERSO!!!
¡SÍ!
Así que construyeron una nave espacial...
¡Y despegaron!

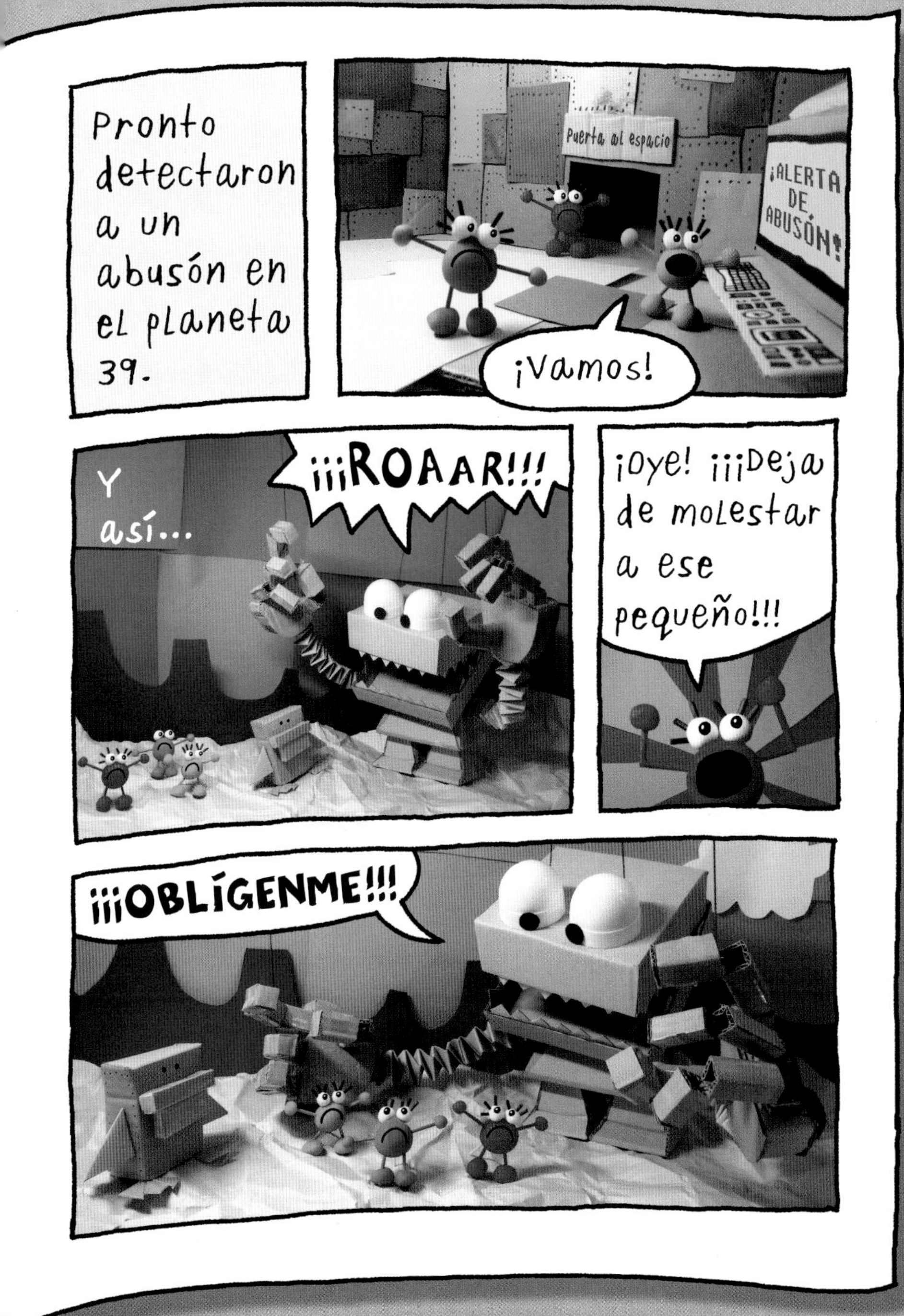
Pronto detectaron a un abusón en el planeta 39.
Puerta al espacio
¡ALERTA DE ABUSÓN!
¡Vamos!
Y así...
¡¡¡ROAAAR!!!
¡Oye! ¡¡¡Deja de molestar a ese pequeño!!!
¡¡¡OBLÍGENME!!!

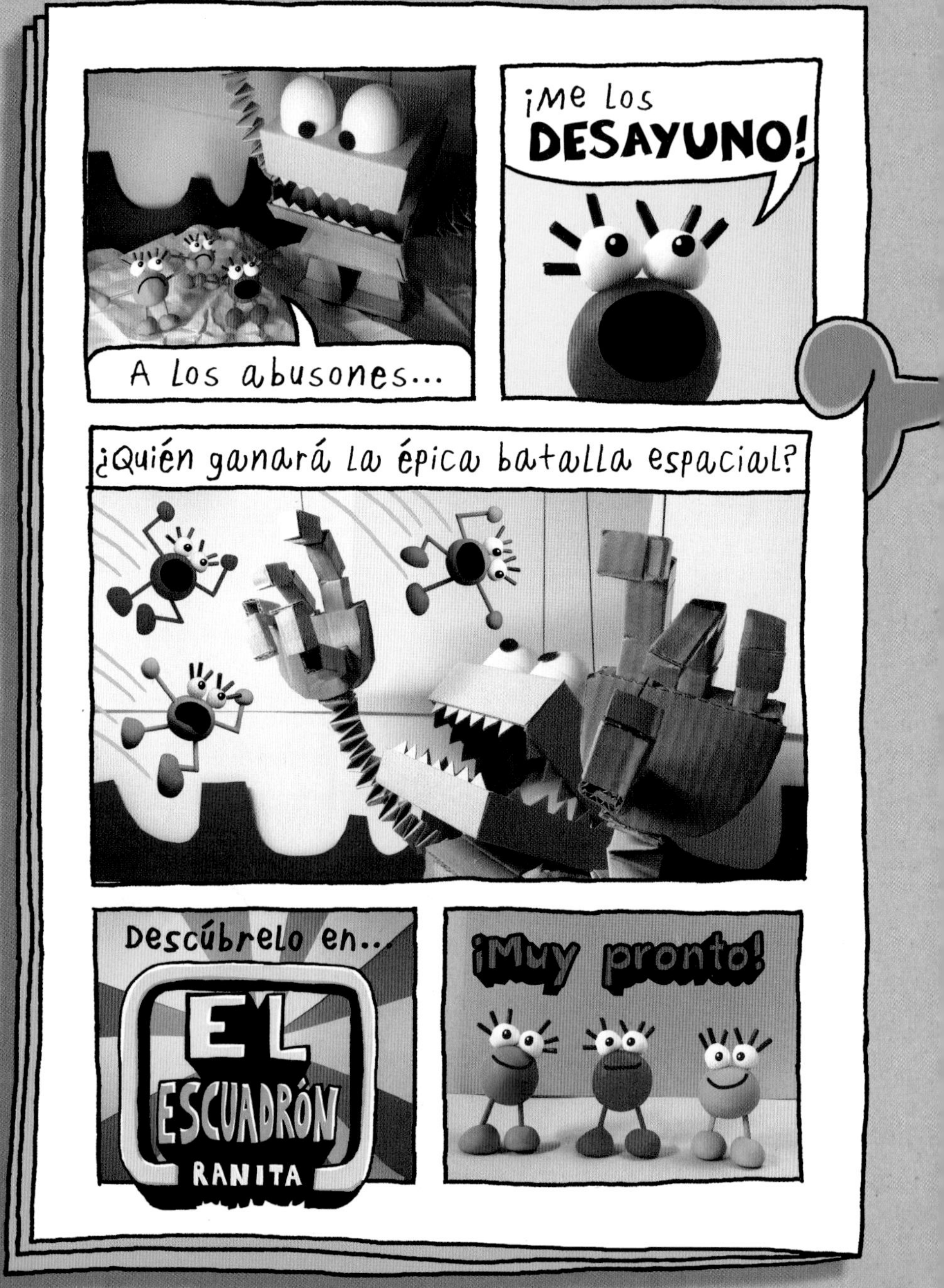
A los abusones...
¡Me los DESAYUNO!
¿Quién ganará la épica batalla espacial?
Descúbrelo en...
EL ESCUADRÓN RANITA
¡Muy pronto!

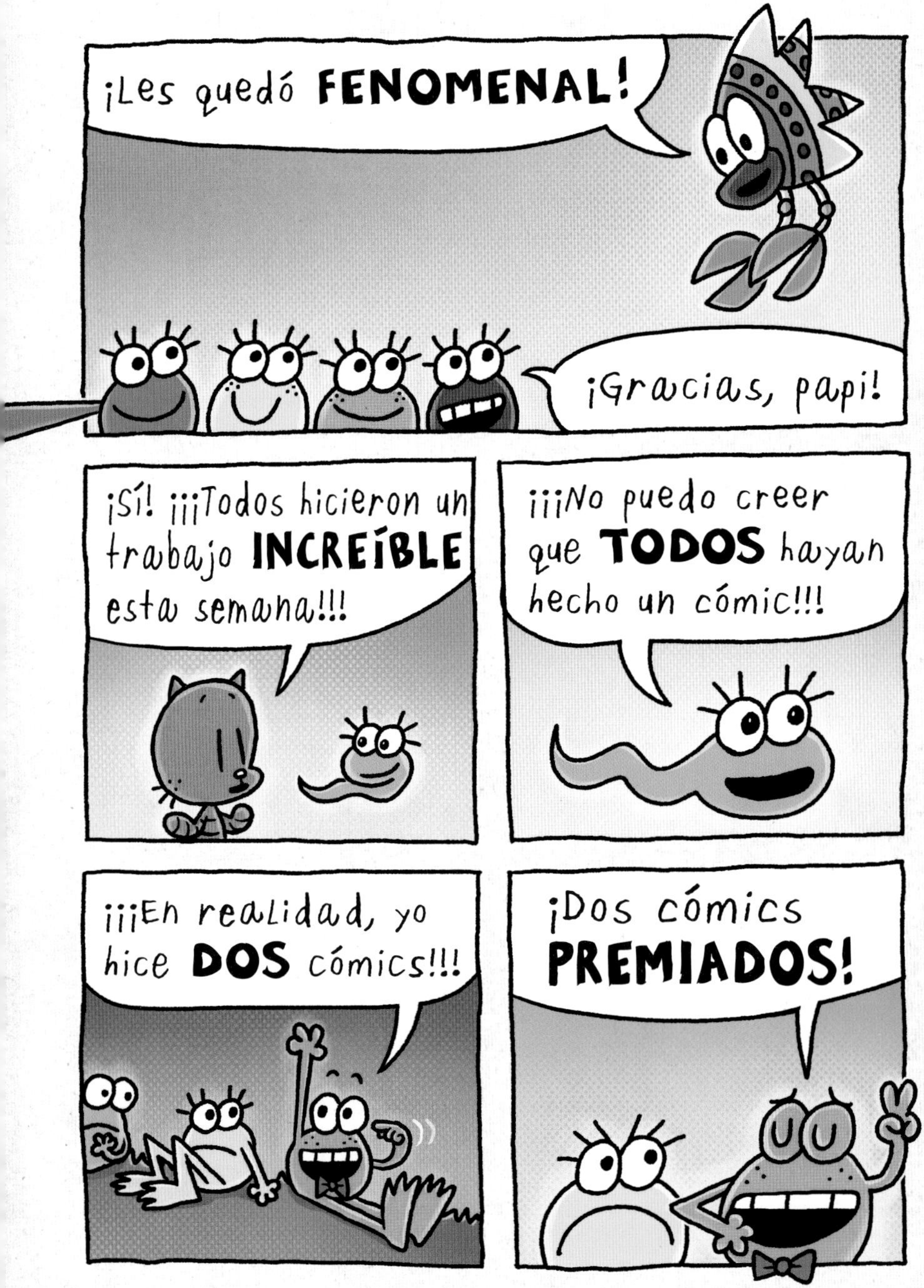
¡Les quedó FENOMENAL!
¡Gracias, papi!
¡Sí! ¡¡¡Todos hicieron un trabajo INCREÍBLE esta semana!!!
¡¡¡No puedo creer que TODOS hayan hecho un cómic!!!
¡¡¡En realidad, yo hice DOS cómics!!!
¡Dos cómics PREMIADOS!

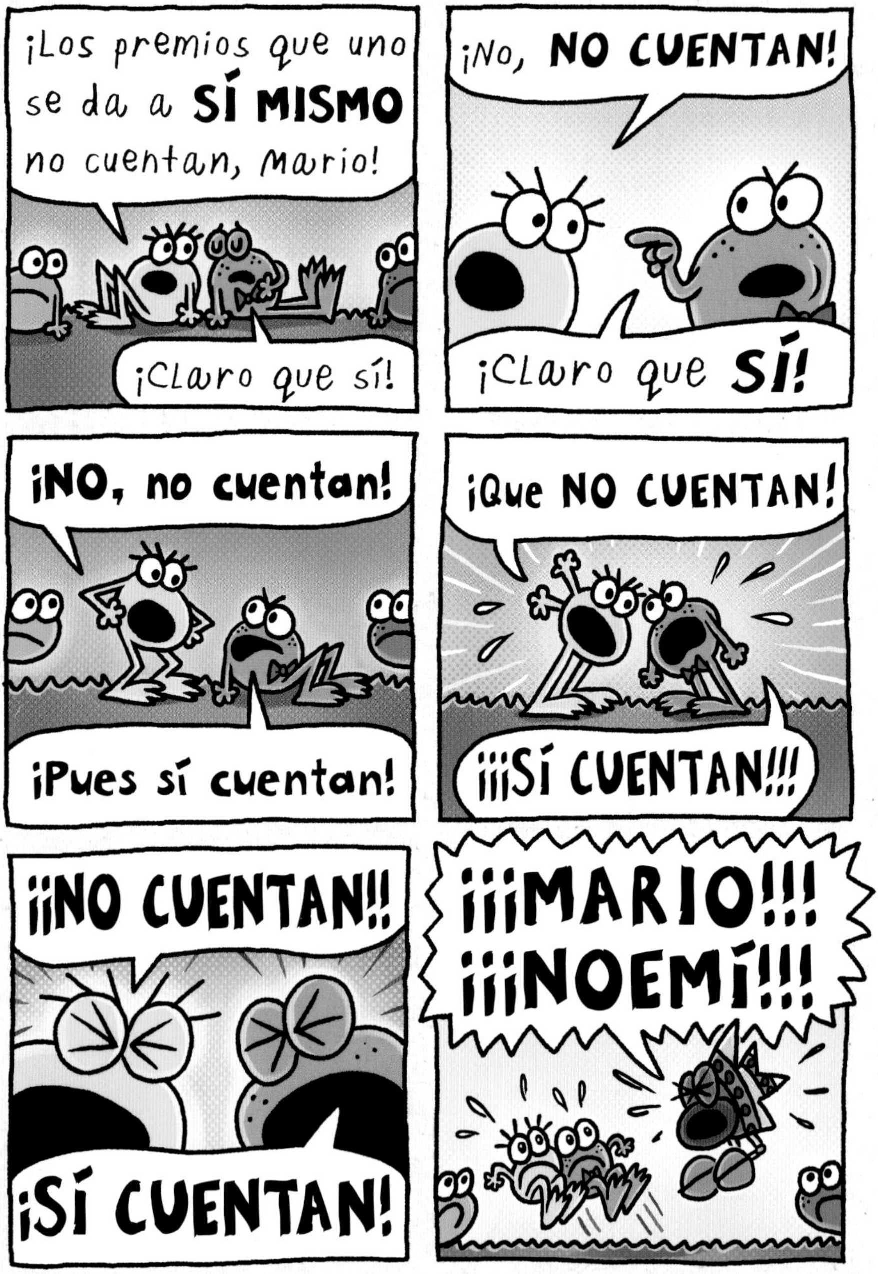
¡Los premios que uno se da a SÍ MISMO no cuentan, Mario!
¡Claro que sí!
¡No, NO CUENTAN!
¡Claro que SÍ!
¡NO, no cuentan!
¡Pues sí cuentan!
¡Que NO CUENTAN!
¡¡¡SÍ CUENTAN!!!
¡¡NO CUENTAN!!
¡SÍ CUENTAN!
¡¡¡MARIO!!!
¡¡¡NOEMÍ!!!

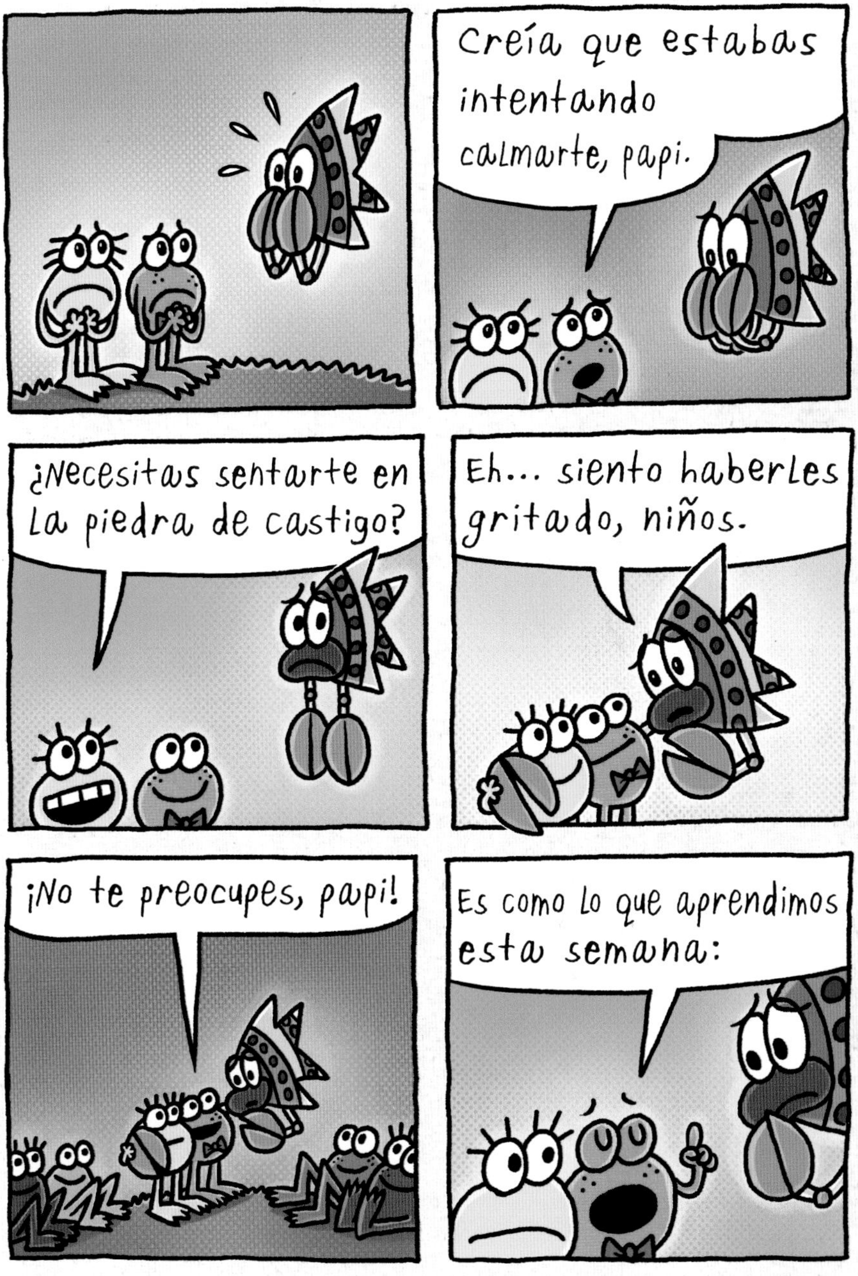
Creía que estabas intentando calmarte, papi.
¿Necesitas sentarte en la piedra de castigo?
Eh... siento haberles gritado, niños.
¡No te preocupes, papi!
Es como lo que aprendimos esta semana:

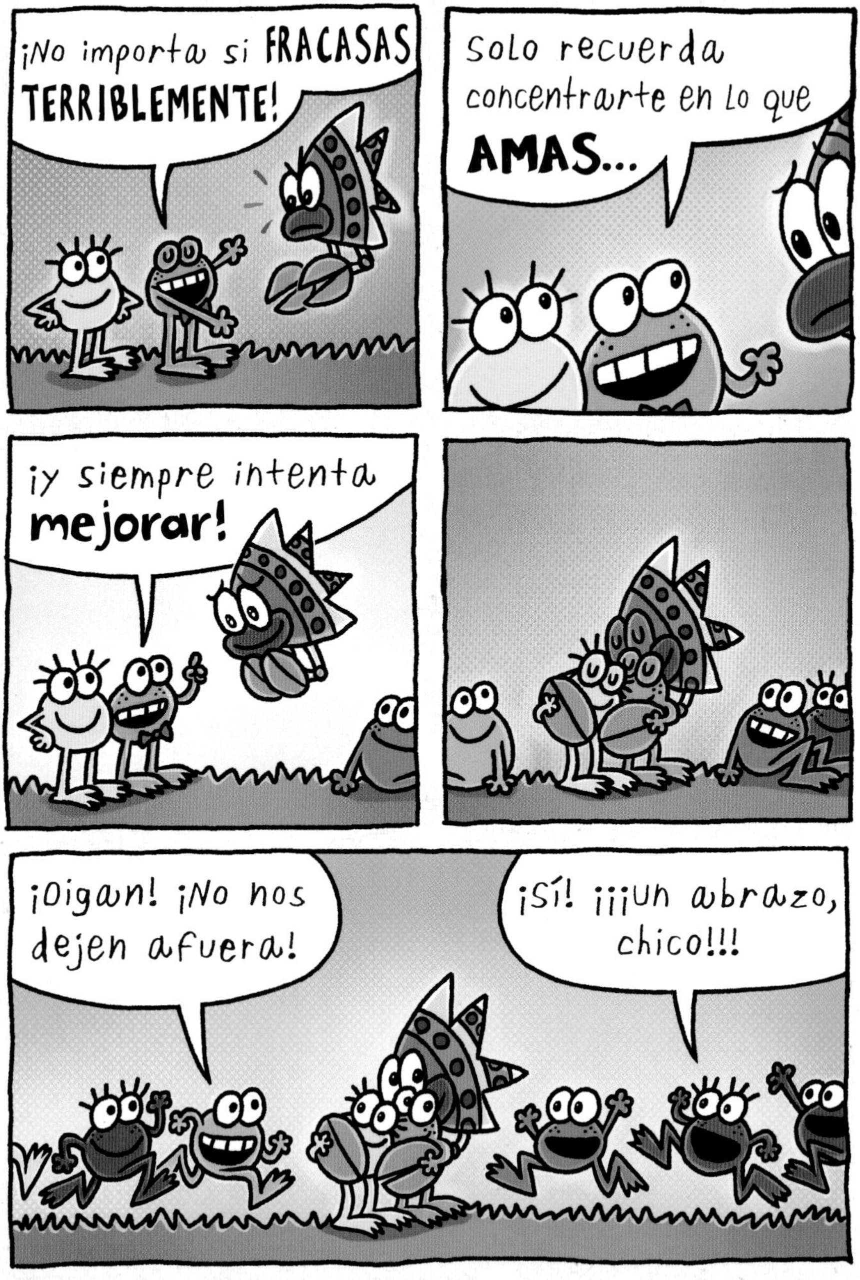
¡No importa si FRACASAS TERRIBLEMENTE!
Solo recuerda concentrarte en lo que AMAS...
¡Y siempre intenta mejorar!
¡Oigan! ¡No nos dejen afuera!
¡Sí! ¡¡¡Un abrazo, chico!!!

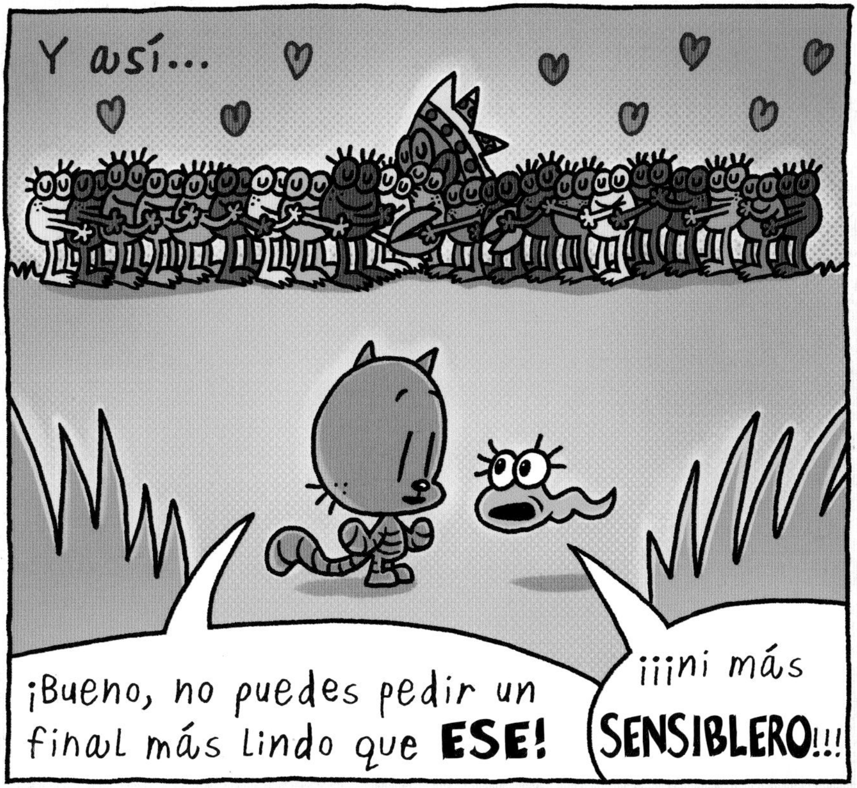
Y así...
¡Bueno, no puedes pedir un final más lindo que ESE!
¡¡¡ni más SENSIBLERO!!!

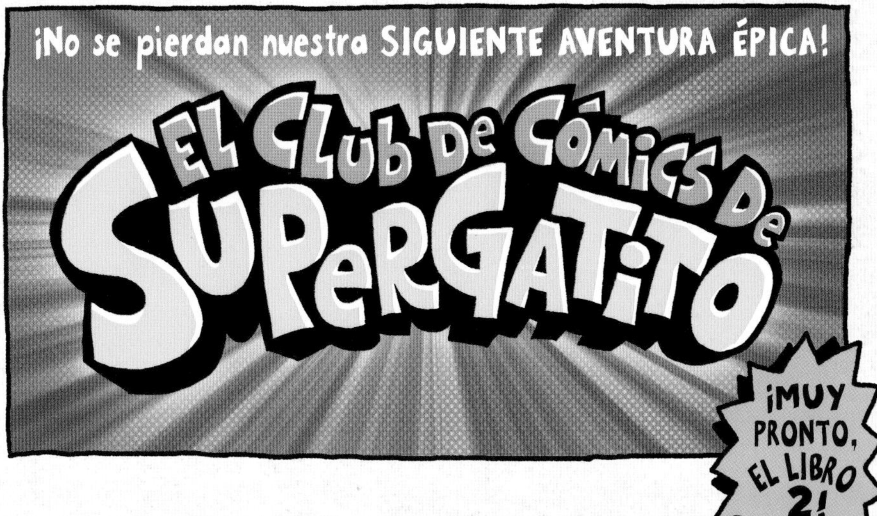
¡No se pierdan nuestra SIGUIENTE AVENTURA ÉPICA!
EL CLUB DE CÓMICS DE SUPERGATITO
¡MUY PRONTO, EL LIBRO 2!

Notas y datos divertidos

⭐ EL Sr. Trasero de Araña fue hecho con una figura de acción rota, masilla adhesiva, pintura de esmalte y 48 hisopos negros de chenilla enroscados para hacer las patas.

⭐ El robot abusón de EL ESCUADRÓN RANITA fue hecho con cartulina, termocola, cinta adhesiva, sujetapapeles y las tapas plásticas de un frasco de salsa (los ojos).

⭐ Las ranitas de EL ESCUADRÓN RANITA se hicieron con arcilla de arroz japonesa (ojos, cuerpos, manos y pies) y palillos pintados con pintura acrílica y marcadores (extremidades y pestañas).

⭐ Los lápices de la página 164 son palillos de dientes coloreados con marcadores.

⭐ La descripción poética de Lili y Carla en la página 125 NO es definitiva. El arte del haiku sigue evolucionando y tiene una historia rica y compleja. Los haikus en inglés aparecieron por primera vez a finales del siglo XIX. Se basaban en unos poemas japoneses llamados renga, poesía colaborativa con versos improvisados y estructurados, y que a menudo se recitaban en vivo. La primera estrofa de un renga, llamado hokku, se convirtió en lo que comúnmente se conoce como haiku.

⭐ Uno de los haikus japoneses más antiguos y famosos (técnicamente es un hokku) habla de una rana:

> Salta la rana.
> Rompe el silencio
> En el antiguo estanque
> Resuena el agua.
>
> —Basho (1644-1694)

¡A LEER CON DAV PILKEY!

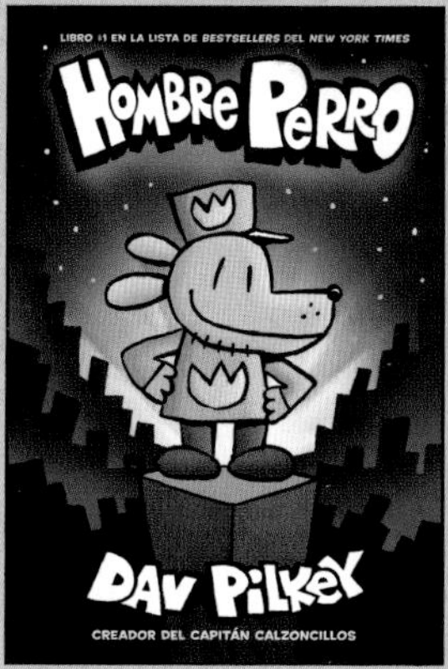
LIBRO #1 EN LA LISTA DE BESTSELLERS DEL NEW YORK TIMES
HOMBRE PERRO
DAV PILKEY
CREADOR DEL CAPITÁN CALZONCILLOS

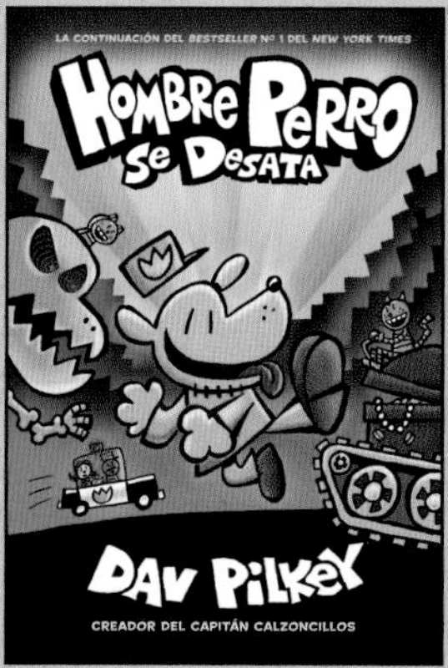
LA CONTINUACIÓN DEL BESTSELLER Nº 1 DEL NEW YORK TIMES
HOMBRE PERRO
SE DESATA
DAV PILKEY
CREADOR DEL CAPITÁN CALZONCILLOS

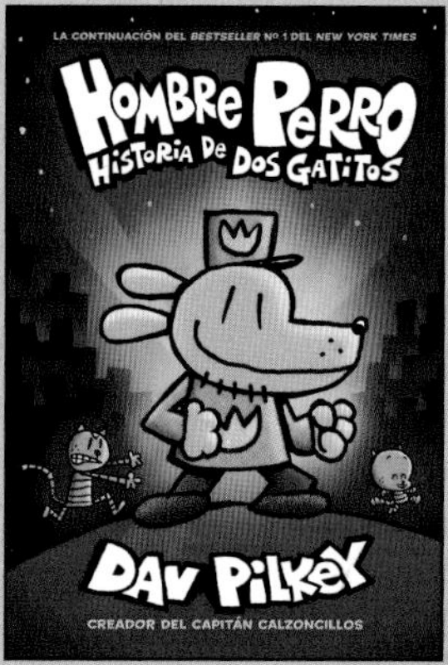
LA CONTINUACIÓN DEL BESTSELLER Nº 1 DEL NEW YORK TIMES
HOMBRE PERRO
HISTORIA DE DOS GATITOS
DAV PILKEY
CREADOR DEL CAPITÁN CALZONCILLOS

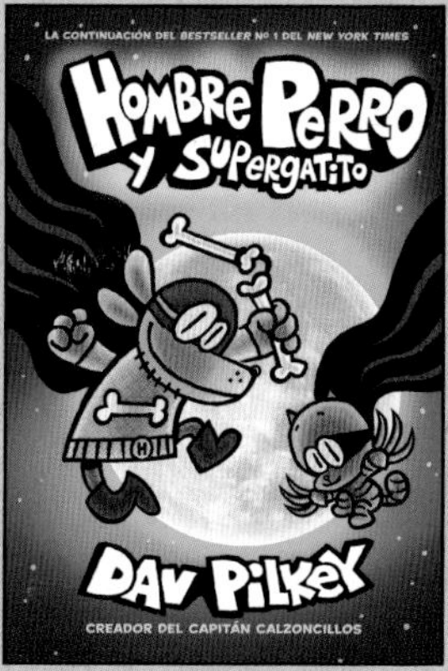
LA CONTINUACIÓN DEL BESTSELLER Nº 1 DEL NEW YORK TIMES
HOMBRE PERRO
Y SUPERGATITO
DAV PILKEY
CREADOR DEL CAPITÁN CALZONCILLOS

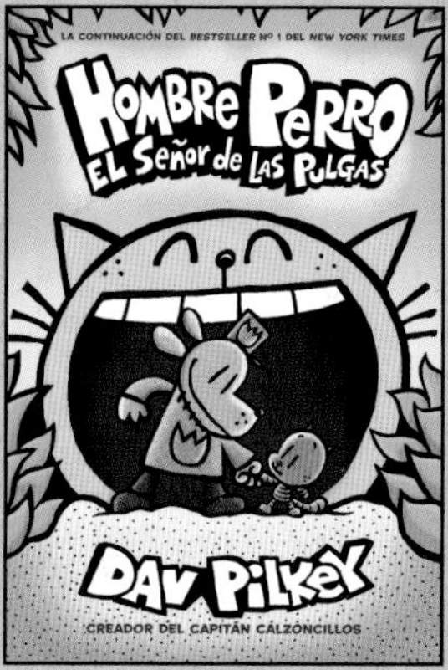
LA CONTINUACIÓN DEL BESTSELLER Nº 1 DEL NEW YORK TIMES
HOMBRE PERRO
EL SEÑOR DE LAS PULGAS
DAV PILKEY
CREADOR DEL CAPITÁN CALZONCILLOS

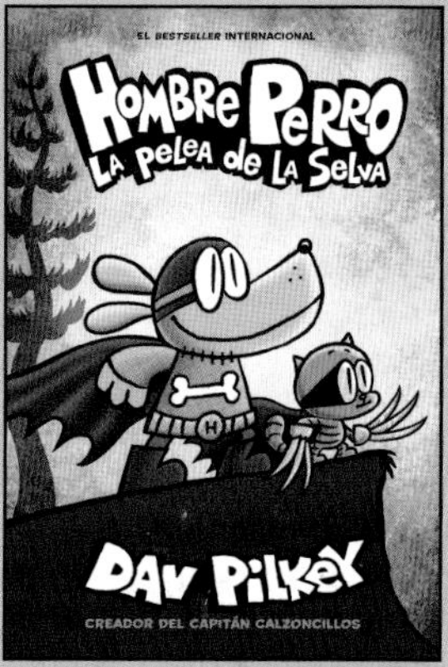
EL BESTSELLER INTERNACIONAL
HOMBRE PERRO
LA PELEA DE LA SELVA
DAV PILKEY
CREADOR DEL CAPITÁN CALZONCILLOS

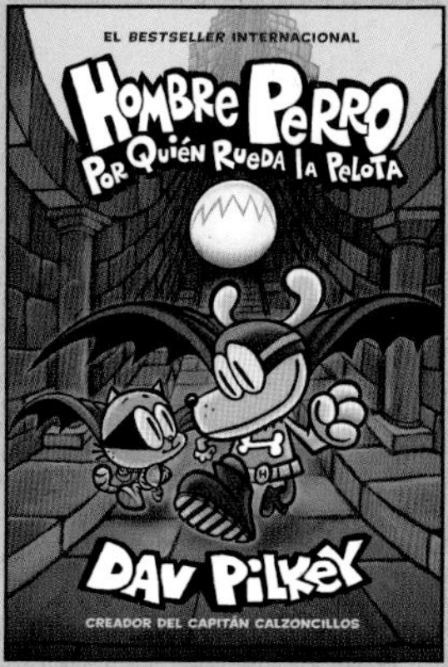
EL BESTSELLER INTERNACIONAL
HOMBRE PERRO
POR QUIÉN RUEDA LA PELOTA
DAV PILKEY
CREADOR DEL CAPITÁN CALZONCILLOS

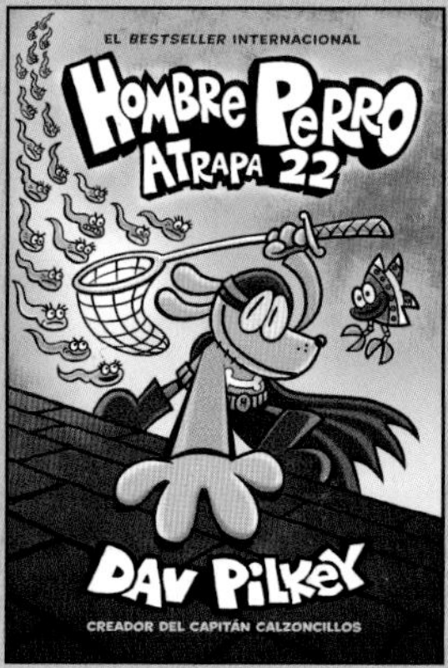
EL BESTSELLER INTERNACIONAL
HOMBRE PERRO
ATRAPA 22
DAV PILKEY
CREADOR DEL CAPITÁN CALZONCILLOS

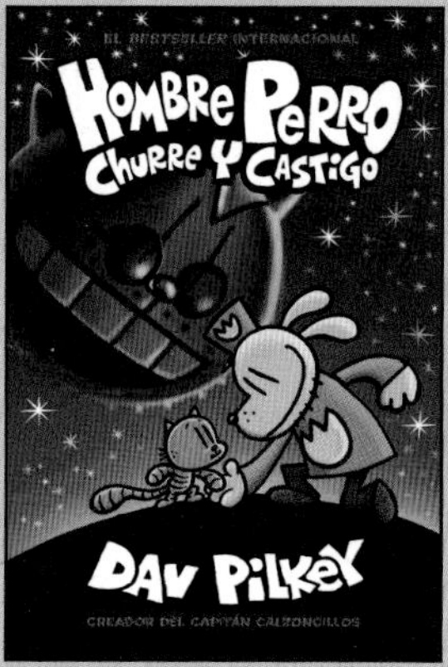
EL BESTSELLER INTERNACIONAL
HOMBRE PERRO
CHURRE Y CASTIGO
DAV PILKEY
CREADOR DEL CAPITÁN CALZONCILLOS

ACERCA DEL
AUTOR-ILUSTRADOR

Cuando Dav Pilkey era niño fue diagnosticado con Trastorno por Déficit de Atención con Hiperactividad (TDAH) y dislexia. Dav interrumpía tanto las clases que sus maestros lo obligaban a sentarse en el pasillo todos los días. Por suerte, le encantaba dibujar e inventar historias. El tiempo que pasaba en el pasillo lo ocupaba haciendo sus propios cómics: las primeras aventuras de Hombre Perro y el Capitán Calzoncillos.

En la universidad, Dav tuvo un profesor que lo animó a escribir e ilustrar. Dav ganó un concurso nacional en 1986 y el premio fue la publicación de su primer libro, WORLD WAR WON. Creó muchos otros libros antes de recibir el premio California Young Reader Medal en 1998 por ALIENTO PERRUNO, publicado en 1994, y en 1997 ganó el Caldecott Honor por THE PAPERBOY.

LAS AVENTURAS DE SUPERBEBÉ PAÑAL, publicada en 2002, fue la primera novela gráfica completa derivada de la serie del Capitán Calzoncillos y apareció en el #6 de la lista de libros más vendidos de USA Today, que incluía libros tanto para adultos como para niños; también estuvo en la lista de libros más vendidos del New York Times. La siguieron LAS AVENTURAS DE UUK Y GLUK: CAVERNÍCOLAS DEL FUTURO y EL SUPERBEBÉ PAÑAL 2: LA INVASIÓN DE LOS LADRONES DE INODOROS, ambas en la lista de libros más vendidos de USA Today. El estilo poco convencional de estas novelas gráficas tiene el objetivo de alentar la creatividad desinhibida de los niños.

Las historias de Dav son semiautobiográficas y exploran temas universales que celebran la amistad, la tolerancia y el triunfo de aquellos de buen corazón.

A Dav le encanta montar kayak por el noroeste del Pacífico junto a su esposa.